国文学とナショナリズム

沼波瓊音、三井甲之、久松潜一、
政治的文学者たちの学問と思想

木下宏一

三元社

東京帝国大学法科大学文科大学棟（上）／同棟内（下）
『東京帝国大学』（小川写真製版所、明治33年4月）より

凡例

一、慣用にしたがい、東京帝国大学は「東京帝大」または「帝大」と、国文学および国文学科は「国文」と随時略記した。

一、本文中の人名には、各章ごと初出時に西暦で生没年を付記した。ただし、現役の研究者や引用文献の著者・編者、書籍・論文・記事等の題名中の人名、「平田派」や「マルクス・共産主義」など固有名詞中の人名についてはこの限りでない。

一、本文中の事象・事件に関する日付や引用文献の発行年は元号表記を基本とし、必要に応じて次のように略記した。

明治○年→明○
大正×年×月→大×・×
昭和△年△月△日→昭△・△・△
平成□年□月→平□・□

一、引用文について、仮名遣いは「ヿ(こと)」等の合略仮名を除き原文通りに記載し、漢字は「國男」「與重郎」「澤瀉」「國學院」「文藝春秋」「滿洲」「歐洲」等一部の固有名詞を除き常用漢字表に対応する旧漢字は新漢字に改めた。

一、引用文中の漢字には、必要に応じて「亜細亜《アジア》」や「又た《(ママ)》」などのルビを加えた。また元から振られていた傍点やルビに関しては、例えば「夏目漱石」や「国士《くにつち》」など作者固有の意図が伺われるもの以外は適宜省略した。

一、引用文中の［　］内は全て引用者による補注である。また［……］は、佐藤望他編著『アカデミック・スキルズ 大学生のための知的技法入門』（慶応義塾大学出版会、平一八・一〇）中の「各種記号の使用法」（一五一頁）に準拠して「中略」または「以下略」を表す。

一、文末脚注は各章各節ごとに［1］から番号を付した。

一、引用文献について、書籍は出版社名と出版年月、論文・記事等は掲載誌（紙）名と発行年月（日）を付記し、その他の情報は省略した。また著者名は、本名（夏目金之助、沼波武夫等）で書かれた一部の私信を除き筆名で統一した。

一、引用箇所の頁《ページ》表記について、『全集』『著作集』『選集』等初出時と異なる文献の場合（いわゆる二次引用）は：《コロン》を用い、例えば次のように記述した。

丸山眞男「歴史意識の『古層』」（『日本の思想第六／歴史思想集』筑摩書房、昭四七・一一）：『丸山眞男集 第十巻』（岩波書店、平八・六）五五頁。

国文学とナショナリズム　沼波瓊音、三井甲之、久松潜一、政治的文学者たちの学問と思想

〈目次〉

序論

一　本書の目的　2
二　基本視座の確認　3
三　考察対象と本書の構成　9
注　12

第一章　沼波瓊音の学問と思想

第一節　個人から全体への道程　20
一　はじめに　20
二　キャリア形成　23
三　国文学者は「不思議なる宇宙」を驚いたか　26
四　〈始めて確信し得たる全実在〉とは何か　30
五　逸脱軌道　34
六　個人的思考からの脱却　37
注　39
第二節　国文学的ナショナリズムの萌芽　46
一　再び国文学者として　46
二　ナショナリズム実践運動へのめざめ　49
三　国文学者は国家革新の夢を見たか　52
四　「新国学」の建設に着手　56
五　東京帝国大学講義「日本精神ト国文学」　58

六　更なる前衛へ、終焉　63
七　小結　71
注　73

第二章　三井甲之の学問と思想

第一節　反漱石とヴント心理学の受容　88
一　はじめに　88
二　文学的出発　92
三　反漱石とヴントの個人心理学（実験心理学）　98
四　ヴントの民族心理学と「民族的生活」へのめざめ　104
五　日本はほろびず　108
注　114

第二節　親鸞思想の特異的受容　124
一　三井甲之と親鸞　124
二　宗祖から教祖へ　129
三　南無・阿弥陀仏から南無・祖国日本へ　135
注　140

第三節　三井流国学の思想　147
一　「しきしまのみち（ことのはのみち）」：言語論　147
二　「中今／永遠の今」：時間論　156

三　小結　164
注　167

第三章　久松潜一の学問と思想

一　久松潜一と「新国学四大人」　178
二　久松潜一と沼波瓊音　182
三　国文学から国学への志向　188
四　久松潜一と三井甲之　191
五　戦後の久松潜一　202
注　205

総　論

一　まとめ　220
二　今後の課題　222
注　226

あとがき　229
初出一覧　233

序論

一　本書の目的

二十世紀の初めから中葉にかけて、国際政治、就中アジア・太平洋諸地域に強力なプレゼンスを発揮した日本。その国家的隆昌（と破綻）の主たる推進剤となったナショナリズム。「国家主義」とも「国民主義」とも「民族主義」ともさまざまに表現可能なこのイデオロギーの発祥と歴史的展開について、筆者は、長年考究を重ねている。本書はそれらの一環として、近代日本の官学アカデミズムにおける「国文（National Literature）学」の土壌から産み出された政治的文学者〔1〕たちを論じるものである。

近代国文学に関して、その学問性の内実を扱った研究は、アンダーソン（Benedict Anderson, 1936-2015）の「想像の共同体」論やサイード（Edward Said, 1935-2003）らのポストコロニアル批評が膾炙し、かつての帝国としての日本の総括が改めて問題となり始めた一九九〇年代半ば頃から徐々にあらわれ、以来今日まで少なからぬ成果が蓄積されている。

特に意義深いのは、品田悦一、ハルオ・シラネ、鈴木貞美らによる一連の研究である〔2〕。彼らの卓越した史料操作は、『古事記』『万葉集』『源氏物語』『太平記』など現代でも常識的な日本の〝古典〟が、実は明治期に芳賀矢一（一八六七―一九二七）ら官学アカデミズムの国文学者たちの手で近代的な国家統合――「国民」意識の確立――のための「文化装置」として「発明」「創造」された、きわめてポリティカルな所産物であることを明らかにしてみせた。

また、藤井貞和、村井紀、杉山康彦、坪井秀人らは、満洲事変の勃発（昭六・九・一八）を起点とするいわゆる「十五年戦争期」に「専門の古典文学」を「国策に提供してあやしむことがなかっ」た官民の国文学者たちを内側から対象化し、従来どこかうやむやにされて来た「国文学の戦争責任そのもの」の所在に迫った〔3〕。

近年では、笹沼俊暁のように、明治期以来の国文学研究の在り方の変遷を「世界文学（万国文学）／比較文学」という西欧起源のグローバルな文学研究の概念に対する国文学者たちの葛藤（受容ないし反発）を中心に検討し、畢竟一国文化主義のくびきを脱し得ぬままに二十世紀をながらえた国文学の歴史的役割の終焉にまで言及した、刺激的な論考も提出されている〔4〕。

こうした先行研究をふまえつつ、本書は、近代国文学のナショナリスティックな性格について、現在までほとんどアプローチされることのなかった思想史的側面から検証する。近代国文学に関わった者たち個々の論理と心理が、同時代の日本主義・国家主義・民族主義の諸潮流とどのように結び付き、変容を遂げ、機能したのか、それらをひとつながりにえがき出したい。

二 基本視座の確認

本書は、近代日本の最高学府にして「御用学問の牙城」〔5〕といわれた帝国大学——明治一九（一八八六）年三月創設、明治三〇（一八九七）年六月に東京帝国大学に改称——の「国文学」をアイデンティティの磁場とした人々を問題にしている。

そこでまず、官学アカデミズムにおける国文学固有の成り立ちと心的構造を概観しておこう。

周知の通り、水戸学とともに維新・王政復古の精神的原動力となった近世の国学は、当初こそ明治新政府の直轄学校たる昌平学校とその後身の大学校において新しい国家を牽引する筆頭学問——「神典国典ニ依テ国体ヲ弁ヘ兼而漢籍ヲ講明シ実学実用ヲ成ヲ以テ要トス」（「法令第五百三十九／大学校規則」明二・六・一五達）——に位置付けられた[6]。しかし、旧幕時代の筆頭学問であった漢学とのヘゲモニー争いや西欧の文物を範とする洋学・実学の台頭によって徐々に社会的需要はせばまり、一時は「世の中から捨てられたやうな傾にな」[7]った。

それでも小中村清矩（一八二一—一八九五）ら非平田派系の国学者たちの尽力[8]によって、旧東京大学（明一〇・四発足）や皇典講究所（明一五・一一開所）にかろうじて命脈を保ち続けた官学としての国学は、やがて「帝国大学令」（明一九・三・一公布）の第十条を以て設置された帝国大学文科大学和文学科において再出発を果たす。大まかな流れは次の通り。

昌平学校（慶応四／明元・六幕府昌平坂学問所を改組）→大学校（明二・六昌平学校を改組、明二・一二大学と改称、明三・七閉鎖）…一時断絶…東京大学文学部第二和漢文学科（明一〇・九開設、明一四・九第三和漢文学科に改称）→同文学部古典講習科（明一五・五附設）→帝国大学文科大学和文学科（明一九・九開講）[9]

和文学科は「国史科」の新設に伴い四期目の明治二二（一八八九）年度から「国文学科」と名称を変え、同時にそれまでの学科専修科目たる「和文学」も、日本の言語そのものを取り扱う「国語」とその文化的運用形態を取り扱う「国文」の二領域に明確に区別された［10］。更に、欧米諸大学に倣った講座制の導入（明二六・九）や、上田萬年（一八六七―一九三七）の建議に基づく国語研究室の設置（明三一・一二）によって、教育・研究環境も個別に整えられていった［11］。

元々国学は、古史・古伝・古典籍のみならずいにしえの「政治・理財・法制史」などを幅広く講究する「古道の学・有職の学」であったのだが、官学アカデミズムの範疇に組み込まれることでそうした総合性を失い、「国語（National Language）学」「国文（National Literature）学」「国史（National History）学」と専門分化したのである［12］。

かくして生まれた官製国文学であるが、その存在はスタート段階から、政治・軍事・経済・産業諸機構の迅速な近代化という国是（富国強兵）のもと「国家ノ須要ニ応スル学術技芸ヲ教授シ及其蘊奥ヲ攷究スル」（「帝国大学令」明一九・三・二公布、第一条）ことを唯一至上の目的とした帝国大学［13］にあって、決して目立ったものではなかった。

同じ文科大学（文学部）のなかでも、例えば、官公文書の正式な文体が漢文訓読体であったことからエリート階層の教養基盤として一定の需要があった漢（文）学［14］。主要な外国語を駆使する英・独・仏の西洋文学［15］。西洋文明の本質（世界観・人間観・国家観）を理解する上で不可欠な哲学。中央集権的な国民国家《ネーション・ステート》統合の基礎となる標準語の形成を司る博言学（言語学）や国語学［16］。国家存立の正統性（王政復古）を担保する正史の編纂（修史）事業を当初のメインとした国史学［17］。万邦無比なる「国体ノ精華」（「教育ニ関スル勅語」明二三・一〇・三〇発布）を欧米社会におけるキリスト教のようにより軌範的な国民道徳・国民宗教《レリジョン》へと整序する役割を期待された教育学と倫理学および宗教学［18］。等々。こうした諸学に比べて、古典作品の訓詁註釈というかつての国学の役割［19］をコンパクトに引き継いだかのような国文学は、立身出世あるいは経国の大業にはやる向学の青少年層にとっては、いかにも高踏で趣味的（二義的）なものにみえたことであろう。その意味で、笹沼俊暁の「西欧化が目指された近代日本の高等教育にあって、『国文学者』の多くは西欧の言語や思想文化の習得に対する挫折感からその道を選んだのである。このコンプレックスは、日本の『国文学』を形づくる体質となっていた。まさに『宿痾』といってよいだろう」［20］との見解も一面真を穿っている。

じっさい、スペンサー（Herbert Spencer, 1820-1903）の社会進化説の熱心な祖述者で日本語改良論（漢字廃止・ローマ字採用）を唱えた初代文科大学長の外山正一（一八四八—一九〇〇）は、旧東大古典講習科の系譜を引く和（国）文学科・漢文学科の存立意義を軽視し関係者をことごとく冷遇したといわれ、後任の学長選出にさいしても教授会では、国・漢両科の教員は「無論学長の事務なんというものは執れない」として頭から候補に上らなかったという［21］。

更には、明治三〇（一八九七）年一一月に第二代学長に就任した井上哲次郎（一八五六—一九四四）もまた洋行帰りの哲学者であり、かねて木村正辞《まさこと》（一八二七—一九一三）、黒川眞頼（一八二九—一九〇六）、物集高見（一八四七—一九二七）、根本通明（一八二二—一九〇六）など学内外の錚々たる国（文）学者・漢（文）学者たちを「未だ科学的研究の何たるを知らざるもの、蓋し多きに居るなり。［……］尚ほ古代の旧株を墨守するものにて、実に恥辱を遺すの呆痴漢と謂ふべし」［22］と公然嘲弄するような人物であった。

その後、国文学科の生え抜きとしてドイツに官費留学（明三三・九〜明三五・八）した芳賀矢一によって西欧文献学（Philologie）の最新知識と方法論が導入され、国文学は「日本文献学」という別称を得て、ようやく近代学術の実質に値する形式と目的性を確立する。

西洋学者はフイロロギーと称して、文献を本にして、其国を研究します。日本で言へば、国語国文を本にして、其の国を研究するのです。国学者が二百年来やつて来た事は、つまり日本のフイロロギーであつた。余等は已往二百年間の諸先哲の研究を基として、合理的に、比較的に、歴史的に其上に、新研究を添へねばならぬ。[23]

以降明治三〇年代後半から四〇年代にかけての、芳賀と彼の二期後輩でよき女房役でもあった藤岡作太郎（一八七〇―一九一〇）の精力的な研究・教育・啓蒙活動によって、国文学（日本文献学）は、アカデミズムの内外でその地歩を着実に固めていった[24]。なかでも芳賀が一般向けに書き下ろし、「我民族の美徳の底には亦必ずその欠点の潜んで居ることも知らねばならぬ」とごく健全なバランス感覚に則って「よく我過去を知つて、よく新来の長所を採る覚悟」[25]を説いた『国民性十論』（冨山房、明四〇・一二）は高い評価を受け、国民的名著として昭和一〇年代まで継続的に版を重ねている。

しかるに、そうした彼ら（藤岡は中途で早世）の熱意と労苦にもかかわらず、依然として近代国家体制のなかでは、その有用性・功利性のみえにくさゆえに、国文学を専修した者が、みずからの学知

書斎でくつろぐ芳賀矢一
［芳賀矢一先生記念会編・発行『芳賀矢一先生』（昭和12年3月）より］

を国家・社会に直接還元出来るフィールドは初等・中等の教育課程などごく一部に限定されていた[26]。

大正六（一九一七）年から翌年にかけて学界・文壇・論壇をにぎわした芳賀の法科万能主義排斥論[27]は、世間一般における帝国大学法科大学出身者偏重の傾向――官公・企業等の要職独占――に公然と異議を申し立てたものである。「我が文科の発展は即ち我が国家の発展である」と説くその口吻には、「法理文」または「法医工文」という国家の定めた長年の学問序列に対する国文学者ならではの反発と屈折した矜持が伺える[28]。

明治・大正期に東京帝大で芳賀の指導を受けた学生たちは、各々程度の差こそあれ、師の国文学をして真に「国家ノ須用ニ応スル学術技芸」（「帝国大学令」第一条）たらしめんとする強い志向――「今後の日本は、我が国の古典を基礎として治教の根本を立てねばならぬ」[29]――を自明の事柄として学んだ。なかでも特に感受性の強い一部の者は、意識的であれ無意識的であれ、与えられた〝使命〟を忠実に内面化・規範化し[30]、国文学の専門知識を国家の現実的方向性や教化行政にストレートに寄与し得るものに製銑すべく試行を重ねていくのである。

三　考察対象と本書の構成

上記の視座に立って、本書は、東京帝国大学で国文学を専修し社会的にも一定以上の知名度を有した三人の政治的文学者、沼波瓊音《ぬなみけいおん》（本名武夫、一八七七―一九二七）、三井甲之《みついこうし》（本名甲之助、一八八三―一九五三）、久松潜一《ひさまつせんいち》（一八九四―一九七六）を直接の考察対象として選定する。以下、全体の構成を示す。

本書は、「序論」「本論」そして「本論」で得た知見をまとめ併せて今後の課題を提示する「総論」で成り、「本論」は大きく三章から構成される。

「本論」第一章では、蕉風を中心とする俳諧・俳句研究で知られ、晩年には東京帝国大学文学部講師・第一高等学校教授もつとめた沼波瓊音に焦点を当てる。芳賀矢一、藤岡作太郎に次ぐ東京帝国大学の国文第二世代として制度的に確立された「国文学科」に学んだ沼波。彼が明治後期から大正初期にかけて直面した種々の哲学的・宗教的煩悶と、大正中期（第一次世界大戦終結前後）を境目とする劇的な右傾化――「革新右翼の源流」[31]と評される「猶存社《ゆうぞんしゃ》」系の国家主義運動への全的没入――の過程を諸史料・資料を基に跡づけ、その起伏に富んだ歩みが結果として官学アカデミズムの国文学にもたらした影響を考察する。

次に「本論」第二章では、歌人・評論家にして戦前右派論壇の一翼を担う存在であった三井甲之に焦点を当てる。沼波瓊音に次ぐ東京帝大の国文第三世代として新たに編成された「文学科」のなかで比較的自由なスタイルで国文学を専修した三井。彼の明治後期から昭和初期にかけての学問・思想形成を、「反漱石」「ヴント心理学の受容」「親鸞思想の受容」という三つの営為から検討し、それらの総合的完成態である三井流国学――「しきしまのみち（ことのはのみち）」の特異性と同時代的影響を考察する。

次に「本論」第三章では、東京（帝国）大学文学部教授として戦前戦後を通じ長らく日本の国文学界全体を領導する存在であった久松潜一に焦点を当てる。久松があたかも太平洋戦争／大東亜戦争開戦（昭一六・一二・八）とタイミングを合わせるかのように明示した、

> 今日の国学に於て先づ求められるのは日本の学問の伝統を顧み、日本的学問の系譜を跡づけることであるのである。［……］芳賀［矢一］博士の学問の伝統は今日に至るまで貫いて居るのであるが、［……］三井甲之氏、沼波瓊音氏の学問精神の中にもかういふ伝統はうけつがれて居るであらう。［……］この伝統の上にこそ真に自主的な日本学問が確立されるであらう。〔32〕

という先行研究が見落とした系譜に注目し、そこに挙げられた沼波と三井が、「現代に於ける新国学の主なる提唱者」〔33〕といわれた久松の戦前の学問と思想に各々どのようなかたちで影響を及ぼしていたのかを考察する。本章の議論を通して、沼波瓊音、三井甲之、久松潜一、三人の政治的文学者をつなぐ学問的・思想的縦軸としての「新国学」が浮き彫りとなろう。

因みに「新国学」と聞いて今日一般的に想起されるのは、日本の土俗・民俗研究の本格的創始者として知られる柳田國男（一八七五―一九六二）によって昭和初期に提唱され、折口信夫（一八八七―一九五三）ら國學院系の学者たちによって深化された、神道教理色の強い「新国学」ではないだろうか。本

書に登場する「新国学」は、あくまで東京帝大国文独自の学問的・思想的展開のなかから生まれたものである。先行研究も、三枝康高『日本浪曼派の群像』（有信堂、昭四二・四）および安田敏朗『国文学の時空——久松潜一と日本文化論』（三元社、平一四・四）における論及を除けばほとんどみられず、現在でも多くの研究者によって論及される柳田、折口の「新国学」とはあらゆる点で対極に位置する。何となれば、日本人の精神性（国民性）の本質を、前者は総じて「力 強さ 正しさ」に見出しそこから「国家ノ須用ニ応スル」ことを念頭に現実との一体化を志向し、後者は「弱さ はかなさ やさしさ」に見出しそこから近代国家の論理にストレートに回収されない古《いにしえ》の共同体を志向した[34]。この根本的差異はあらかじめおさえておきたい。

注

1　「政治的」という概念について、ここで学説史――例えば、シュミット（Carl Schmitt, 1888-1985）の「政治的なものは、人間生活の実にさまざまな分野から、つまり宗教的・経済的・道徳的その他の諸対立から、その力をうけとることができる。それは、なんらそれ独自の領域をあらわすものでなく、ただ人間の連合または分離の強度をあらわすにすぎず、このばあい、その動機は、宗教的・国民的（人種的意味であれ・文化的意味であれ）・経済的その他のものであってかまわないし、また、時代が異なるに応じて、さまざまな結合・分離を生じさせるものなのである」云々といった言説――を繙きつつ詳細に分析するいとまはない。本書では、バジョット（Walter Bagehot, 1826-1877）など近代イギリスにおける保守主義の文人たちの特質を「幼少時から文学に親しみ、文学や評論を読むことを通じて得られたメンタリティや思考法をもって、政治や社会に取り組んだ」と一般化した宇野重規の論を参考に、「政治的文学者」なるものを一応「創作家／研究者／評論家として文学を主体としつつ、時にその営為を現実の政治・国家に関わる領域へと自覚的に越境させる者」と措定する。C・シュミット『政治的なものの概念（*Der Begriff des Politischen*, 1932.）』（田中浩他訳、未来社、昭四五・一二）四、三五、三六頁。宇野『保守主義とは何か――反フランス革命から現代日本まで』（中央公論新社、平二八・六）六七頁。

2　品田悦一「国民歌集の発明・序説――上は天皇より下は名もなき庶民にいたるまで」（『国語と国文学』平八・一一）、同「国民文学としての万葉集像はいかに形成されたか」（『国文学 解釈と鑑賞』平九・八）、ハルオ・シラネ他編『創造された古典――カノン形成・国民国家・日本文学』（新曜社、平一一・四）、品田悦一『万葉集の発明――国民国家と文化装置としての古典』（新曜社、平一三・二）、鈴木貞美「『日本文学』という観念および古典評価の変遷――万葉、源氏、芭蕉をめぐって」（井波律子他編『文学における近代――転換期の諸相』国際日本文化研究センター、平一三・三）、ハルオ・シラネ「『国文学』の形成」（小森陽一他編『岩波講座 文学一三／ネイションを超えて』岩波書店、平一五・三）、鈴木貞美『日本の文化ナショナリズム』（平凡社、平一七・一二）、品田悦一「排除と包摂――国学・国文学・芳賀矢一」（『国語と国文学』平二四・六）等。

3　藤井貞和「国文学の誕生」（『思想』平六・一一）、同「国文学の思想――折口信夫〝天皇即神説〟の発生」（『思想』平八・一〇）、村井紀「国文学者の十五年戦争 (1)(2)」（『批評空間』平一〇・一、平一〇・七）、杉山康彦「『国文学』の戦中・戦後」（『日本文学』平一〇・五）、坪井秀人「〈国文学〉者の自己点検――イントロダクション」（『日本文学』平一二・一）、杉山康彦「國學・國体・國文学」（『日本文学』平一二・五）等。

4　笹沼俊暁『「国文学」の思想――その繁栄と終焉』（学術出版会、平一八・二）、同『「国文学」と戦後空間――大東亜共栄圏から冷戦へ』（学術出版会、平二四・九）等。

5　猪野謙二「藤村作『ある国文学者の生涯――八恩記』について」（『日本読書新聞』昭三一・七）：『日本文学の遠近 I』（昭五二・七、未来社）三六九頁。

6　米原謙『国体論はなぜ生まれたか――明治国家の知の地形図』（ミネルヴァ書房、平二七・四）一一七、一一八頁。

7　芳賀矢一『国学史概論』（国語伝習所、明三三・一一）：『明治文学全集 四四／上田萬年、芳賀矢一他集』（筑摩書房、昭四三・一二）二二四頁。

8　阿部秋生『国文学概説』（東京大学出版会、昭三四・一一）五一頁。國學院大学日本文化研究所編・発行『國學院黎明期の群像』（平一〇・三）一七三～一七六頁。

9　斯文会編・発行『斯文六十年史』（昭四・四）、東京帝国大学編・発行『東京帝国大学五十年史 上冊』（昭七・一一）、帝国大学学友会編・発行『帝国大学大観』（昭一四・一二）、東京大学百年史編集委員会編『東京大学百年史 部局史二』（東京大学出版会、昭六一・三）、橋本鉱市「近代日本における『文学部』の機能と構造――帝国大学文学部を中心として」（『教育社会学研究』平八・一〇）、神野藤昭夫「近代国文学の成

立」（酒井敏他編『森鷗外論集 歴史に聞く』新典社、平一二・五）等を参照。

10 帝国大学編・発行『帝国大学一覧 従明治二十一年至明治二十二年』（明二一・一一）一三九〜一四一頁。同『帝国大学一覧 従明治二十二年至明治二十三年』（明二二・一〇）一四三〜一四五頁。

11 久松潜一編「上田萬年 年譜」（前掲『明治文学全集 四四／上田萬年、芳賀矢一他集』）四三八頁。前掲『東京大学百年史 部局史二』文学部抜刷版一二、一三頁。安田敏朗『帝国日本の言語編成』（世織書房、平九・一二）七四、七五、四一三、四一四頁。

12 藤井貞文「江戸国学転生の問題」（『國學院雑誌』昭三三・一一）二二九、二三〇頁。阿部前掲『国文学概説』四九、五〇頁。阿部秋生「国学」（国史大辞典編集委員会編『国史大辞典 第五巻』吉川弘文館、昭六〇・二）六二〇頁。鈴木貞美『日本の「文学」概念』（作品社、平一〇・九）一八五、一八六頁。シラネ前掲「『国文学』の形成」七五、七六頁。一方で、山田顕義（一八四四―一八九二）や井上毅（一八四四―一八九五）など国典研究・国体教育の重要性を認識する政治家・司法官僚の強い後押しによって皇典講究所の事業が拡張され、國學院の設置（明二三・七）となり、官学アカデミズムとは異なる地平からも国学の保存と育成がはかられていった。芳賀登「幕末変革期における国学者の運動と論理――とくに世直し状況と関連させて」（『日本思想体系 五一／国学運動の思想』岩波書店、昭四六・三）七一〇頁。前掲『國學院黎明期の群像』五三〜五七、八二〜九一頁。牟禮仁「皇学四大人から国学四大人へ」（『皇學館大学神道研究所紀要』平一五・三）一二一、一二二頁。藤田大誠『近代国学の研究』（弘文堂、平一九・一二）二四三〜三〇七頁。小川有閑「井上毅の国体教育主義における近代国学の影響」（『東京大学宗教学年報』平二一・三）九二〜九六頁。

13 立花隆『天皇と東大――大日本帝国の生と死 上』（文藝春秋、平一七・一二）一一三、一一四頁。

14 夏目漱石（本名金之助、一八六七―一九一六）が大学予備門入学前の一時期漢学塾の二松学舎に通った（明一四〜一五頃）ことはよく知られている。鈴木前掲『日本の「文学」概念』一六九〜一七一、一七六頁。

15 もっとも仏文学については、明治日本が「立憲君主政体＝プロイセン（ドイツ）、資本主義経済＝英米、陸軍＝ドイツ、海軍＝イギリス」という国家的志向のもと、第三共和制下のフランスを主たる制度モデルにしなかったことから、同じ西洋文学でも英文・独文に比べて微妙な立場にあったといわれる。柄谷行人「近代の超克」（『〈戦前〉の思考』文藝春秋、平六・二）一〇三～一〇六頁。高田理惠子『文学部をめぐる病い——教養主義・ナチス・旧制高校』（松籟社、平一三・六）一二八～一四〇頁。

16 イ・ヨンスク『「国語」という思想——近代日本の言語認識』（岩波書店、平八・一二）、安田前掲『帝国日本の言語編成』、安田敏朗『「国語」の近代史——帝国日本と国語学者たち』（中央公論新社、平一八・一二）等を参照。

17 大久保利謙『大久保利謙歴史著作集7／日本近代史学の成立』（吉川弘文館、昭六三・一〇）、関幸彦『「国史」の誕生——ミカドの国の歴史学』（講談社、平二六・七）、松沢裕作編『近代日本のヒストリオグラフィー』（山川出版社、平二七・一一）等を参照。

18 堀尾輝久『天皇制国家と教育——近代日本教育思想史研究』（青木書店、昭六二・六）、前川理子『近代日本の宗教論と国家——宗教学の思想と国民教育の交錯』（東京大学出版会、平二七・四）等を参照。

19 田中康二『本居宣長の大東亜戦争』（ぺりかん社、平二一・八）五三～五五頁。

20 笹沼前掲『「国文学」の思想』一九三頁。

21 三上参次『外山正一先生小伝』（私家版、明四四・七）三六、三七、五三頁。同『明治時代の歴史学界——三上参次懐旧談』（吉川弘文館、平三・一二）三一、五四、一二三頁。その後も戦前を通じて文科大学——改正「帝国大学令」の施行（大八・四）以降は文学部——では、評議員（明四〇・四～明四五・三）や第四代学長（明四五・三～大一〇・三）をつとめた上田萬年一人を除いて、国語・国文の教員が学内（学部内）の要職に選任されることはなかった。前掲『東京大学百年史 部局史一』文学部抜刷版六〇、六一頁。

22 井上哲次郎「漫言数則」（『東洋学芸雑誌』明二五・二）一〇六頁。他方アカデミズムの外側では、政府年来の欧化政策に対する反発（国粋思潮の高まり）や、帝大国文学科を中退し新聞『日本』（明二二・二・一一創刊）に布陣した正岡子規（本名常規、一八六七―一九〇二）らの俳句・和歌革新運動等によって、国文学に対する世間一般の認知度は、明治二〇年代後半から三〇年代にかけて漸次上昇傾向にあった。例えば以下の観測。「盛なりし西洋主義も、終に其極端にや達しけん。一両年前よりは次第に衰へて、国粋主義の流行を見るに至れり。［……］今迄は夢にだも知らざりし国文学の講究、次第に盛になりて、国語、国文といふ学科の、忽《ゆるがせ》にすべからざることを知る者多くなりしより、普通教育の学制をも一新するの勢にて［……］」。高津鍬三郎『国文学と漢文学との関係』（『普通教育』分冊、金港堂、出版年月未詳）二頁、ルビ引用者。古島一念「日本新聞に於ける正岡子規君」（『子規言行録』吉川弘文館、明三五・一一）：『子規全集 別巻二／回想の子規一』（講談社、昭五〇・九）一九九頁を参照。

23 芳賀前掲『国学史概論』二二五、二二六頁。

24 昭和女子大学近代文学研究室編『近代文学研究叢書 一一／藤岡作太郎』（同大学光葉会、昭三四・一）、同『近代文学研究叢書 二六／芳賀矢一』（同大学近代文化研究所、昭三九・一二）、神野藤前掲「近代国文学の成立」等を参照。大学の他にも、芳賀は臨時仮名遣調査委員会委員（明四一・五～一二）、教科用図書調査委員会委員（明四一・九～大九・七）等の、藤岡は文部省美術展覧会（文展）の審査委員（明四〇・八～明四二・?）等の公的活動に従事している。

25 芳賀矢一『国民性十論』（冨山房、明四〇・一二）：前掲『明治文学全集 四四／上田萬年、芳賀矢一他集』二八一頁。

26 以下の記事は昭和初期のものだが、文学部（文科大学）の学生の卒業後の実態について冷笑的に述べたものである。国文専修者には特に身にしみて感じられたのではないだろうか。いわく「彼等の行く手を見よや！ 先ずウマく行つて田舎の中等教員であり、ホンの少しばかりが作家であり新聞記者である。悪く行つた多数が此の世では使ひ道の少いそして厄介なインテリルンペンに押流されて行くのだ」と。新聞記事

「大学教授室（一七）／東京帝国大学文学部（一）」（『時事新報』昭六・一二・一八八面）。

27　芳賀矢一「法科万能主義を排す」（『帝国文学』大六・一〇）、同「『法科万能主義を排す』に就いて」（『東亜之光』大六・一二）、同「文科大学論」（『東亜之光』大七・六）等。

28　芳賀前掲「文科大学論」六五頁。立花前掲『天皇と東大 上』一一二頁。須藤靖『ものの大きさ——自然の階層・宇宙の階層』（東京大学出版会、平一八・一〇）四、五頁。

29　芳賀矢一「万葉集を経典とせよ」（『心の花』大六・一一）二頁。

30　スペインの哲学者で大衆《マス》性に関する批判的分析で有名なオルテガ（José Ortega y Gasset, 1883-1955）は、「選ばれた少数派《エリート》」とは単に優秀（高学歴）である以上に「自ら進んで行動」し「自分に多くを要求し、自分の上に困難と義務を背負いこむ人」であると定義している。その意味で、彼らは「国文学エリート」と類型化し得る存在である。オルテガ『大衆の反逆（*La rebelión de las masas*, 1930.）』（寺田和夫訳、中央公論社、昭四六・四）三九一頁。なお、国文学と直接関連する研究ではないが、前川理子は「学問をとくに旧帝国大学のそれを中心にしてみようとする場合にはいっそう、その制度的属性からくる自覚的、無自覚的拘束性に注意を払う必要が出てくる。いかなる時代のいかなる学問も時代的社会文化的制約を受けないということはないが、その学的言説や理論構築が政策論や具体的政治過程に関わっていくことがより自然に受けとめられていた戦前の帝国大学の学問研究活動においてはこの傾向はいっそう強まる」として、筆者と共通する視座から『国家の大学』に形成された宗教学」と、井上哲次郎、姉崎正治（一八七三—一九四九）ら「宗教学エリート」たちを問題にしている。前川前掲『近代日本の宗教論と国家』五頁、傍線引用者。

31　大塚健洋『大川周明』（中央公論社、平七・一二）一〇三頁。

32　久松潜一「日本学問の伝統と国学」（『文芸世紀』昭一六・一二）四、六、七頁。

33　山本正秀「明治の新国学運動——落合直文を中心として」（『国語文化』昭一七・三）一五一頁。

34　内野吾郎『新国学論の展開』（創林社、昭五八・一）、石川公彌子『〈弱さ〉と〈抵抗〉の近代国学――戦時下の柳田國男、保田與重郎、折口信夫』（講談社、平二一・九）、同「近代国学の諸相」（『叢書 新文明学3／方法としての国学――江戸後期・近代・戦後』北樹出版、平二八・四）等を参照。

第一章　沼波瓊音の学問と思想

沼波瓊音
［同『七面鳥』（春陽堂、大正2年10月）より］

第一節　個人から全体への道程

春月や刺激に耐へぬ我が心[1]

一　はじめに

維新・王政復古の潜在的原動力となった近世の国学（の主要部門である古典研究）が明治新政府の発足後紆余曲折を経て「国文学」となり近代学問としての実質を確立したのは、文学・思想史上では今日一般的に、芳賀矢一（一八六七―一九二七）が西欧（ドイツ）留学より帰朝し東京帝国大学文科大学教授となり国文学研究室主任・国語学国文学第二講座担任として研究・教育を開始する明治三五（一九〇二）年前後とみられている[2]。おりしもそれは、日清戦争（明二七・八～明二八・四）、露独仏三国干渉（明二八・四・二三）から臥薪嘗胆の数年間を経て日英同盟協約の調印（明三五・一・三〇）が成り、来たるべきロシア帝国との戦争に向けて国民の意識が収斂され、ナショナリズムが全国的に高揚していく時期〔3〕に当たっていた。芳賀が学内外で示した「国民性《ナショナリティ》・民族性の闡明」という国文学の本来的使命は、リアルな対外危機を前に国民一丸とならざるを得なかった時代の国家的要請にまさしく相応するものであった。

一国の性質を研究するには、即ち日本国の性質を研究するには、古来の日本語に現れた日本人の思想を取つて研究するより外に途はありませぬ。〔……〕日本の国学は日本の文献学である。日本のフイロロギーである。これを日本人は国学と名づけたので、西洋の文献学につい て、ベイツク《ママ》〔August Boeckh, 1785-1867〕の唱へた科学としての文献学が成立するならば、日本の国学もまた立派に科学として成立つのであります。〔……〕すべての生活上のあらゆる所についつて来て、その国民を外の国民と区別するのが国学の目的であると、フンボルト〔Friedrich Wilhelm von Humboldt, 1767-1835〕は更に明瞭に言つて居ります。すべて一国には、その国特有の特性がある。その特性を指摘するのが、国学者の役目であります。〔……〕国学とは国語国文に基礎を置いて、すべての学科を研究して行くべきものである。国学は西洋の文献学と均しいものである。〔4〕

だがそれは、ひと時のマッチングに過ぎなかった。約一七億円の戦費と戦死・戦病死者約八万四千〜一二万人と推計される甚大な犠牲を払って大国ロシアに軍事的勝利をおさめ、ひとまず「一等国」のあかしを手に入れた日露戦争（明三七・二〜明三八・九）後の日本人一般の意識は、長い緊張から解き放たれた達成感・安堵感と相まって漸次弛緩していき、とりわけ若年層においては、国民としてではなく個人として自我の充足や成功を追求する傾向——「個人的発展を貴ぶこと今日の如く又［ママ］た物質的幸福を求むること今日の如きは世界を通じて有史以来未だ曾て見ざる所なり」[5]——が目立つようになる。一方で文学・思想・宗教各界も、藤村操（一八八六—一九〇三）の華厳の滝への投身に象徴される「人生とは何ぞや、我は何処より来りて何処へ行く、といふやうなことを問題とする内観的煩悶の時代」[6]の本格的到来を前に、より活発な動きをみせ始める。

　かかる精神史的状況において、国文学界は、国民的名著として版を重ねた芳賀矢一の『国民性十論』の刊行（冨山房、明四〇・一二）以降は、本来の使命を尽くす決定的なよすがを得ぬまま、明治末年から大正期にかけて文字通り象牙の塔にこもった状態での「保守停滞」[7]を余儀なくされていく。

　本章の主人公・沼波瓊音（本名武夫、一八七七—一九二七）は、まさにそうした現実のなかで国文学を研鑽し、結果として芳賀の学問性を本来のバランス感覚——「我民族の美徳の底には亦必ずその欠点の潜んで居ることも知らねばならぬ」[8]——を捨象した、より先鋭的なかたちで継承するに至った政治的文学者である。以下、彼の学問と思想の特質を、その志向が我／個人の完成から全体／国家の完成へとドラスティックに変容していく大正中期（第一次世界大戦終結前後）を境目に、大きく前期（第一節）と後期（第二節）に分けて考察する。

二　キャリア形成

沼波瓊音[9]は、明治一〇（一八七七）年一〇月一日、愛知県名古屋玉屋町（現名古屋市中区）のかつて尾張藩の御目見得御用掛医師をつとめた医家の長男として出生している。敬神の念篤い質朴な家風のもと幼少年期より漢籍と発句に親しみ、長じては文芸全般就中小説を「酷愛」し「小説に養はれ小説に酔ひ小説に教訓され小説に慰藉され」[10]ながら多感な日々を送り、地域の菅原学校、大成尋常高等小学校（高等二年編入）、愛知県尋常中学校、第一高等学校第一部文科を経て、明治三一（一八九八）年九月、東京帝国大学文科大学国文学科に入学する。家業の医道でなく国文を志望した直接の動機は、中学在校当時、国語教諭で国文学者の鈴木忠孝（一八六二―一九一八）の熱心な古典講義に「感化」されてのことだという[11]。後の国文学者としての沼波の、愚直で実践的な学問スタイル――「読む時には味ふといふ外に他の目的なく、而して知らず〳〵の中に自ら深く知るといふ遣方」[12]――はもっぱらこの師によって培われたものである。

他にも少年時代には、「人が皇室に関して、とやかく評するのを聞くと、何とは知らず、胸塞まり、涙ぐましくなつて、物言ふことさえ出来なかつた」[13]とか、受験勉強中下宿の一室に「勉強中如何なる来客あるも勅使の外一切応接せざる事」[14]と壁書していたとか、あるいは三国干渉の報に接して「深い谷の中へ突落されたやうに感じた。幼い僕の頭には目前に国家が亡びつつあるやうに感じた」[15]等のエピソードがあり、晩年人ごとに評される「熱情的な狂信的」[16]な草莽の志士《ナショナリスト》としての意識の淵源を垣間みることが出来る。

さて、沼波が在籍した当時の東京帝国大学文科大学国文学科の教員スタッフは、ちょうど黒川眞頼（一八二九―一九〇六）や物集高見（一八四七―一九二八）など旧幕時代に生まれ「近世以来の国学の学統を伝えることに汲々」として来た老大家たちがフェードアウトし、上田萬年（一八六七―一九三七）や芳賀矢一など若い世代の国語・国文学者たちが頭角を現し始める過渡期に当たっていた[17]。沼波ら明治三十一年入学組は前者の謦咳に接した最後の学生となる。もっとも彼にいわせれば、高等学校時代に講義を聴講して以来親炙していた芳賀矢一を除けば、「大学にて聴きし国語の講義の総べては遂に鈴木［忠孝］先生の講義に及ばず［……］小生が国文学の趣味を解したるは全く鈴木先生のみのお蔭」[18]とのことであるが。

赤門の国文学徒としての沼波は、中・近世文学就中蕉風俳諧を研究テーマとし、毎日のように大学図書館に足を運んで種々の文献資料を渉猟した。その一方で、大野洒竹（本名豊太、一八七二―一九一三）、佐々醒雪《さっさ》（本名政一、一八七二―一九一七）、笹川臨風（本名種郎、一八七〇―一九四九）ら東京帝大OBが結成（明二七・一〇）した俳句結社「筑波会」に加入（明三一・一二）し、また一期上で博言学科の八杉貞利（一八七六―一九六六）らと和歌結社「わか菜会」を立ち上げる（明三二・一）などして文学的感性と鑑賞眼をみがいた。

二年次末には初の単著となる『俳諧音調論』（新声社、明三三・八）を芳賀矢一の懇切な校閲[19]を受けて刊行する。内容は、一句内の同行連鎖――例えば松尾芭蕉（一六四四―一六九四）の「古池や蛙飛びこむみづの音」にみられるmの子音――や同韻連鎖――例えば与謝蕪村（一七一六―一七八三）の「春のうみひねもすのたり〳〵哉」にみられるiの母音――をはじめ、カ行音、タ行音、促（つ）音、撥

（ん）音、字余り等々、俳句の音調における多様な表現効果を考察したもので、「この種の研究の最初のもの」として大いに学界の注目を集めたという[20]。もっとも俳壇では、赤門系の筑波会と距離を置く正岡子規（本名常規、一八六七―一九〇二）、高浜虚子（本名清、一八七四―一九五九）、河東碧梧桐（本名秉五郎、一八七三―一九三七）ら日本派の書評は「ざつと見るのに無用の議論で終始してゐる様だ」[21]と冷ややかであったが。

ともかく一定の評価を得た沼波は、爾後も研鑽を重ね、「俳論書の三珍」（『学燈』明三六・五）、「俳句紹介者としての小泉八雲氏」（『帝国文学』明三七・一一）、『蕉風』（金港堂書籍、明三八・五）、『俳句講話』（東亜堂書房、明三九・一一）、『俳論史』（芳賀矢一序、文禄堂、明四〇・四）、『瓊音句集』（新潮社、大二・五）等々、個性的な論著・入門書・句集を次々と発表し、気鋭の俳諧・俳句研究者として明治後期から大正初期にかけてその存在を漸次社会一般に認知させていった[22]。

わけても、前出『俳論史』のなかで江戸中期の俳諧師・上島鬼貫（一六六一―一七三八）を論じ、その著『独言《ひとりごと》』に説かれる「まこと」の理念性に近代の国文学者として最初に着眼したこと――「僕等は詩は虚偽を言つては味を損するものでまことを言はねばならぬといふことを辛《や》つとこの頃知つた」[23]――は、戦後の研究史にも明記されている[24]。

三　国文学者は「不思議なる宇宙」を驚いたか

叙述は前後するが、明治三四（一九〇一）年七月に東京帝国大学を卒業した沼波瓊音は、哲学館講師、三重県第三中学校国語教諭（中途で教頭に昇進）、京北中学校出講、文部省嘱託[25]、『萬朝報』記者など職を転々とし、明治四四（一九一一）年四月からは体調の悪化もあって著述専業に入っている。

この間（日露戦前―戦中―戦後）に在って、彼の文筆の領域は多方面に拡大し、「一種の味」[26]ある文体で小説、評論、詩文、随想、紀行文などさまざまな原稿を『中央公論』『中学世界』『秀才文壇』『女子文壇』等中央の諸雑誌に精力的に発表している。また、それとともに、中学校時代より作品を愛読していた幸田露伴（本名成行、一八六七―一九四七）をはじめ、戦後「新文学」の旗手[27]としてにわかに脚光を浴び始めた国木田独歩（本名哲夫、一八七一―一九〇八）、夏目漱石（本名金之助、一八六七―一九一六）、田山花袋（本名録弥、一八七一―一九三〇）、小栗風葉（本名磯夫、一八七五―一九二六）、更には森鷗外（本名林太郎、一八六二―一九二二）、岩野泡鳴（本名美衛、一八七三―一九二〇）、新進の洋画家・小杉未醒（本名国太郎、一八八一―一九六四）など多彩な文士・文化人たちと親交を結んでいる。

なかでも偶然手にした『独歩集』（近事画報社、明三八・七）に衝撃を受けて筆を執り、「嘗て文の人井原西鶴翁を生み、今想の人国木田独歩子を生んだ日本の文壇の光栄は、全世界に誇るべし」[28]とまで断言した「独歩論」（『中央公論』明三九・五）は、従来マイナーな一作家に過ぎなかった独歩の「文名を世間に伝播」する上で「確かに大なる力」を発揮したといわれ、近代文学史上に特筆すべき意義を有するものと評価される[29]。

沼波が独歩の小説に惹かれたのは、何より個々の作品に通底する、作者その人の事物の本質に迫ろうとする真摯さ――「宇宙の不思議を知りたいといふ願ではない、不思議なる宇宙を驚きたいといふ願です！」〔30〕――と安易な妥協を許さないストイックな態度が、みずからに全く合致することを認めたためであった。

余は実に余自身の語余自身の文たるを覚えるのである。〔……〕独歩子が解決を与へない、それこそ真の大解決と僕は思ふ。〔……〕たゞ面白くてお慰みになるものでなくては小説とは言へぬならば、余は独歩子の作物を小説以上の作物と言ひたい。〔31〕

同じ頃、沼波は、漱石にも徐々に注目し始め、

漱石の文学論序なるものが昨年読売〔新聞、明三九・一一・四〕に現はれた。僕はこれを読んだ時一種怖しいやうな感に打たれた。漱石はいつまでも己が不足を感ずる人である、そこに偉大な所がある。〔32〕

と述べるなどして、その「いつまでも己が不足を感」じているようなたたずまいに、自分と本来的に通じ合う〝何か〟を感じ取っていくのである〔33〕。なお両者の具体的な接点は、漱石が長編小説「坑夫」を連載（『東京／大阪朝日新聞』明四一・一・一～四・六）していた頃、同作の材料を提供した荒井伴男

（生没年未詳）なる人物の良からぬ素行について、沼波が漱石に口頭で注意を与えたのが最初とみられる[34]。

独歩、漱石との知遇を機縁として、国文学の論著以外での沼波の言説は、

物と物とを分ける為に線を引く。物を知得する為にぐるりと線を引く。前者を区別といひ、後者を異説といふ。斯うして線に依らねば何物をも会得することが出来ないやうに人間が堕落して来た。［……］線は迷の始である。線は堕落の始である。事物を事物の侭に感ぜよ、事物の各のまはりは総べてぼかしなることを記せよ。「線を引くな、線を引くな」と僕は絶叫する。[35]

あるいは、

一の物を二つの物に意識することは、吾人夢の中によくあることだ。或狂人は醒めてる時にもこれがあるさうだ。これを二重人格といふ。余は思ふ、この二重人格は狂的病的として疎んずべきことで無い。これを遣ることを熟練すると、たしかに己れを向上することが出来ると。［……］それは私情に蔽はれずして事物の真体を見るの双心眼を開くといふ大効がある。[36]

等々、個人の内面と修養に関するものが多く目立つようになってくる。

しかして彼の自意識は、時日を経るに従ってより宗教的・実存的な苦悩を深めていき、手さぐりの

思索を重ねたひと時の小悟（安心）とそこに腰を落ち着ける暇もなく次々とわき上がって来る疑念のループを繰り返しながら――その間には「惜み惜み惜みても余りあ」[37]る畏友・独歩の死（明四一・六・二三）があった――明治末年に至って極限に達する。

この頃既に彼の「文字通りの孤独」な精神は、生の意味・目的を完全に見失い、その先の「行末のドンづまり」に待ち構えている「身の毛のよだつやうな、正視すべからざる、二目と見られぬ怖しい物」すなわち「死＝虚無」の想念を前に「発狂するか、自殺するか、どちらか」にまで追い込まれつつあったという[38]。

「汝は何を為しつゝあるか」と云戦慄すべき問題〔……〕これを解決するには、宇宙はどんなもの、全実在の形如何、これを知り得なければならぬのだ。[39]

かかる沼波の欲求に、西田幾多郎（一八七〇―一九四五）の論著等によって膾炙し明治末期から大正初頭にかけて日本の哲学・思想界を席巻した生の哲学の思潮――「ベルグソン《〔ママ〕》〔Henri Bergson, 1859-1941〕やジェイムス〔William James, 1842-1910〕の意識の現象学的な思考法が、ショーペンハウエル〔Arthur Schopenhauer, 1788-1860〕の哲学の流行とないまぜになり、自分の意識を『生命』の現象と見、また、理性で抑えることの出来ない性欲などの衝動を、『宇宙の意志』の現れとする思想になっていった」[40]――との共振性をよみ取ることは容易であろう。

他にも、土屋久が指摘しているように、みずからの「見神」体験――「今まで現実の我れとして筆執りつゝありし我れが、はつと思ふ刹那に忽ち天地の奥なる実在と化《な》りたるの意識」――を発表して明治後期の宗教界に多大な刺激を与えた文芸評論家・綱島梁川（本名栄一郎、一八七三―一九〇七）の影響も見逃せない[41]。

四　〈始めて確信し得たる全実在〉とは何か

さて、精神の危機に直面したまま明治の終焉を迎えた沼波瓊音は、大正二（一九一三）年一月に漱石の友人で英文学者の野上臼川（本名豊一郎、一八八三―一九五〇）、翻訳家の村上静人（一八八四―一九六〇）らと芸術・宗教に関する一般研究公開の自由講座を企画し、五月にはみずから六回講壇に立ち、かねて尊敬する露伴や劇作家の高安月郊（本名三郎、一八六九―一九四四）の導きを受けて[42]このほどようやく「掴み得」た大悟の内容を詳細に語り、七月にその述録を『始めて確信し得たる全実在』として東亜堂書房より刊行している。

同書を献呈された漱石は、礼状のなかで「頂戴した其日に読みました私は何より先にあなたの意気とあなたの心持とに感服致しました近頃は小説も評論もいくらでも出ます然しあゝいふ方面の事は誰も考へてゐません、所があゝいふ方面の事は窮所迄行くと是非共必要になつて来ます」[43]と述べ、これに最大級の賛意を以て応じた。その上で、かねて「小生もあなたに劣らぬ孤立ものに候」[44]とどこか同志じみた親近感を抱いていた沼波に対し、「人の事ではないみんな自分の頭の上の事です私はあゝいふ意味の事で切実な必要を感じつゝいまだ未程の地に迷つてゐます」[45]とみずからの真情を率直に吐露してみせたのである。

漱石文学の研究者にはよく知られた事実であるが、この『始めて確信し得たる全実在』に目を通したことが、漱石をして一時中断していた長編小説「行人」の最終章「塵労」（『東京／大阪朝日新聞』大二・九・一六連載再開）の構想を大きく変化させるきっかけとなった。朴裕河の緻密な分析に従えば、「塵労」において登場人物のHさんが語った有名な山を呼び寄せるモハメッド／ムハンマド（Muhammad, 570?-632）の逸話や、事実上の主人公・長野一郎のどこかシェイクスピア（William Shakespeare, 1564-1616）を想起させる数々の台詞——「死ぬか、気が違ふか、夫でなければ宗教に入るか」、「僕は絶対だ」、「何うしたら此研究的な僕が、実行的な僕に変化出来るだらう」等——は、そのまま当時の瓊音＝漱石の内実としてよむことが可能となる[46]。

漱石（大正元年9月）
［『漱石全集 第7巻』（同刊行会、昭和12年1月）より］

ところで、「日輪右に在り、月輪左に在つて、汝黙せよと云つても、自分は黙しない」とまで言い切った「モハメット〔ママ〕の豪語」[47]よろしく、沼波が自信を持って「掴み得」た大悟とはどのようなものであったのか。要点を抽出しつなげてみよう。

宇宙は一つか。或は無数の箇々の集りか。

宇宙は空か。或は実か。

Aかnot-Aか。

諸君、私は解つたのだ。

私は、全宇宙は、Aであつて、同時にnot-Aだ、と答へ得たのだ。

我々はあらゆる場合に於て、Aとnot-Aとを、全く別所の物と考へて居たのが、迷であつたのだ。Aとnot-Aとを、一つに視得て、始めて、ここに真の知識が出来たのだ。

これ実に私の悟であります。

一言にして便利な云方をすれば、矛盾の承認だ。

これを大宇宙に展げるのだ。大宇宙に就ても、やはり同様の承認が出来たら、即ちそれが大宇宙を知つた、全実在を見たと云ものであるのだ。

ベルグソン〔ママ〕なども、斯うは云つてやしまい。よし、在つたとしても、それは暗合なんだ。

我々は、無差別相に立つては、宇宙に一続きの体を持ち、宇宙に一続きの霊を持ち、其の霊は大自在の能力を持つて居ることを自覚し、差別相に立つては、我等の至楽である所の努力を続ける。永遠に続ける。この宇宙は天国である。天国なるが故に修羅道である。宇宙は修羅道である。修羅道なるが故に天国であるのだ。

これを自覚して天理に随つて進む。この上の生のPerfectionは無いのであります。

私は、宇宙の全実在は是れだと云。世界に対《むか》つて教へる。How to liveの答はこれで出来た。「汝は何を為しつゝあるか」と云、人を戦慄させる文字は消えた。[48]

多少なりと哲学・宗教を専門的に学んだ者であれば、沼波の説く「A = not-A / not-A = A」が大乗仏教就中華厳教学における「一即一切 一切即一」の哲理[49]あるいは西田幾多郎が晩年に到達したとされる「絶対矛盾的自己同一の世界」[50]と、いわんとする内容においておよそ大差ないことを察知するであろう。じっさい沼波も、大悟の後に「これは禅の方では、実に言ひ古されたことであるのだ」[51]と知って甚だ落胆したという。

だが、それでもとにかく自力で得証したものには違いなく、気を取り直した沼波は、「悟つたゞけで、悟りッぱなしでは駄目だ。実行をせねば駄目だ。[……]それを実地に活用しなくては駄目だ」として「真の意味の、修養を一生やる覚悟」[52]をかためる。そうしてまずは、漱石の紹介で長編小説「門」(『東京/大阪朝日新聞』明四三・三・一〜六・一二連載)に登場する臨済僧・釈宜道のモデルとなった釈宗活(一八七〇―一九五四)とその師である釈宗演(一八五九―一九一九)に法縁を得、谷中の禅堂・両忘庵に傍から見ても尋常でない熱心さ――「両忘庵には毎日御出掛ですかあついから往復が御難儀でせう」[53]――で通い詰めていった。

ふム、よくそこまで独りで御練りになりました。しかしそれでは我と云ふものが小さな箇体になつて居ます。我と云ものはそんなものではありません[……]まだいけません、〱、所謂徹底しません[54]

対面早々に痛棒をくらい、「無辺際の大我と云ふものがどうも私の頭に唯一概念としてのみ存して居るのでは無いか、それを老師〔宗活〕は看破されたのでは無いか」とまたぞろ不安が頭をもたげ始めた沼波は、一時家庭を棄て本気で出家得度することまで考えたという〔55〕。

五　逸脱軌道

みずから「掴み得」た（と信じた）大悟をより確かなものに練り上げるため、ひところ座禅・公案に打ち込んだ沼波瓊音は、一方では、それを有限な生において「実地に活用」しようと具体的な「目的」を探し求めていく。

> 諸君が、私に、「我々は如何に活くべきか」と問はれるならば、私は「其侭で宜しい」と答へる。自覚して進みたいとならば、「好きな事をなさい」と勧める。泥棒がしたいなら、泥棒をしなさい。姦淫がしたいなら、姦淫をしなさい。〔……〕其の罰を少しでも恐れる心があるならば、それは貴君が、本当に、「したいこと」、「好きなこと」では無いのである。私が所謂「好きなこと」と云のは、渇したる者が清水に対するやうな心、即ち前後の分別も何も無く、殺されても、そちらの方へ駆附ける底《〔ママ〕》のことを指すのであります。〔……〕斯くて我等は、「我の完成」を為しつゝある、と云ことに、つまりなる。何でもよいから、「好きな事」をして、「我」を完

成して行くのだ。［56］

たとえ人の世の倫理・常識に照らしてどれほど愚かしくあろうと、「殺されても、そちらの方へ駆附け」るに値すると思い定めた「したいこと／好きなこと」に自身（A）の全存在を挙げて取り組み、「我」を完成する。沼波にとっては、それがそのまま、無限なる宇宙（not-A）と一体化する営み、すなわち「実行」となるのである。

しかして、大正四（一九一五）年から翌年にかけて大平良平の「未来の世界教」（『早稲田文学』大四・三）など天理教に関する各種文献やベルギーの劇作家・メーテルリンク（Maurice Maeterlinck, 1862-1949）の『死後は如何（*La Mort*, 1913.）』（栗原古城訳、玄黄社、大五・四）等を熟読し、にわかに霊的《スピリチュアル》な方面に刮目［57］した沼波は、大正五（一九一六）年二月に巣鴨町庚申塚の明治女学校跡で「至誠殿」という新興宗教を創唱していた山田鶴子（生没年未詳）なる祈祷師に出遇い、予言や透視、難病治癒など同人のもたらす数々の奇蹟《パフォーマンス》に魅了され迷わず入信する。七月には一家を挙げて巣鴨に移住するまでに至る［58］。教母の身辺に絶えず奉侍しその布教伝道に随行する、そうした非日常的な生活のなかに、彼はまず以ておのれの「したいこと／好きなこと」を見出したのであった。入信中にはじっさい、さまざまな神秘現象が眼前で起こり、「雨中に立つて濡れず、日月を隠し、風塵を避け、電車の腰掛から人を立たしむる」［59］など「神様に一口御願するだけで、いろ〳〵の不思議な事が出来た」［60］とのことである。

俳人の沼波瓊音は、此頃は千里眼になり済して、どんな病気でも治すと威張つて居るが、どんなに頼まれても、たとへ又《〔ママ〕》た向ふがどんな恩人であつても決して自ら出向くと云ふ事はせない。何時かも旧師の芳賀〔矢一〕博士の慢性の病気を見て遣つたらどうだと友達が勧めたら、「有難いと信ずるなら此方へ来るが宜い、其信仰ばかりでも病気が治る訳だ」と高飛車に出たので、勧めた人は二言と継げず、恐れ入つて参つて了つたのださうな。〔61〕

しかるに、この時期のあまりにも常軌を逸した沼波の言動は、いたるところで顰蹙を買い、佐々醒雪などごく一部の理解者を除いて「或人には敗《〔ママ〕》徳漢と罵られ、或人には狂者として嘲けら」れ、結果「多くの友人を失」〔62〕ったという。漱石もまたそうした友人たちの一人であったか、どうか。

じじつ、大正二（一九一三）年中には頻繁に書簡をやり取りしていた両者であるが、翌年以降はぷっつりと途絶え、生前に言葉を交わしたのも確認出来る限りでは大正四（一九一五）年二月が最後——「節〔長塚、一八七九—一九一五〕氏の死去〔大四・二・八〕の報が新聞に出た翌朝沼波武夫君が来て（わざ〳〵）向後長塚君の事に関し何かやる（遺稿を出版するとか其他）なら自分も加盟したいからどうぞ通知してくれと頼んで行きました」〔63〕——となる。以後再び好誼を通じる機会を得ぬまま、翌年一二月九日、漱石は満四十九歳で没している。

六　個人的思考からの脱却

大正六（一九一七）年四月、諸般の事情から「至誠殿」に出入り不可となった沼波瓊音は、意を決して信仰生活を打ち切り東京帝国大学文科大学の国文学研究室および帝大図書館に通い始め、国文学者としての日常に復帰――「著述業者に戻るべき運命になつた」〔64〕――する。一説には、教母・山田鶴子の「教養言動がいかにも低級で追々金箔が脱げ」ていき、「遂に厭気がさし」〔65〕たとのことであるが。

時あたかも国際社会では、大正三（一九一四）年七月に勃発した第一次世界大戦（欧洲大戦）の拡大長期化に連動するかたちでロシア二月革命が勃発（大六・三）しロマノフ王朝が滅び、続く十月革命においてはレーニン（Vladimir Lenin, 1870-1924）率いるボリシェヴィキが権力を掌握（大六・一一）して史上初の社会主義政府《ソヴィエト》が樹立される。また、新興国アメリカの参戦（大六・四）によって、膠着状態に陥っていた戦線も連合国側の優位に大きく傾き出す。そうした海の彼方の情勢を望見しながら、沼波は、「今世界は絶苦の底にある。〔……〕一個人の身に起る神秘、個人と個人との間に起る神秘と云ふやうな事にのみ驚いて居る、又歓喜して居る場合では無い」〔66〕と述べるなどして、次第に脱個人的な志向をあらわにしていく。それは、最後まで「朋党」を結ぶことをよしとせず、己が「個」を貫き通して「葛藤をもって葛藤にまつわる世界」を生きる道を選んだ漱石〔67〕と、最終的かつ決定的に袂を分かつことを意味するものであった。

ここで今一度、前出の『始めて確信し得たる全実在』を繙いてみよう。該書の終盤で、瓊音は「我の完成」こそが「現代人の耳に、最も快く勇ましく響く」〔68〕として各自にその「実行」を奨励しつつ、一方では次のような可能性も示唆していた。

私が、若し、没我を快しとし、団結を快しとする時代に生れたら、「団体の完成」を唱道したでありませう。何と云つても、其の行為は、つまり同じ事をすることになるのであります。「我の完成」は自から「団体の完成」となるもの、「団体の完成」は自ら「我の完成」となるものであります。〔……〕私は「我の完成」と云事から発した。即ちイゴイズムから出発したが、出発点は誰でもこれで無くてはならぬのだ。現代人が、旧い道徳に倦きて、「我」「我」と云出したのは、又出直さう、と云のなんだ。先づ起る真の声、それは必ずイゴイズムであります。意志は一枚でありますから、「我」に対する熱愛は、発展して一切に対する愛になるのであります。斯うならねばならぬのであります。〔69〕

日露戦後における「内観的煩悶の時代」の空気を一身に体現するかのように生き、文字通り満身創痍となって「孤独」な「懐疑の海を泳ぎ越し」〔70〕て来た沼波瓊音。その鋭敏な意識は、「没我を快しとし、団結を快し」とする新たな時代の気配を、大正も半ばに差しかかった今、はっきりととらえていた。

注

1　沼波瓊音詠「春月」(『瓊音句集』新潮社、大二・五) 五一頁。
2　阿部秋生『国文学概説』(東京大学出版会、昭三四・一二) 三、二〇、二八頁。神野藤昭夫「近代国文学の成立」(酒井敏他編『森鷗外論集 歴史に聞く』新典社、平一二・五) 三一〜三五頁。
3　例えば、佐々木隆『日本の近代 一四／メディアと権力』(中央公論新社、平一一・一〇) 二一一〜二一六頁を参照。
4　芳賀矢一「国学とは何ぞや」(『國學院雑誌』明三七・一―二)：『明治文学全集 四四／芳賀矢一他集』(筑摩書房、昭四三・一二) 二二八、二三〇、二三三、二三五頁。
5　浮田和民「現代生活の研究」(『太陽』明四三・六) 三頁。有馬学『日本の近代 四／「国際化」の中の帝国日本 一九〇五〜一九二四』(中央公論新社、平一一・五) 二〇〜二四頁を参照。
6　安倍能成『岩波茂雄伝』(岩波書店、昭三二・一二) 六一頁。末木文美士『明治思想家論――近代日本の思想・再考Ⅰ』(トランスビュー、平一六・六)、坪内祐三『「近代日本文学」の誕生――百年前の文壇を読む』(ＰＨＰ研究所、平一八・一〇) 等を参照。
7　風巻景次郎「芳賀矢一と藤岡作太郎――黎明期の民族の発見」(『文学』昭三〇・一二) 四四頁。
8　芳賀矢一『国民性十論』(冨山房、明四〇・一二)：前掲『明治文学全集 四四／芳賀矢一他集』二八一頁。
9　沼波の経歴と業績について、基本的な事項は、「故瓊音沼波武夫先生略歴」(瑞穂会編・発行『噫 瓊音沼波武夫先生』昭三・二)、昭和女子大学近代文学研究室編『近代文学研究叢書 二七／沼波瓊音』(同大学、昭四二・八)、松本常彦「沼波瓊音」(原武哲他編『夏目漱石周辺人物事典』笠間書院、平二六・七) 等を参照した。
10　沼波瓊音「独歩論」(『中央公論』明三九・五) 九三頁。
11　沼波瓊音「学生時代の学科に対する名流の回想　沼波瓊音君」(『江湖』明四一・七) 二五頁。同『俳話小品しろ椿』（博文館、明四五・七）一七二、二二一、二二三頁。同「鈴木先生」（『心の花』大七・九）：山口昌男監修『沼波瓊音／意匠ひろひ』（国書刊行会、平一八・八）六九頁。なお『万葉集』の研究者として知られた鈴木忠孝には、江戸後期の歌人・香川景樹（一七六八—一八四八）の作歌を「道ゆく人のさまたげ」と論難した『難桂園一枝』（興文社、明三一・一一）等の著作がある。上田正昭他監修『日本人名大辞典』（講談社、平一三・一二）一〇一六頁。

12 沼波瓊音「時文 文学史上の事実」（『新古文林』明四〇・二）：前掲『沼波瓊音／意匠ひろひ』一九四頁。

13 石村貞吉「追憶」（『国語と国文学 日本精神研究 十月特別号』昭二・一〇）五〇頁。

14 沼波前掲『俳話小品 しろ椿』二四二頁。

15 沼波前掲『俳話小品 しろ椿』二三九頁。この時のおもいが再燃したのか、後には「氷」と題して「北緯《（ポーツマウス条約）》五十度氷踏裂く憤」という句も詠んでいる。沼波前掲『瓊音句集』一四頁、ルビ原文ママ。

16 青山なを「断片」（昭二・八）：『青山なを著作集 別巻／若き日のあゆみ——師 沼波瓊音のことなど』（慶應通信、昭五九・八）一九四頁。

17 東京大学百年史編集委員会編『東京大学百年史 部局史一』（東京大学出版会、昭六一・三）文学部抜刷版三〇六、三〇七頁。三上参次『明治時代の歴史学界——三上参次懐旧談』（吉川弘文館、平三・二）九九、一三五、一四八、一四九頁。神野藤前掲「近代国文学の成立」三三頁。既に明治二八（一八九五）年三月には、文部省の国語科教員（尋常師範学校、尋常中学校、高等女学校）検定試験の委員が、物集、黒川らから上田、芳賀らへと交代し、国語・国文学界の「新陳代謝」を象徴する出来事として注目されていた。佐多罖「物集高見／近代文学研究資料 第二百七十七篇」（『学苑』昭三九・一二）三四頁。

18 沼波前掲「学生時代の学科に対する名流の回想」二五頁。

19 沼波瓊音「親切なりし芳賀先生」（『国語と国文学』昭二・四）九二、九三頁。

20 沼波瓊音『俳諧音調論』（新声社、明三二・八）九、一〇頁。西垣修「沼波瓊音」（『人と作品 現代文学講座

第3集／明治編第3』明治書院、昭三六・七）三三七頁。同書の価値は、現代でも斯界の泰斗によって依用されるなど、一向に古びていない。堀切実『芭蕉たちの俳句談義』（三省堂、平二三・九）一四六、一四七、一五〇頁。

21　虚子「俳話 音を現したる句」（『ほとゝぎす』明三三・一一）一一頁。因みに沼波は、子規について、その「裏面の無」い人間性はもとより、「心を詩にする為に見聞し読書し、そしていざ筆を執ると云場合には心に思ふ侭其侭書くと云ふことにのみ注意し」た「小気味」よい文学態度に一貫して敬意を払っている。沼波瓊音「子規書簡集を読む」（『中央公論』明四〇・九）：『子規全集 別巻二／回想の子規一』（講談社、昭五〇・九）五七三頁。

22　他にも著述以外の業績として、月刊『俳味』の刊行（明四三・三〜大五・三）や、大野洒竹の死後その貴重な所蔵俳書の保存・整理分類に尽力し後の洒竹文庫創設（現東京大学総合図書館蔵）につなげたことなどが挙げられよう。沼波瓊音「余がこの心を察せよ」（『俳味』大三・四）：前掲『沼波瓊音／意匠ひろひ』四三〜四九頁。反町茂雄編『紙魚の昔がたり 明治大正篇』（八木書店、平二・一）一〇四、一〇五、二八一〜二八八頁を参照。なお、俳諧・俳句研究者としての沼波に関する先行研究には以下のものがある。森銑三『古い雑誌から』（文藝春秋新社、昭三一・六）、松本旭「二つの俳論史――沼波瓊音と樋口功」（『俳句』昭四〇・七）、紅野敏郎「沼波瓊音『瓊音句集』」（『国文学 解釈と鑑賞』平一一・六）、山口昌男『敗者学のすすめ』（平凡社、平一二・二）、山下武「ドッペルケンガー文学考㉗――沼波瓊音」（『幻想文学』平一四・三）、小塩卓哉「定型のリング 沼波瓊音の再評価」（『獅子吼』平二二・一二、平二三・一）等。

23　沼波瓊音『俳論史』（文禄堂書店、明四〇・四）五六頁。

24　久松潜一『日本文学評論史 詩歌論篇』（至文堂、昭二五・一〇）：『久松潜一著作集6』（至文堂、昭四三・一二）二〇〇頁。

25　明治三六（一九〇三）年一月より同三九（一九〇六）年一二月まで。「小学校令」の改正（明三六・四）に伴う国定教科書制度の導入に関連した国語科教科書の編纂業務等に従事した。
26　無記名「新刊紹介／黙想の天地 沼波瓊音著」（『太陽』明四三・一二）二二八頁。
27　坪内前掲『「近代日本文学」の誕生』を参照。
28　沼波前掲「独歩論」一〇二頁。
29　忘憂子「文芸時報／丙午文壇の概観（上）」（『読売新聞』明三九・一二・二三 六面）。大東和重『文学の誕生――藤村から漱石へ』（講談社、平一八・一二）六〇～八八頁を参照。
30　国木田独歩「牛肉と馬鈴薯」（『小天地』明三四・一一）：『独歩集』（近事画報社、明三八・七）八二頁。
31　沼波前掲「独歩論」九四、一〇一頁。
32　沼波瓊音「時文 文学論序」（『新古文林』明四〇・二）：前掲『沼波瓊音／意匠ひろひ』一九五頁。
33　松本常彦は、沼波の「馬鹿々々しきまでの西洋崇拝か、馬鹿々々しきまでの国粋保存か、日本人はこの二途の外に歩む路を発見せざるか。両つながら馬鹿々々しきなり。〔……〕妥協は更に馬鹿々々し。馬鹿の骨頂なり」という文明批評的言説に注目し、沼波と漱石は「西洋近代の受容の不可避を十分に知りつつ、その受容の苦さと不幸とを見てしまうジレンマを抱え込む点」において「本質的」に「通じている」と意味深い指摘をしている。沼波瓊音「二途」（『大疑の前』東亜堂書房、大二・七）三〇、三一頁。松本前掲「沼波瓊音」五一九頁。
34　夏目鏡子『漱石の思ひ出』（改造社、昭三・一一）：再版（文藝春秋、平六・七）二〇九、二一〇頁。なお、前掲「故瓊音沼波武夫先生略歴」三頁には、明治四一（一九〇八）年四月に「偶然夏目漱石来訪、近づきとなる」とある。
35　沼波瓊音「時文線」（『新古文林』明三九・九）：『さくら貝』（修文館、明四〇・一二）一二〇、一二二頁。
36　沼波瓊音「時文二重人格奨励論」（『新古文林』明四〇・一）：前掲『さくら貝』一七〇、一七一頁。
37　沼波瓊音「独歩」（前掲『大疑の前』）一二三頁。

38　沼波瓊音『始めて確信し得たる全実在』（東亜堂書房、大二・七）二〇、六七、六八、七一頁。同『現代文芸叢書第三十編／七面鳥』（春陽堂、大二・一〇）二六頁。

39　沼波前掲『始めて確信し得たる全実在』七一頁。

40　鈴木貞美「『大正生命主義』とは何か」（同編『大正生命主義と現代』河出書房新社、平七・三）六頁。生命哲学の流行と潮流については他にも、船山信一『大正哲学史研究』（法律文化社、昭四〇、一一）、檜垣立哉「西田幾多郎の時代的役割――大正時代の生命主義に関するノート」（五十嵐伸治他編『大正宗教小説の流行――その背景と〝いま〟』論創社、平二三・七）、鈴木由加里「大正期のベルクソンの流行について」（前同）等を参照。なお沼波は後年、自分を含めたそのような精神史的状況を、「具体よりも抽象を高しとし、実行よりも瞑想を高しとし、日本人と言ふ態度よりも人類と言ふ態度を高しとし、因襲の一切は、その因襲たるが為のみにて卑しとなす。これ等の心持に似たるもの」と否定的に回想している。沼波瓊音「巻首辞」（『徒然草講話』再版、修文館、大一四・一）一頁。

41　綱島梁川「予が見神の実験」（『新人』明三八・七）：『病間録』（金尾文淵堂、明三八・一〇）三七八頁。土屋久「大正知識人の煩悶と自己形成――沼波瓊音の思索、信仰をめぐって」（『白山人類学』平一六・三）八九頁を参照。

42　「大霊を知らずして居る人間は死人だ。幻石［沼波］、貴様は死人だ。［……］馬鹿者、貴様は死人に甘んずるか、活きたくは無いか」との声に促されるままに訪《おとな》った露伴との、白昼の「斬合」にも擬すべきやり取りは、「白日下の涙」（『新小説』大二・七）として私小説風に記録されている。沼波前掲『七面鳥』一八一、一八二頁。

43　夏目金之助「大二・九・一付／沼波武夫宛書簡」：『漱石全集第二十四巻』（岩波書店、平九・二）二〇〇頁。

44　夏目金之助「大元・一二・二六付／沼波武夫宛書簡」：前掲『漱石全集第二十四巻』一二八頁。

45　夏目前掲「大二・九・一付／沼波武夫宛書簡」二〇〇頁。

46 夏目漱石「行人」:『漱石全集 第八巻』(岩波書店、平六・七)四一二、四一四、四一五、四二六、四二九頁。
朴裕河『ナショナルアイデンティティとジェンダー――漱石・文学・近代』(クレイン、平一九・七)二〇七~二一八頁。

47 沼波前掲『始めて確信し得たる全実在』二頁。

48 沼波前掲『始めて確信し得たる全実在』七七~八〇、八二、九二、一九九頁、ルビ引用者。

49 鍵主良敬『華厳教学序説――真如と真理の研究』(文栄堂、昭四三・六)を参照。

50 西田幾多郎「絶対矛盾的自己同一」(『思想』昭一四・三):『西田幾多郎全集 第九巻』(岩波書店、昭二四・二)一四七頁。小坂国継「『絶対矛盾的自己同一』とは何か」(『西田幾多郎の思想』講談社、平一四・五)を参照。

51 沼波前掲『始めて確信し得たる全実在』九五頁。

52 沼波前掲『始めて確信し得たる全実在』九六、九七頁。

53 夏目金之助「大二・八・八付/沼波武夫宛書簡」:前掲『漱石全集 第二十四巻』一九五頁。

54 沼波瓊音「夏の陽炎」(『反響』大三・四):『芭蕉の臨終(増補改版)』(斯文書院、大一五・一二)一三六、一三七頁。同作は前出「白日下の涙」同様、大悟前後の心境を私小説風に綴ったものである。

55 沼波前掲「夏の陽炎」一三八頁。前掲「故瓊音沼波武夫先生略歴」五頁には、大正二(一九一三)年一一月に「出家の心動く」と、翌月に「独居して伊勢栄に宿る。年末帰宅」とある。

56 沼波前掲『始めて確信し得たる全実在』一四九、一五〇、一五五頁。

57 露伴の日記(大五・四・一七付)には「夜沼彼武《〔ママ〕》雄 栗原元吉［古城、一八八二―一九六九］来る。二人降神術の如きことを語る。所謂御筆さきによつて古今の事を知るといふ。御筆さきは蓋し許氏の書に見えたる祟《すい》なるべし。論語の如きも御筆さき即《すなわち》神示によりて新解を得、これを新修養社に寄せたりといふ。［……］」とある。『露伴全集 第三十八巻』(岩波書店、昭二九・九)三五二頁、ルビ引用者。

58 文壇からは他にも小山内薫（一八八一―一九二八）や池田大伍（一八八五―一九四二）が入信するなど、山田鶴子は一時「巣鴨の神様」として世間の注目を浴びたが、後に教団本部を巣鴨から他所へ移転してからは大した発展もなく終わったという。以下の文献中の記述を参照。新聞記事「奇蹟を行ふ婦人 巣鴨至誠殿の神様として知らる」（『読売新聞』大五・六・一〇四面）、石橋臥波「女神様列伝」（『婦人世界／愛情研究号』大一〇・一）、中村武羅夫編『明治大正文豪研究』（新潮社、昭一一・九）等。

59 松本道別「沼波さんと信仰」（前掲『噫 瓊音沼波武夫先生』）一九一頁。

60 沼波瓊音「紅の雲」（『花月』大七・一〇）：前掲『沼波瓊音／意匠ひろひ』三八五頁。

61 △□●「文芸雑事」（『日本及日本人』大五・四・一）一九九頁。

62 沼波瓊音「俳味が無くなつてから今日まで」（『旅日記』大九・一）：前掲『沼波瓊音／意匠ひろひ』三三一頁。

63 夏目金之助「大四・二・一七付／斎藤茂吉宛書簡」：前掲『漱石全集第二十四巻』三九六頁。

64 沼波瓊音「自序」（『やなぎ樽評釈』南人社、大六・一〇）三頁。

65 松本前掲「沼波さんと信仰」一九一頁。

66 沼波瓊音「第一義の所から」（『雄弁』大六・一〇）四一一頁。

67 夏目漱石「私の個人主義」（学習院講演、大三・一一・二五）：『漱石全集第十六巻』（岩波書店、平七・四）六〇八頁。松本常彦「漱石と禅――『行人』の場合」（『語文研究』平一八・一二）三四頁。漱石の個人主義の特質については、亀山佳明『夏目漱石と個人主義――〈自律〉の個人主義から〈他律〉の個人主義へ』（新曜社、平二〇・二）が詳しい。

68 沼波前掲『始めて確信し得たる全実在』一五七頁。

69 沼波前掲『始めて確信し得たる全実在』一五七、一五八、一九七、一九八頁、傍線引用者。

70 沼波前掲「俳味が無くなつてから今日まで」三三三頁。

第二節　国文学的ナショナリズムの萌芽

衣更《ころもがえ》もとよりたゞの文学士［1］

一　再び国文学者として

大正六（一九一七）年春、数年来の個人的煩悶に区切りを付けた沼波瓊音は、巣鴨から本郷に転居し、俳友の角田竹冷（本名真平、一八五七―一九一九）、伊藤松宇（本名半次郎、一八五九―一九四三）、佐々醒雪らと俳書刊行会を始め、そのための資料蒐集も兼ねて古巣の東京帝国大学文科大学国文学研究室および帝大図書館に通い始める［2］。研究室には国文学科同期卒の朋友で今は助教授となった藤村作（一八七五―一九五三）がおり、五月には旧師の芳賀矢一も二度目の洋行から帰朝し、彼らの厚情もあって、沼波はフリーの国文学者としてひとまずの落ち着きどころを得る。同年中には早くも、江戸後期の川柳句集である『柳樽（誹風柳多留）』の初篇を解説した『やなぎ樽評釈』（南人社、大六・一〇）を刊行している。また、大正八（一九一九）年七月に岩波書店より編纂を委嘱され約二年半の歳月をかけて刊行（大一〇・一二）した総千頁強の『芭蕉全集』は、「芭蕉研究としてはまことに空前の名著」[3]と各方面で高い評価を受け、当代俳諧・俳句研究の第一人者としての沼波の力量を改めて世に知らしめることとなった。

生活の方も徐々に安定し、大正六（一九一七）年一二月には文部省より国定教科書『高等小学唱歌』の編纂委員を委嘱され、大正八（一九一九）年六月には拓殖局の嘱託となり、大正九（一九二〇）年四月からは逐次東京女子大学、法政大学、東洋大学等の講師（非常勤）となり、翌年四月には芳賀矢一の斡旋[4]で東京帝国大学文学部――大正八（一九一九）年二月に文科大学より改組――の国文学講師（俳諧史担当）兼第一高等学校の国語講師となり、更に翌年三月には一高の教授に昇任している。芳賀としては、もとよりその学識を買っての措置ではあったろう。だがそれ以上に、師である自分に対しても、

> 芳賀先生は、「徂徠［荻生、一六六六―一七二八］が漢文を以て一世を風靡した如く、自分も古い国文を以て一世を風靡しようと云ふ考を起したのではありますまいか」とまで云はれ、故藤岡［作太郎、一八七〇―一九一〇］先生は「今の時学を弘め名を伝へむとせば、江戸に出づるに如くはなしと」と真淵［賀茂、一六九七―一七六九］先生の江戸入りの意を忖度として居られる。これでは真淵先生の事業は野心から起つたやうに解されはしないか。［……］文学史は、もつと深い内的要求、（言換へれば絶大な外的要求）、に理解をもつて書かなければならぬと思ふ。［……］

先生〔真淵〕の意志は宣長〔本居、一七三〇―一八〇一〕となり篤胤〔平田、一七七六―一八四三〕となり、明治の教育の一部となり、明治大正の日本主義となつてゐるのであるでは無いか。決して「古文学の研究となり了」してゐないのである。〔5〕

などと、時に遠慮なく論駁し自説を堂々と開陳してくる沼波の気概に満ちた学問姿勢に、大正期に入ってしばし「保守停滞」〔6〕気味の国文学界を活性化させる〝カンフル剤〟の役割を期待していたのではないだろうか。もっとも後から考えれば、それは想像以上の〝劇薬〟として作用したわけであるが。

それはともかく、後々まで学部内で語り継がれる沼波の帝大での「覇気のある講義振」〔7〕はたちまち学生の心をつかみ、国文学科のみならず他学科からも聴講希望者があらわれ、「あれだけの人が面白がつて聞いて居るのだから」〔8〕といわれるほど毎回教場は賑わいを見せたという。

「芭蕉及び七部集」の御講義は十、十一両年にわたつてなほ完結しなかつたのであるが、芭蕉に入る前提として鬼貫に就いて、「誠のほかに俳諧なし。」を講じ、「鬼貫のいふ誠は千古を一貫したもので道徳芸術の源泉である。」と説き、ひいて「人間に知恵ほど悪いものはなし。」などを解せられる時、〔……〕先生は俳諧を通して御自身の人生観をおのべになつたのである。何時であつたかも芭蕉の進んだ跡を顧みて、其の後で、〔原文改行〕「人間は三十にならなければだめだと思つてゐた、しかし四十を越してみると、四十過ぎなければ何もわかるものでないと思

ふ。」などど、講義のひまに当時の御実感をお話しになつたこともある。〔9〕

「〈人生〉にいかに向き合うかについて、生徒に向けて語りかけることができる教師は幸せである」〔10〕とは熊本・第五高等学校時代（明二九・四～明三三・七）の夏目漱石に関する坂元昌樹の深みある評であるが、その意味からいえば、沼波もまたこの時期、学者として教師として確かな「幸せ」を享受していた。

二　ナショナリズム実践運動へのめざめ

叙述は前後するが、沼波瓊音が著述・研究生活に復帰した大正六（一九一七）年から翌々年にかけて、日本の学界・文壇・論壇は、疾風怒濤《シュトゥルム・ウント・ドラング》の内外情勢——ロシアでの二度にわたる革命の勃発（大六・三、大六・一一）。アメリカの第一次世界大戦参戦（大六・四）と大統領・ウィルソン（Woodrow Wilson, 1856-1924）による「十四ヶ条」の平和原則の発表（大七・一）。日米を主力とする連合国側諸国のシベリア出兵開始および日本国内での米騒動の拡大（大七・八）。東欧、インド、パレスチナなど世界各地における民族自決（独立国家建設）気運の高まり。ドイツ革命の勃発と大戦の終結（大七・一一）。パリ講和会議の開催（大八・一～六）と新たな世界秩序（ヴェルサイユ体制）の確立。国際連盟の発足（大九・一）。等々——の余波を受けて、文字通り混迷の極みにあった。

当時東京帝国大学法科大学——大正八（一九一九）年二月に法学部に改組——の学生で後に生え抜きのエリート国家主義者として名を馳せた綾川武治（一八九一—一九六六）〔11〕は、次のように回想している。

> 世界大戦の末期大正六年の露西亜《ロシア》革命は、我が日本の社会主義運動に画期的刺激を与へ、大正七、八年の交は、全国に労働組合及び社会主義団体を簇《ぞく》出した〔12〕。けれども一方に於て、我が日本が参加した連合国側の、米国参戦誘導の為めに〔ママ〕せるデモクラシー擁護讃美の宣伝は、我が国内に民本主義なるデモクラシー運動を起し、次いで国際連盟組織を促進する為めに〔ママ〕せる国際〔協調／平和〕主義の宣伝は、我が国に流入し来つて我が知識階級間に国際主義の思潮を喚起した。この欧米より殺到し来つた社会主義、デモクラシー、国際主義の三思潮は、常に新しき傾向を喜び迎へんとする習癖を有する学者思想家の大部分を捲き込んで、異常なる迫力を以て、日本精神、日本国家に挑戦し来つたのである。〔……〕一方国際連盟協会は、朝野の名士を集めて組織〔大九・四〕され、一般知識階級に国際主義を鼓吹し、帝国教育会長沢柳政太郎〔一八六五—一九二七〕博士は『人類の奉仕すべきは国際であつて国家でない』とまで放言するに至り、教育界にまで反日本主義的思想が鼓吹されたのである。〔13〕

かかる思想情況において、官学アカデミズムの牙城である東京帝大の圏域では、法科大学政治史講座担任教授の吉野作造（一八七八—一九三三）を中心に民本《デモクラシー》（民主）主義の普及と世界の大勢に逆行する保守頑迷思想の撲滅を目的とした「黎明会」が、また宮崎龍介（一八九二―一九七一）、赤松克麿（一八九四―一九五五）ら左派の学生有志によって社会主義――漸次共産主義に特化――の研究・実践を目的とした「新人会」が、相前後して結成（大七・一二）される[14]。他方ではそれらの動きに反発して「興国同志会」が結成（大八・四）される。太田耕造（一八八九―一九八一）、天野辰夫（一八九二―一九七四）、岸信介（一八九六―一九八七）、それに蓑田胸喜（一八九四―一九四六）などナショナリズムに親和する右派学生有志が天皇＝国家絶対論者で法学部憲法講座担任教授の上杉慎吉（一八七八―一九二九）を担ぎ出し、そこに紀平正美（一八七四―一九四九）、大川周明（一八八六―一九五七）、鹿子木員信（一八八四―一九四九）、三井甲之（本名甲之助、一八八三―一九五三）など学外の有識者も加わって、黎明・新人両会を相手に激しい理論闘争（思想戦）を開始したのである[15]。

　そうした喧々諤々の言論環境に在って、神経過敏な沼波がひとり超然と専門の俳諧・俳句研究に没頭していられようはずもなく、この時期のものと推定される書簡のなかでは「欧洲大乱につきつく〴〵思ひ候は、日本文壇の精神的独立の機の至りつゝあることに候。今日のやうに自国を軽侮して居ては、兵力でいくらどこと勝つても、心は属邦に候。この際日本の芸術の発展を熱望する『日本を知つてる人』と、西欧芸術をウンと知り抜いた人と提携すること急務［……］」[16]と述べ、日本の文芸・文化ひいては国民意識総体における外国への隷従、精神的亡国の兆候について深刻な憂慮をのぞかせている。

　なお、藤村作の回想によれば、大正八（一九一九）年に、経営難のため廃刊の危機に瀕していた東京帝大文学部の事実上の機関誌『帝国文学』と、新たに発刊予定の興国同志会の機関誌との統合化計画が持ち上がり、同年四月より前者の編輯を委嘱されていた沼波が、その新雑誌の文芸欄の責任者に就任する予定であった[17]。だが、翌年早々に惹起した森戸事件――興国同志会の一部急進分子が経済学部助教授の森戸辰男（一八八八―一九八四）の論文「クロポトキンの社会思想の研究」（『経済学研究』大八・一二）を無政府主義《アナキズム》礼賛と決め付け、同人の処罰を求めて文部・司法両省の高官に直訴に赴くなど過剰な弾劾行為に出たために、学内外から「学問の自由の侵害」と猛反発を受け分裂・解散に追い込まれた[18]――によって計画は宙に浮いてしまう。興国同志会は二月に単独で機関誌『戦士日本』を発刊したが創刊号のみに終わり、『帝国文学』も結局一月の新年号を以て終刊となった。

三　国文学者は国家革新の夢を見たか

大正八（一九一九）年の七月から九月にかけて、拓殖局より視察出張を命じられ人生初となる日本本土外への旅行に赴いた沼波瓊音は、総督府治下の朝鮮や国益の最前線（生命線）とされた満洲の実情をつぶさに目の当たりにし、「日本国の姿を、国の外皮に立つて明らかに認め得」て、そこから「東亜を先づ我が国と観じて、ひろく東亜を引っ包んでの愛国の熱情」をたぎらせる[19]。

しかして帰国後、沼波は、フランスの詩人・宗教学者で西欧文明の行き詰まりと東洋就中日本の世界史的使命を説くため長期滞日中のリシャール（Paul Richard, 1874-1967）を訪ねたことをきっかけに、その同居人でかつて面識[20]のあったインド・イスラムおよび日本文明研究家の大川周明と昵懇となり、翌年二月頃から同人の活動拠点である豊多摩郡千駄ヶ谷町の「猶存社《ゆうぞんしゃ》」に出入りを始めるようになる［21］。同社は、大正八（一九一九）年八月に大川周明と、アジア全域の欧米植民地支配からの解放をライフワークとするジャーナリストの満川亀太郎（一八八八―一九三六）を中心に結成され、翌年一月には上海から革命思想家の北一輝（本名輝次郎、一八八三―一九三七）を理論的指導者として招聘し、それまでにない「革命主義、国家主義で、而して民族主義」［22］の普及・実践を目指した、新興の右派思想結社であった。

日露戦争水師営会見所跡にて（中央沼波瓊音）
［沼波『鮮満風物記』（大阪屋號書店、大正9年11月）より］

ここで沼波は、社の「三尊」と並び称された大川、満川、北をはじめ、欧米留学の経験を持つ観念論的哲学者の鹿子木員信、スラヴ・ロシア研究家の嶋野三郎（一八九三―一九八二）、中国研究家の笠木良明（一八九二―一九五五）、国際人種問題研究家の前出綾川武治、北の配下で行動力に富む岩田富美夫（一八九一―一九四三）、同じく清水行之助（一八九五―一九八〇）、それに東洋思想研究家の安岡正篤（一八九八―一九八三）など、後々官憲から右の革新運動における「最も有力なる指導的人物」［23］と評される人々と親交を深め、「同人全体が非常に仲睦まじく、和気藹々たる雰囲気の仲で、談笑の裡」［24］に専門外の政治・外交・社会・軍事・経済等に関する蒙を啓かれていった。その心持は、まさしく「国思ふ人と語らふその時ぞ我なほ生きてありとぞ思ふ」[25]であったことだろう。

猶存社は、北一輝の『国家改造案原理大綱』（大八・八初稿、後に『日本改造法案大綱』と改題して公刊）を理論的柱に「革命的大帝国の建設運動」「国民精神の創造的革命」「道義的対外策の提唱」「亜細亜《アジア》解放の為め〔ママ〕の大軍国的組織」「エスペラントの普及宣伝」「改造運動の連絡機関」など諸種の綱領を掲げ[26]、機関誌『雄叫び（雄叫）』（大九・七創刊）等を通じて沼波いうところの「馬鹿々々しきまでの国粋保存」[27]とは全く趣の異なる前衛的なナショナリズムを社会一般に向けて発信した。わけても異彩を放つエスペラント採用論は、北が『国家改造案原理大綱』「巻六 国民ノ生活権利」のなかで日本語の言語文字として「甚タシク劣悪」で「不便」な点を問題視し、将来的に北部は極東シベリア・満洲から南部は濠洲まで版図に収めることになるであろう「革命的大帝国」日本の「第二国語」に採用すべし――さすれば「五十年ノ後」には「自然淘汰律」によっておのずから日本語を駆逐し「第一国語」の座に就いていよう――と説いた[28]ことを受けたものであった。さすがに沼波も、多年日本語の冠絶性を自明とする国語・国文の世界[29]を生きて来ただけに、このようなプランをそのまま受け容れることは出来なかったろう。さりとて、来たるべき「世界を導く者［……］よりよき世界に君臨するもの」[30]としての「革命大帝国」日本のビジョンにはやはり心躍らされるものがあったに違いない。

ともあれ、猶存社への加盟を機に右の言説空間に恒常的に身を置くようになった沼波は漸次その意識を先鋭化させていき、時には裕仁皇太子（昭和天皇、一九〇一―一九八九）の婚約破棄を画策した（宮中某重大事件）と噂された元老・山縣有朋（一八三八―一九二二）を「一刀のもとに切り殺さん」[31]と憤激したり、時には女子学生を相手に「今の法科〔大学〕の奴は皆駄目だ。ことにあのＹ〔吉野作造〕などは、もうとうに殺されていて然るべきなんだ。誰か彼奴を殺さないかな」〔32〕と放言したり、また時には、北一輝に倣って日本を「魂のドン底から覆《くつが》へ」〔33〕すべくそのための国家改造（革新）にかかる運動資金の調達に腐心するなどしたという。

大川周明
［伊福部隆輝『五・一五事件背後の思想』（明治図書出版協会、昭和８年10月）より］

北一輝
［『日本改造法案大綱』（同刊行会、昭和41年１月）より］

又或る日お訪ねした際申されるには、革新運動には浄財が必要である。自分の郷里は名古屋（?）〔ママ〕で、家伝の脚気の妙薬の処方が残つて居るから之で軍資金を作つてはどうか、自分は革新奉公のためには浅草界隈に出てサンドヰツチマンでも何んでもやると真剣に述懐されたこともあつた。〔34〕

ところで、猶存社の活動のうち注目すべきものの一つに、東京帝国大学の「日の会」、東洋協会大学（拓殖大学）の「魂の会」、早稲田大学の「潮の会」、慶應義塾大学の「光の会」、それに沼波が教鞭を執る東京女子大学の第一次「国の会」〔35〕など、同人たちの関係する官公私立大学・高等学校・専門学校内に傘下の学生思想団体を次々と組織化させたことがある。なかでも有力視されたのは、大正九（一九二〇）年一月の前述森戸事件を機に興国同志会を脱会した岸信介、三浦一雄（一八九五―一九六三）、永井了吉（一八九三―一九七九）らが、鹿子木員信と大川周明を指導者に迎えて同年二～四月頃に立ち上げた「日の会」であった［36］。沼波もまた、同会の運営には深く関わったとされ、鹿子木が欧米再留学に出立（大一二・三）したのち新たな指導者に推戴されている［37］。

猶存社は、大正一二（一九二三）年になって、領袖たる北一輝と大川周明の「意見の不一致」――共産ロシア（ソ連）を承認すべきか否か［38］等――がにわかに険悪なムードを帯びて表面化し、三月に事実上解散してしまうが、沼波はその後も両人と変わらぬ交友を続けている。とりわけ大川の存在は、この頃はまだ「日本の世界的地位」や「日本人の心」についてみずからの国文学の学知で「明晰に内容づ」けて「説明する事」が出来なかった沼波にとって、それらを「自分に代って語ってくれ」る得がたい先達［39］なのであった。

四　「新国学」の建設に着手

大正一二（一九二三）年九月一日、関東一円に最大震度6以上と推計される未曽有の大地震が発生する。直接罹災は免れた沼波瓊音であったが、少年時代に体験した濃尾地震（明二四・一〇・二八）を上回る惨状を目の当たりにして国家滅亡への危機感はその脳裡に否応なく増幅されていった。

長明〔鴨、一一五五―一二一六〕が元暦の地震〔平家滅亡の約三ヶ月後〕を書いたあとに、「いさゝか心の濁もうすらぐかと見し程に、月日かさなり、年越えし後は、言の葉にかけて、いひ出づる人だに無し」『方丈記』と記したるその絶望に似たものが、昨今時々私の心に起る。併し絶望は天に対しての冒涜である。力めてこれを払つて、根気よく使命を続けねばならぬ。〔40〕

更に、同年一二月二七日には左派テロリスト・難波大助（一八九九―一九二四）による虎ノ門・摂政宮皇太子狙撃事件が起こり、ここに至って沼波は、荒廃した人心を立て直し日本人としてより強い自覚と団結を促す、そのための救国の学問を構築する必要性を痛感する。翌大正一三（一九二四）年六月一日付の書簡のなかで、沼波は、あたかも天皇の名によって「浮華放縦ノ習漸ク萌シ軽佻詭激ノ風モ亦生ズ」（「国民精神作興ニ関スル詔書」大一二・一一・一〇）と示された世相〔41〕を端的に反映したかのような虎ノ門事件の意義を、自身に引き寄せて次のように総括している。

小生浅学不才をかへりみず敢て日本精神の闡明、新国学の建設に着手致候事まことに難波大助様のおかげにて候。あのピストルは摂政宮を害せむとのものにあらずして小生の怠慢を責めたる一発と感じ候。〔42〕

そうして彼は翌月、宮内省図書寮編修課長の本多辰次郎（一八六八―一九三八）らと第二次「国の会」を立ち上げ、同寮蔵書の閲覧許可も得て神話・国史研究を本格的に開始し、わずかな時日の間に「ひた押し」の「根気」を以て『古事記』『日本書紀』をはじめとする多量の史書・国典を次々と読了していった[43]。かように沼波は、みずからの存在性を、「専門分野」という近代学術の枠組で固定された「国文学者」から、「日本の国民精神の自覚の上に立つて、大に国風を興し、現在の利己的な、物質的な道徳の頽廃を救」[44]わんとする「国学者」[45]へと自覚的に変容させたのである。

今日の学問の欠点の第一は、余りに細かく学問を分け過ぎてゐることなり。〔……〕日本を知りたし、日本は如何なる国か、この問を、当代一流の知者と目せられゐる何々教授、何々博士に片ツ端より問ひめぐりて、誰が満足なる答をなしくるゝぞ。〔……〕よしたとひ日本文学全部にわたりての知ある人と雖、今まで国文学者の扱ひしのみの日本文学にて、いかにして日本を会得し得む。[46]

五　東京帝国大学講義「日本精神ト国文学」

虎ノ門事件を契機として「新国学」の建設に実質的に着手した沼波瓊音は、同時に、東京帝大で担当する国文学講義（俳諧史）のスタイルも大きく変化させる。『俳諧七部集（芭蕉七部集）』など蕉門の主要な俳諧・俳論テクストを成立年代に沿って順次講説していくというそれまでの編年的形式を、芭蕉、鬼貫、各務支考（一六六五―一七三一）、広瀬惟然（生年未詳―一七一一）など俳諧師一人一人の行実と思想に重点を置いた列伝的形式に改めたのである。以下は、当時国文学科の学生で大正一三（一九二四）年度から二年続けて該講義を聴講した国文学者・伊藤正雄（一九〇二―一九七八）の回想である。

其講義の初めに、「今の私は、どうしても後世の俳諧の事などを話す気にはならないから。」と言ふお断りがあつた。又同じ時間に、「私がこれから芭蕉の講義をするのは、芭蕉の中に日本人の精神の非常に重要な一面が含まれてると思ふからです。それでなければ今どき芭蕉の話なんぞする必要はない。」と言はれた事を、先生〔沼波〕から伺つた最初の御言葉としてはつきり記憶してゐる。〔……〕まづ先生の芭蕉観は主としてその武士的な、凛とした方面を強く見られた様である。芭蕉が、「嵐蘭誄《らんらんのるい》」に於て、嵐蘭〔松倉、蕉門の一人、一六四七―一六九三〕を「義を骨にして実を腸《はらわた》にし……公《おほやけ》の為め〔ママ〕には腹押切りても悔ゆまじきうつはもの」と称し、或は後年同藩の奸物を斬つて切腹した菅沼曲翠〔曲水とも、蕉門の一人、一六五九―一七一七〕を、既に『幻住庵記』の中で、「勇士菅沼氏曲翠子」などと言つてゐるのを、先生は頗る喜ばれ、芭蕉の理想的人物は曲翠、嵐蘭の如き武士にあつたと力説されてゐた。〔……〕芭蕉の俳諧は一の芸術の範囲に止まるものではない、それは彼の全人格、全生涯を支配したものだ、筆先丈ではなく、身ぐるみの俳諧だ、と言ふのは、強ち先生丈の主張ではないにしても、それが先生の口から発せられる時に、非常な力を以て響いたのであつた。かうした芸術即生活の立場から、先生は又、「まこと」を以て芸術道徳両方面を貫く根本の道と見た鬼貫を頗る推重せられ、古来の俳人中、最も偉いのは芭蕉と鬼貫で蕪村などは遥かに下位にある者だとのお説であつた。〔……〕併し何と言っても、当時の先生の俳諧史上に於ける最大の御収獲は、支考の研究であらう。〔……〕支考が「新撰大和詞」などで試みた漢文の日本化の問題で、之も勿論其内容の拙い事は認められたが、単に一時の興なる俳諧のほかに、何か永久的な仕事を残さうとした支考の精神を諒とせられたので、就中漢文の日本化と言ふ点が、先生の立場から非常に御気に召したものと思はれる。〔47〕

だが、やがてそれすらも「こんなに人類社会を挙げて苦しんで居るのに俳諧がどうの和歌がどうのと呑気なことをならべて居られるか」と倦み始めた沼波〔48〕は、意を決して『日本精神』に関する講義をやらせるならば続けるが、俳諧の講義ばかりならば断然講師を辞する」と朋友の藤村作に申し出る〔49〕。既に退官(大一一・三)した芳賀矢一のあとを襲って国文学研究室の主任教授に昇任していた藤村はこれに最大限の好意を以て報い、教授会の了承を得て、大正一四(一九二五)年度より「日本精神ト国文学」と題する週一回二時間の自由講義(無単位)を開講させた〔50〕。沼波が勇躍これに取り組んだのはいうまでもない。

彼の没後に公開された小稿「国に就て」は、その初回講義(序論)の手控えであり、倫理学者・深作安文(一八七四―一九六二)の「国家と偉人」論〔51〕や大川周明の「道義国家」論〔52〕に依拠して、みずからの国家観を断片的に示した貴重な資料である。

国家は、完成した社会なりと云はれてゐる。国家といふ社会には一の社会精神あり。これを国家精神或は国家心と云ふべし。
沼波云――わが日本精神と云ふもこれなり。〔……〕わが偉人においては、個人精神は、意識の下に潜み、国のために働く、公のために働くといふことが、心のほとんど全部を領してゐる。国家精神は国家我と云ひて可なり。国家に関する偉人とは、国家我の所有者なり。この国家我が国家の本体なり。
沼波云――この辺すべて異存なし。〔……〕
畏友――おそらく本大学が生みし最偉の人たる大川周明が、『道義国家の原則』と題して、記したる近き論文に曰く
日本は「已に造り上げられた国」でない。国家は、一切の生命が然る如く、一貫不断の創造的行程にある………日本を創造しつゝあるものは、端的に吾が魂であり、汝の魂である。
国家生活に於ける文教、政治、経済の三部門に於て夫々正しき関係を樹立することによつて、始めて我等の道徳的実現としての国家たることが出来る。〔……〕
現時この余の胸にをどり湧き上る同じものを秩序整然と披瀝して、しかも火の如きものを読者及び聴者に与ふる人大川周明の外にあるなし。こゝに畏友の語即ち余の心を語つて、序論の結びとし、歴史的踏査に入らむとす。〔53〕

研究史上著名な歴史学者のカー（Edward Hallett Carr ,1892-1982）は「全体主義は、病気ではなくて一つの

徴候であった。危機におそわれたところはどこでも、この徴候の形跡を見出すことができたのである」［54］と指摘している。確かに右のような沼波の見識に、当時の西欧、就中ヴァイマル＝ドイツで急速に浸透していたフェルキッシュ・イデオロギー、総じて歴史的・文化的・運命的な共同体への無条件の参与と自己同一化を以て個人の最高の徳義と措定する思潮――例えば、メラー・ファン・デン・ブルック（Arthur Moeller van den Bruck, 1876-1925）やシュペングラー（Oswald Spengler, 1880-1936）、それにユンガー（Ernst Jünger, 1895-1998）などナチズムとは別派の思想家たちが唱道したそれ［55］――との共時性《シンクロニシティ》を見出すことは容易であろう。

該講義には「沼波ファンともいうべき学生が三、四十名［……］文学部以外の学生や、女子聴講生など」［56］が詰めかけ、教場は毎回異様な熱気に包まれたとのことであるが、準備に伴う「過度の勉強」で体調を崩しがちになった沼波が大正一五（一九二六）年三月にやむなく帝大講師を辞任［57］したことで、結局単年度限りの実施となる。とはいえ、大正期には未だ「一個の学として十分に成立してはゐな」かった「日本精神」［58］なるものの講究を官学アカデミズムの場に初めて導入した沼波の進取性は特記に値する［59］。

後に横光利一（一八九八―一九四七）は長編小説「紋章」を執筆（『改造』昭九・一～九連載）し、「民衆から独立した巨大な別個の存在」として国家の全体性・超越性を観念し「およそ何事にもよらず、ただ自身が正しいと直覚したことのみに驀進す」る主人公・雁金八郎の人物造形を通して「日本人の根柢に座りつゞけて来た昔からの精神」「日本精神といふもの」の表象を試みた［60］が、沼波の思想と行動は〈現実〉において小説のとうに先を行っていた。

六　更なる前衛へ、終焉

ところで、前述猶存社の消滅後も沼波瓊音は実践的な思想運動への意欲をいささかも失っておらず、皇居内旧江戸城本丸跡の社会教育研究所に起居する大川周明のもとに北一輝を除く旧猶存社同人の一部が再結集した「行地会《こうち》」に加わり、その流れで会を拡大発展させた「行地社」の創立（大一四・二・一二）にも自然参画するところとなり、機関誌月刊『日本』の創刊号（大一四・四）巻頭を自作の雅文で飾っている。

雑誌『日本』を刊す。『日本』の出づるは、至大至聖なる日本国出現の前表たり。たらしめずむば止まず。〔……〕皇《すめら》の大御宝〔日本国民の意〕よ、物な思ひそ。皇を信ぜよ、神を信ぜよ、道を信ぜよ、かの燦爛たる彼岸の浄光を見よ。吾人筆陣を張る所以、同胞をしてこの事実を知らしむるに他ならず。字々実たり、句々力たり。吾人誓つて行を伴はざる言を記さじ。〔……〕『日本』は吾人の精進たり、祈祷たり。又実に日本国そのもの〻精進祈祷たらずんばあるべからず。紀元二千五百八十五年神武天皇祭日の暁光裡、創めて雑誌『日本』を刊す。〔61〕

行地社は、「維新日本の建設」「国民的理想の確立」「精神生活に於ける自由／政治生活に於ける平等／経済生活に於ける友愛の実現」「有色民族の解放」「世界の道義的統一」等を綱領に掲げ、選良主義《エリート》の立場から尉官級以上の職業軍人、学校教員、学生、農村部の青年団員といった「将来の民衆指導者

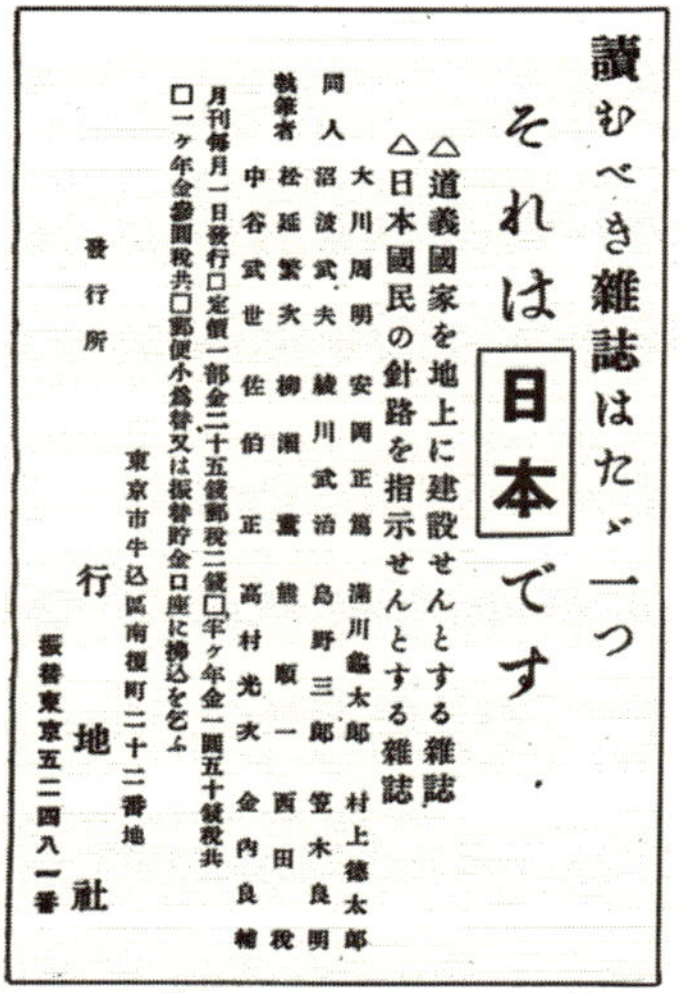

月刊『日本』初期広告
［満川亀太郎『大邦建設の理想』（社会教育研究所、大正14年4月）より］

たるべき人々」に幅広く訴えかけ、彼らを国家革新の同志として獲得すべくさまざまな教化・啓蒙事業を展開した［62］。沼波もまた、多忙な校務・研究の合間をぬって社の会合に出席し、社附属の錬成道場たる「大学寮」の開寮式（大一四・四・一三）では講師陣を代表して訓示を述べ、在寮生・聴講生に「日本文学」を定期的に講義するなど［63］して、あたう限り協力している。この時期彼が一般誌に寄稿した檄文からは、「没我を快しとし、団結を快しとする時代」［64］の前衛としての自負が如実に伺える。

　昼となく夜となく、日本国を撼《うごか》して轟きわたる声あり。
　『出でよ偉人』『出でよ救世主』
　この声、日々に高鳴り、刻々に響きまさる。［……］
　国人模倣に倦み、雷同に倦み、論に倦み、理に倦み、肉の跳梁に倦む。［……］
　偉人出でよと呼ぶ者はその者すなはち偉人なるなり。救世主出でよと叫ぶ者はその者すなはち救世主なるなり。

求むる者こそ与ふる者なれ。［……］
日本国は至誠の国土、至上の霊魂なり。
斯国体は最も古くして常に新しく、最も原始的にして常に最も合理的なり。［……］
知る者醒めたる者は、箇々相応の法音と箇々相応の利剣とをもて、修理の神業に従へ。［……］
聞け、聞け、求むる声は怒涛の如し。
機は十分に熟す。
いざ揚げよ狼煙を。[65]

初期の行地社は、「当時幾多の日本主義運動が行はれて居つたが特異的存在北一輝一派を除いては行地社のそれと比すべきものはなかつた」[66]と後々まで評されるほどに、革新系右派の一大拠点として順調にその歩武を進めていた。だが、大正一四（一九二五）年八月に発生した安田共済生命保険株式会社の争議をめぐって、これに関わった北一輝と大川周明――北は先に調停に乗り出した大川の頭越しに事態の取りまとめを親会社に約束し、多額の報酬を受け取ったとされる――のいずれを支持するかで同人間に深刻な意見対立が生じる[67]。

更に翌年の夏には、宮内省怪文書事件――北一輝の側近・西田税（一九〇一―一九三七）らが北海道の御料地売却に関して宮内省高官に種々の不正があったとする怪文書を大川周明と個人的に親しい内大臣の牧野伸顕（一八六一―一九四九）、宮内次官の関屋貞三郎（一八七五―一九五〇）、内匠頭の東久世秀雄（一八七八―一九五一）に送付し、暗に恐喝を行った件――が表沙汰となる。黒幕とされた北を大川が虚実ないまぜに誹謗中傷するに及んで、行地社の分裂は決定的となり、北に肩入れする満川亀太郎をはじめ主要同人が次々に社を脱退する（七〜八月）という騒動に立ち至ってしまう［68］。沼波もまた、大川とその取り巻きによる強引で独善的な運営体制にかねがね反感を募らせていたこともあって、これを機に、新たに満川らが立ち上げた「一新社」に移るかたちで「今や判然として天狗道に在る」とみなした行地社＝大川一派との関係を断っている［69］。

たしか行地社の社歌を作つてくれと大川［周明］氏から依頼されて作つたが、これは気に入らなかつたと見えて、棄てられて、大川氏自ら作つたものが社歌として歌はれて居た。［原文改行］或時行地社から例の不鮮明な謄写版刷のはがきが来た。それは会の通知であつたが、今度の会に出席しない者は処分をする、と書いてあつた。糞オくらへと思つてわざと欠席した。一向何の処分もされずに今日に至つた。こんな馬鹿なことを一体どいつが書くのか、書かせるのか、これぢや行地社なるもの、大事をなし得ざるものと、全く侮蔑する心持になつて了つた。［70］

因みに大川はこの後、デマゴーグの資質をより大きく開花させ、昭和六（一九三一）年には橋本欣五郎（一八九〇―一九五七）ら陸軍のエリート幕僚将校（佐官級）たちと結んで三月事件・十月事件の謀議に参与し、更に、翌年の五・一五事件では首相・犬養毅（一八五五―一九三二）を殺害した海軍青年将校たちに対する幇助等の容疑で逮捕・起訴され有罪判決を受けることになる。

なお、前述宮内省怪文書事件では、沼波も証人の一人として検事・予審判事から各々聴取・訊問を受けている。それらの記録によると、大正一五（一九二六）年六月に、怪文書の流布を知った元警視総監で宮内省上層部に太いパイプを持つ貴族院議員の赤池濃（一八七九―一九四五）が北一輝に三千円を贈与して事が大袈裟になる前に穏便に収めさせようと画策し、その取り次ぎをかねて面識[71]のあった沼波に依頼した。「左様な汚い使を支度くないのと又三千円許りの金で解決仕様とするのは余りに馬鹿々々しい事と思ひ」[72]ながらも沼波は不承不承その役目を引き受けたが、肝心の北は額を不服としてか受け取った金包みを自宅に放置したまま一時姿をくらまし待合に潜伏、あげく西田税ともども市ヶ谷刑務所に収監（翌年一月に保釈）されるなど、何とも不透明で後味の悪い結果に終わってしまう。北とは以前から「互いに先生」[73]と呼んで認め合い、その識見と行動力を「気品の高い人と交はれば、随分実際的活動の出来る者であるが然らざれば知らず世の中に如何なることをするか判らぬ様になりはせぬかと思はれる胆略の人」[74]と良くも悪くも高く評価していた沼波であった。だが一方で、無職の北が近年「大邸宅に豪奢の生活をして居ることに就ても幾分疑惑を懐く様になつて」[75]いたこともあって、事件を機に交情は自然薄まったとみられる。

因みに北はこの後、陸軍部内の皇道派と呼ばれる革新勢力、就中隊附青年将校（尉官級）たちの熱烈な支持を得てより一層カリスマ性を高めていき、下って昭和一一（一九三六）年の二・二六事件では叛乱部隊の民間側首魁に擬され、刑死の運命を辿ることになる。

さて行地社を離れた沼波であるが、以降は、第一高等学校内の「瑞穂会《みずほ》」に活動の拠点を全面的に移す。同会は、大正一五（一九二六）年二月一一日に、沼波が同僚で中国文学者の竹田復《さかえ》（一八九一―

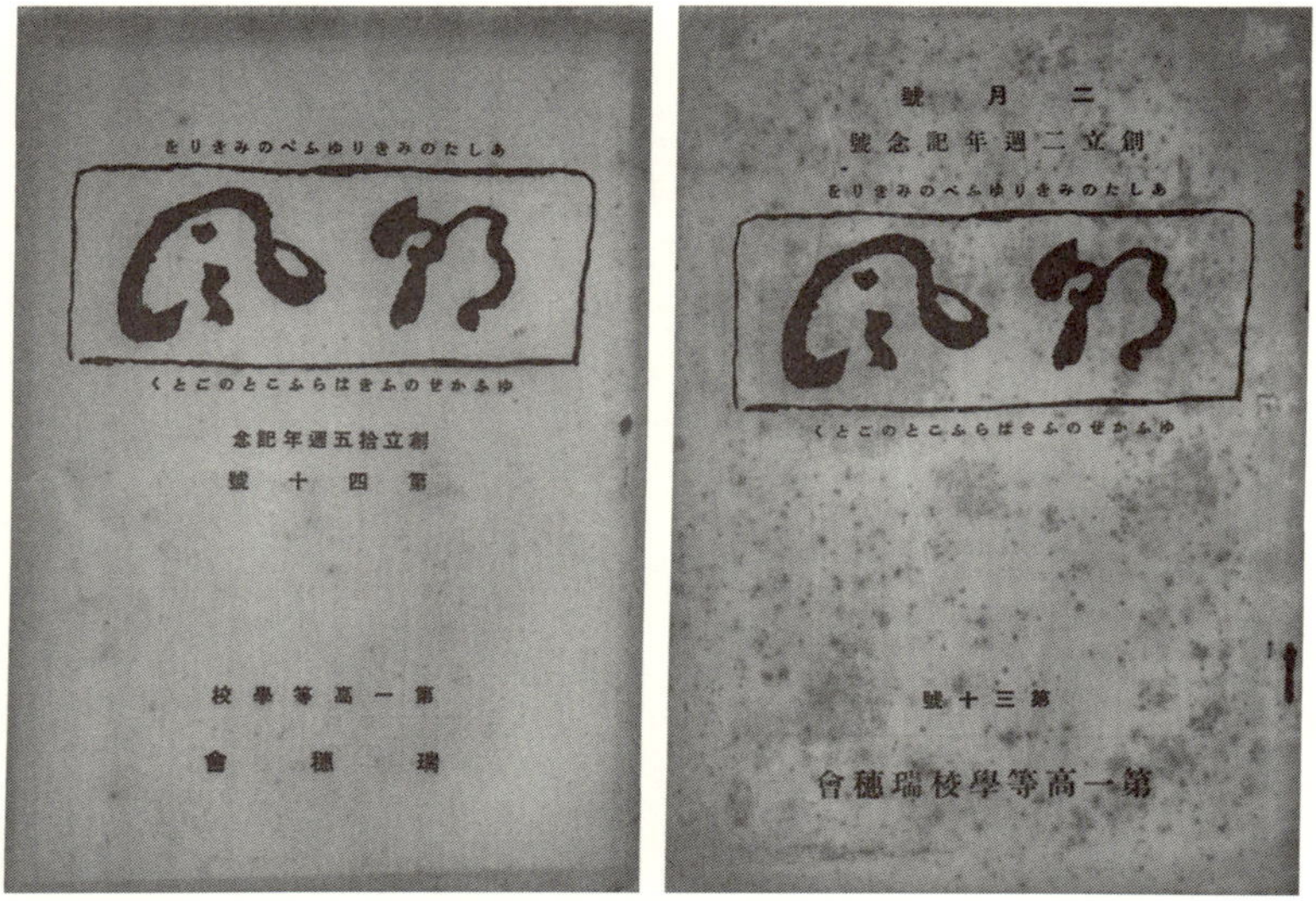

右：『朝風』第30号（創立二週年記念号、昭和3年2月）表紙
左：同第40号（創立十五週年記念号、昭和16年2月）表紙

一九八六）と協力して組織した学生団体であった。その趣意書（沼波起草）には、「皇国千古一貫の生命たる日本精神の正しき把持」が掲げられ、「戈を執って姦を斬る」たぐいの直接行動路線《テロリズム》でも「正義を街頭に叫んで衆を激する」たぐいの大衆扇動路線《デモンストレーション》でもない、「学生は学生としての奉公の道に精進し、世に出でたる時に真に己の立場を踏み占め《〔ママ〕》て今迄養つて来た信念を遂行する」との展望に立った正攻法の人材育成強化路線が明確に打ち出されていた[76]。

瑞穂会に軸足を置いた沼波の、主な取り組みは次の通り。第二次「国の会」[77]で実施していた神話・国史研究会の継続。大正一二（一九二三）年一一月に創刊した彼の個人雑誌（大一二・一二）で、第一九号（大一五・八）から会の機関誌となった月刊『朝風』を通じての言論発信[78]。児島惟謙（一八三七―一九〇八）、畠山勇子（一八六五―一八九二）、副島蒼海（本名種臣、一八二八―一九〇五）など明治期における日本精神の真個体現者たちの顕彰事業[79]。亡命・帰化インド人のボース（Rash Behari Bose, 1886-1945）やアフガニスタン政府顧問のプラタップ（Raja Mahendra Pratap, 1886-1979）などアジア諸地域の著名な民族運動家がこぞって参加を表明した「全亜細亜《アジア》民族会議（全亜細亜連盟発足大会）」（大一五・八・一～三）への会員派遣[80]。「現代の誤れる教育は徒に怠慢遊惰の徒をつくり多量生産に陥れる［……］大学の法文両科は亡国要素の製造所なり［……］小学校が国家の神聖の場所たるべく」云々と初等から高等まで教育制度全体の抜本的刷新を説く「現代教育改革論」の提唱[81]。等々。

瑞穂会の揺籃に子守の役を勤められしは先生［沼波］なり。十人余の一高生の会合が一年にして八十の会員を加へ多数有能なる先輩の御指導を得るに至りしも、実に先生の力与つて最も大、否、殆んど全てなりき。日本を救はむが為、現代の日本、この腐敗頽廃の日本を純真なる日本に帰せしめんが為、先生は身を抛ち家を顧みず、全力を我が瑞穂会に注がれしなり。[82]

しかるに、大正一五（一九二六）年一〇月、年来変調をきたしていた沼波の健康状態は前述宮内省怪文書事件に巻き込まれた心労も加わってか著しく悪化[83]し、長期加療の要を宣告され、一高も休職（昭二・四）を余儀なくされる。それでもなお、床中にあって山本常朝（一六五九―一七一九）の『葉隠聞書』を味読し「武士道は死狂ひなり」等の章句をよろこび[84]、また、かねて尊敬するファシ

沼波「瓊音の臨終（予想図）」（大正初年頃作）
[『国語と国文学 日本精神研究 十月特別号』（昭和2年10月）より]

スタ＝イタリア統領・ムッソリーニ（Benito Mussolini, 1883-1945）に宛てて「日本精神」と「殆一」なるその「伊国魂」を讃え「伊日両国相提携して世界に新風を布かむ日」を近い将来に期待すると述べた信書（瑞穂会名義、昭二・五・二三付）を執筆する[85]など、変わらず意気軒昂なところをみせたが、病勢は日ごとに進行していった。

かくて昭和二（一九二七）年七月一九日、沼波瓊音は、奇しくも漱石と同じ満四十九歳で没したのである。

柱石を喪った瑞穂会は、その後、OBの中井淳（一九〇三－一九五四）、澤登哲一（一九〇二－一九七九）、賛助会員で実業家・教育家の大倉邦彦（一八八二－一九七一）、聖徳太子研究家の黒上正一郎（一九〇〇－一九三〇）らの主導するところとなり、彼らの熱意と労苦もあって、ひと頃は一高生だけで百数十名の会員を擁するまでに興隆する[86]。やがて黒上や『朝風』常連寄稿者の蓑田胸喜を通じて次章で論じる三井甲之の学問と思想に影響を受けた一部のメンバーは瑞穂会から一高「昭信会」を分立（昭四・五）させ、更にのち同会出身の田所廣泰（一九一〇－一九四六）、小田村寅二郎（一九一四－一九九九）らは「日本学生協会」を組織（昭一五・五）し、ナショナリズム学生運動のかつてない全国展開をプロデュースしていくことになる[87]。だが、前途に待ち受けていたのは、戦時における右派勢力の増長（反体制化）[88]を警戒する官憲からの弾圧と、ひいては昭和二〇（一九四五）年八月に訪れる全体的破局であった。そうした結末を見届けることなく、国家革新の明夢から醒め切らぬまま幽冥境を異にしたことは、沼波自身にとっては、むしろさいわいであったといえるのかもしれない。

七　小結

以上ここまで、沼波瓊音の明治中期から昭和初頭にかけての学問と思想を鳥瞰的に論じ了えた。沼波の精神性の変遷は、その時々における、例えば彼の芭蕉観にも端的に反映されている。すなわち、国文学者として歩み始めた当初は「俳人で正風［蕉門の自称］を開いた祖といふだけでは足らぬ［……］ひろく人間の意味からいつて高い位置に昇つた者」というオーソドックスな俳聖・芭蕉[89]であったものが、ある時期には、「自分の心を時々襲ふ或物」におびやかされ死の床に至ってなお生の悲哀から逃れられない孤独な苦悩者・芭蕉[90]となり、更に進んでは、「義を骨にして実を腸《はらわた》にし［……］公《おほやけ》の為めに［ママ］は腹押切りても悔ゆまじ」き武士の在り方を理想とした好個日本人・芭蕉[91]へと移っていったのがそれである。

沼波が東京帝国大学文学部国文学科の講師として教鞭を執ったのは晩年の五年間ほどであったが、

そこにもたらした作用は決して小さくはなかった。文学にはじまりさまざまな哲学的・宗教的思索を経て、大正中期に確立された彼のナショナリズム。その異様なまでに能動的な信念は「日本精神の闡明、新国学の建設」への志向となってあらわれ、講義や研究室での談話等を通じて多くの教員・学生に感化を及ぼし、結果的に官学アカデミズムの国文学が自分たちの学問を「国家ノ須用ニ応スル学術技芸」(「帝国大学令」明一九・三・二公布、第一条)として改めて強く意識し直していく、その方向性をある意味決定付けたと考えられる。

じっさい藤村作は、沼波からたびたび「一切の教職などを抛つて国家精神の覚醒に全力を捧げたいと思ふ。[……]君も大学の教職を抛て」と国家革新運動に勧奨され、その「熱烈な感情に動かされ」たと述べている[92]。それゆえか、時には彼自身の言説も先鋭化し、西洋文明の輸入・模倣の時代を脱した今日の日本にあって外国語の学習はむしろ「国民的自覚自尊を促す障害」[93]であると中学校での英語教育廃止を提言するなどして、市河三喜(一八八六―一九七〇)ら英語・英文学者たちの猛反発――「吾々英語教師は英語を通して我が国の文化を進め、同胞に世界の市民として恥かしからぬ資格を与へんが為に、あらゆる不利な状況と戦ひつゝ努力してゐるのである。然るに何事ぞ、外国語廃止といふが如き暴論を責任ある識者の口から聞かんとは」[94]――を買っている。

そして昭和一〇年代、藤村のあとを襲って国文学研究室の主任教授(昭一一・五〜)となった久松潜一は、沼波の植えた国文学的ナショナリズムの種子、そこから発芽した「新国学」を、より整然と、国家の精神的需要に応じるかたちで開花・結実させていくのである。

注

1　沼波瓊音詠「解嘲」（年月日未詳）。「遺稿／俳諧」（瑞穂会編・発行『噫 瓊音沼波武夫先生』昭三・二）二二頁、ルビ引用者。
2　沼波瓊音「俳味が無くなつてから今日まで」（『旅日記』大九・一）：山口昌男監修『沼波瓊音／意匠ひろひ』（国書刊行会、平一八・八）三三三頁。
3　相馬御風「沼波瓊音氏の死を悼みて」（前掲『噫 瓊音沼波武夫先生』）一四六頁。
4　藤村作「あゝ沼波君」（前掲『噫 瓊音沼波武夫先生』）八九頁。
5　沼波瓊音「真淵先生の生命」（『帝国文学』大七・一一）五三、五四頁。
6　風巻景次郎「芳賀矢一と藤岡作太郎――黎明期の民族の発見」（『文学』昭三〇・一一）四四頁。
7　東大元級「東大国文科評判記」（『日本文学』昭六・一二）一二一頁。
8　五十嵐祐宏「紅百合」（前掲『噫 瓊音沼波武夫先生』）二三三頁。
9　各務虎雄「沼波先生を憶ふ」（前掲『噫 瓊音沼波武夫先生』）二〇一、二〇二頁。
10　坂元昌樹「第五高等学校時代の夏目漱石――論説『人生』を読む」（同他編『越境する漱石文学』思文閣出版、平二三・三）二五一頁。
11　綾川については、木下宏一『近代日本の国家主義エリート――綾川武治の思想と行動』（論創社、平二六・一一）を参照。
12　新聞記事「最近に於て意外に増加した労働争議の内容」（『中外商業新報』大一三・一一・一〇 六面）には「大正五年においては物価の昂騰に伴れて争議件数は著しく増加し大正六七八年は所謂物価暴騰時代で同期においては労働争議頻発しその件数はいよ〳〵激増して大正八年の如きは四百九十七件に及び戦前に比すれば実に十倍の多きに達し参加人員はほとんど十倍して居る」とある。
13　綾川武治「純正日本主義運動と国家社会主義運動」（『経済往来』昭九・三）四二頁、ルビ引用者。

14 両会について、詳細は以下の文献中の記述を参照。H・スミス『新人会の研究――日本学生運動の源流(Japan's first student radicals, 1972.)』(松尾尊兊他訳、東京大学出版会、昭五三・一二)、中村勝範「黎明会創立における大正デモクラシーの一齣」(『法学研究』昭六〇・二)、同編『帝大新人会研究』(慶應義塾大学法学研究会、平九・五)等。

15 また、検事総長の平沼騏一郎(一八六七―一九五二)とその側近の弁護士・竹内賀久治(一八七五―一九四六)が会の維持・運営に深く関わっていたとされる。萩原淳『平沼騏一郎と近代日本――官僚の国家主義と太平洋戦争への道』(京都大学学術出版会、平二八・一二)九三、九四頁。興国同志会について、詳細は他にも以下の文献中の記述を参照。望月茂(豹子頭名義)「帝国大学々生の思想団体」(『国本』大一〇・一)、蓑田胸喜「追憶」(『原理日本』昭九・四)、竹内賀久治伝刊行会編『竹内賀久治伝』(酒井書房、昭三五・三)、夜久正雄「太田耕造先生と興国同志会の人々」(『亜細亜大学教養部紀要』昭五九・六)、長尾龍一『日本憲法思想史』(講談社、平八・一一)、竹内洋『教養主義の没落――変わりゆくエリート学生文化』(中央公論新社、平一五・七)、同『丸山眞男の時代――大学・知識人・ジャーナリズム』(中央公論新社、平一七・一一)、清水あつし「永井了吉「日の会」人脈と『帝大新聞』」(『UP』平二八・一〇)等。

16 沼波武夫「大?・九・一三付/佐佐木信綱宛書簡」:信綱『明治文学の片影』(昭九・一〇)二五六頁。

17 藤村前掲「あゝ沼波君」九〇、九一頁。興国同志会の学生幹部であった蓑田胸喜によれば、誌名は同年秋頃に三井甲之の助言を受けて『文化批判』と決定していたという。蓑田前掲「追憶」四一頁。

18 新聞記事「失はれた大学の自由　七百の学生奮起す」(『東京日日新聞』大九・一・一六七面)、同「興国同志会の改造」(『大正日日新聞』大九・二・一九七面)等を参照。

19 沼波瓊音『鮮満風物記』(大阪屋號書店、大九・一一)「序」七頁。

20 大川によれば、両者の出遇いは大正二(一九一三)年中、東京帝大図書館の特別閲覧室にはじまる――「病みぬれば図書館恋し、マホメット研究者なる鼻高男[大川]も」(沼波詠)――という。大川「沼波先生を

憶ふ」（前掲『噫瓊音沼波武夫先生』）五三、五四頁。同『安楽の門』（出雲書房、昭二六・一〇）：『近代日本思想体系二一／大川周明集』（筑摩書房、昭五〇・五）二五二頁。

21 同時期に沼波は、やはり大川が関わっていた左右合同の思想研究会「老壮会」（大七・一〇発会）にも参加している。「老壮会記事」：国立国会図書館憲政資料室所蔵『満川亀太郎文書』資料番号三六一。満川亀太郎「沼波先生のことゞも」（前掲『噫瓊音沼波武夫先生』）五五、五六頁。同『三国干渉以後』（平凡社、昭一〇・九）二四七、三一四頁。猶存社、老壮会について、詳細は他にも以下の文献中の記述を参照。大川周明「五・一五事件訊問調書」（於市ヶ谷刑務所、昭八・四・一七）、北一輝「警視庁聴取書」（昭一一・三・一七）、斎藤三郎『思想研究資料（特輯）第五十三号秘／右翼思想犯罪事件の綜合的研究（血盟団事件より二・二六事件まで）』（司法省刑事局、昭一四・二）、木下半治『日本国家主義運動史』（慶應書房、昭一四・一〇）、田中惣五郎『北一輝 増補版』（三一書房、昭四六・一）、滝沢誠『近代日本右派社会思想研究』（論創社、昭五五・八）、宮本盛太郎『宗教的人間の政治思想 軌跡編――安部磯雄と鹿子木員信の場合』（木鐸社、昭五九・三）、中谷武世『昭和動乱期の回想 中谷武世回顧録』（泰流社、平元・三）、橋川文三『昭和ナショナリズムの諸相』（名古屋大学出版会、平六・六）、刈田徹『大川周明と国家改造運動』（人間の科学社、平一三・一一）、松本健一『大川周明』（岩波書店、平一六・一〇）、堀真清『西田税と日本ファシズム運動』（岩波書店、平一九・八）、C・スピルマン『近代日本の革新論とアジア主義――北一輝、大川周明、満川亀太郎らの思想と行動』（芦書房、平二七・三）等。

22 満川前掲『三国干渉以後』二四八頁。

23 斎藤前掲『右翼思想犯罪事件の綜合的研究』四二頁。後に一部政官界の黒幕的存在とみなされ「昭和の由井正雪」の呼称を奉られる安岡正篤を、社に帯同して仲間に引き入れた（大一一・七）のも沼波であるという。満川前掲「沼波先生のことゞも」五六、五七頁。国民新聞社政治部編『非常時日本に躍る人々』（日東書院、昭七・一一）二〇三頁。安岡正篤「大川斯禹先生」（『新勢力』昭三三・一一）六二頁。

24 中谷前掲『昭和動乱期の回想』一〇三頁。
25 沼波瓊音詠「無題」（大一五・一〇）。「遺稿／近詠短歌抄（浜千鳥抄）」（『国語と国文学 日本精神研究 十月特別号』昭二・一〇）三〇頁。
26 宮本前掲『宗教的人間の政治思想 軌跡編』一三六、一三七頁、ルビ引用者。
27 沼波瓊音「二途」（『大疑の前』東亜堂書房、大二・七）三〇頁。
28 北一輝『国家改造案原理大綱』（大八、謄写版）：『北一輝著作集 第二巻』（みすず書房、昭三四・七）二二五一～二五三頁。それはまた、つきつめれば「五十年ののちには天皇さえも日本語ではなくエスペラント語で話すことになって」しまっても構わないという、文字通り「革命的」な発想であった。イ・ヨンスク『「国語」という思想――近代日本の言語認識』（岩波書店、平八・一二）三一三頁。
29 安田敏朗『帝国日本の言語編成』（世織書房、平九・一二）、同『「国語」の近代史――帝国日本と国語学者たち』（中央公論新社、平一八・一二）等を参照。
30 青山なを「断片」（昭二・八）：『青山なを著作集 別巻／若き日のあゆみ』（慶應通信、昭五九・八）一九四頁。
31 伊藤松宇「沼波先生に対する追憶」（前掲『噫 瓊音沼波武夫先生』）八二頁。
32 青山なを「陥没」（昭二・三）：前掲『青山なを著作集 別巻／若き日のあゆみ』一七三頁。
33 北一輝『日本改造法案大綱』（西田税発行、大一五・二）：前掲『北一輝著作集 第二巻』三五六頁、ルビ引用者。
34 笠木良明「瓊音故沼波武夫先生のこと」（宇都宮仁編『北一輝著 日本改造法案大綱』日本改造法案刊行会、昭四一・二）一四四頁。
35 大正一〇（一九二一）年初頭に発会し、沼波の主導で二年余り盛んに活動した後、自然消滅したとされる。月一回の学習会には、満川亀太郎、鹿子木員信、嶋野三郎ら猶存社の主要同人や、沼波と親しかった法政大学教授の安倍能成（一八八三―一九六六）、国士舘高等部学長の長瀬鳳輔（一八六五―一九二六）などが講師として次々に来会したという。生越富與「無題」（前掲『噫 瓊音沼波武夫先生』）二六〇、二六一頁。青山なを「沼波先生のおもいで――国の会のことなど」（昭三・二）：前掲『青山なを著作集 別巻／若き日のあゆみ』一九六～二〇二頁。

36 永井了吉他「笠木良明先生追想座談会（一）」（永井正他編『笠木良明遺芳録』同刊行会、昭三五・一二）四二〇頁。中谷前掲『昭和動乱期の回想』三一、三三頁。

37 行地社「東西南北」（月刊『日本』大一四・四）四八頁。日の会について、詳細は他にも以下の文献中の記述を参照。宮本前掲『宗教的人間の政治思想 軌跡編』、夜久前掲「太田耕造先生と興国同志会の人々」、清水前掲「永井了吉「日の会」人脈と『帝大新聞』」等。

38 大川前掲「五・一五事件訊問調書」：高橋正衛編『現代史資料 五／国家主義運動二』（みすず書房、昭三九・一）六八四頁。北前掲「警視庁聴取書」：『北一輝著作集 第三巻』（みすず書房、昭四七・四）四四九頁。

39 青山前掲「沼波先生のおもいで」二〇〇、二〇一頁。

40 沼波瓊音「怖しくされど美しかりし日」（大一二・一一・一三）：『芭蕉の臨終（増補改版）』（斯文書院、大一五・一二）三六四、三六五頁。

41 橋川文三『昭和維新試論』（朝日新聞社、昭五九・六）二二四～二二六頁。

42 沼波武夫「大一三・六・一付／石郁貞吉宛書簡」：前掲『噫 瓊音沼波武夫先生』「序」二頁。

43 本多辰次郎「沼波武夫君を憶ふ」（前掲『噫 瓊音沼波武夫先生』）七一～七三頁。古池信三「おもひで」（前同）二八六、二八七頁。一方で沼波は、猶存社以来の同志・安岡正篤を宮中に入れ杉浦重剛（一八五五―一九二四）の後釜として皇太子の御進講係に就かせようと考え、北一輝や大川周明らと協力して種々宮内省関係者に運動したとされる。原田政治『原田政治論策・饒舌余瀝』（私家版、昭五八・六）一一一頁。塩田潮『昭和の教祖安岡正篤』（文藝春秋、平三・七）一二一、一二二頁。

44 安倍能成「沼波さんの思出」（前掲『噫 瓊音沼波武夫先生』）一五九頁。

45 竹友藻風「沼波瓊音氏を偲ぶ」（前掲『噫 瓊音沼波武夫先生』）一七一頁。

46 沼波瓊音「咄、現時の学風」（『大正公論』大一四・九）七一、七二頁。

47 伊藤正雄「大学講師としての先生」（前掲『噫 瓊音沼波武夫先生』）二一二〜二一八頁、ルビ引用者。沼波いうところの芭蕉がその生き方を理想視した菅沼曲翠は、近江膳所《ぜぜ》藩の宿老であり、享保二（一七一七）年七月、藩主・本多康命《のぶ》（一六七二―一七二〇）の寵を得て家中に専横を尽くした傍輩の曽我権太夫（生年未詳―一七一七）を自宅に招き殺害、みずからも自刃した。主君に累を及ぼすまいとする曲翠の思惑通り事件は私闘扱いとなったが、ために一子内記は切腹を命じられ、妻は出家、家は断絶の憂き目をみたという。沼波瓊音『蕉風』（金港堂書籍、明三八・五）五三五、五三六頁。中里富美雄『蕉門俳人の評伝と鑑賞』（渓声出版、平二〇・三）二〇一〜二一二頁。曲翠の謹直な最期は、日本浪曼派に属する国文学者で終戦時には陸軍中尉として、天皇に敗戦の責を負わすかのごとき訓辞を為した上官を射殺し直後に拳銃自殺した蓮田善明（一九〇四―一九四五）を想起せしめるものがある。その蓮田に、沼波同様晩年急激に右傾化した三島由紀夫（本名平岡公威、一九二五―一九七〇）が深く親炙していた事実もまた見逃せない。福島鑄郎『資料 三島由紀夫』（増補改訂版、朝文社、平四・一一）一一一〜一二一頁。柳瀬善治「蓮田善明」（松本徹他編『三島由紀夫事典』勉誠出版、平一二・一一）五五九〜五六一頁。

48 五十嵐前掲「紅百合」二二三頁。戦後になるが、かのサルトル（Jean-Paul Sartre, 1905-1980）も「飢えている子供を前にしては『嘔吐』のような作品にはなんの意味もない（Devant un enfant qui meurt de faim, *La Nausée* ne fait pas le poids.）」などと述べ、文学の「一時放棄」もやむを得ないとして世界中の文学者・思想家の耳目をそば立たせている。サルトル他述『サルトルとの対話』（人文書院、昭四二・六）一二六頁、発言は『ル・モンド（*Le Monde*）』紙のインタビュー（昭三九・四・一八）でのもの。沼波は右、サルトルは左と、もとより両者のアンガージュマン（engagement）の形式は対蹠的だが……。

49 藤村前掲「あゝ沼波君」八九頁。

50　東京帝国大学『文学部学生便覧自大正十四年四月至大正十五年三月』（大一四・三）五六頁。なお他にも沼波は、同年度から東京女子大学の国文学専修の学生に対して「国文学と日本国民の精神」と題する特殊講義を開始している。安井哲「沼波先生の追憶」（前掲『噫 瓊音沼波武夫先生』）一四四頁。東京女子大学五十年史編纂委員会編『東京女子大学五十年史』（同大学、昭四三・四）八三頁。

51　深作安文「国家と偉人」（清明会講演、大一四・？）等。該講演の述録は『現代と思索』（京文社、大一五・九）に所収。

52　大川周明「道義国家の原則」（月刊『日本』大一四・四）等。沼波における大川の「道義国家」論の影響については、土屋久の先行論文「沼波瓊音のナショナリズム――ある忘れられたナショナリスト」（『法学政治学論究』平九・九）がある。

53　沼波瓊音「遺稿／講義ノート 国に就て」（前掲『国語と国文学 日本精神研究 十月特別号』）一五～一八頁。

54　E・H・カー『危機の二十年（*The Twenty Years' Crisis 1919-1939, 1939.*）』（井上茂訳、岩波書店、平八・一）四〇八頁。

55　J・F・ノイロール『第三帝国の神話――ナチズムの精神史（*Der Mythos vom dritten Reich, 1957.*）』（山崎章甫他訳、未来社、昭三八・一〇）七四頁。多田眞鋤『近代ドイツ政治思想研究――ナチズムの理念史』（慶応通信、昭四一・一二）二九二～二九四頁。山口定『ファシズム』（有斐閣、昭五四・一一）一三三頁。G・L・モッセ『フェルキッシュ革命―ドイツ民族主義から反ユダヤ主義へ（*The Crisis of German Ideology : Intellectual Origins of the Third Reich, 1981.*）』（植村和秀他訳、柏書房、平一〇・一〇）二八七、三五二～三五五頁。E・トラヴェルソ『全体主義（*Il totalitarismo, 2002.*）』（柱本元彦訳、平凡社、平二二・五）三六～三八頁。

56　伊藤正雄「私の三四郎時代」（『近世日本文学管見』伊藤正雄先生論文出版会、昭三八・一二）：『新版 忘れ得ぬ国文学者たち――幷、憶い出の明治大正』（右文書院、平一三・六）一一頁。因みに、堀辰雄（一九〇四―一九五三）は大正一四（一九二五）年四月に東京帝国大学文学部国文学科に入学したので該講義のことは当然知っていたはずであるが、聴講した形跡はない。のち昭和一〇年代には古典を介して「日本的なるもの」の世界にのめり込んでいくとはいえ、震災で母を喪い、芥川龍之介（一八九二―一九二七）やコクトー（Jean Cocteau, 1889-1963）に傾倒していた当時にあっては、沼波の説く男性的でファナティックな「日本精神」論などはなから関心の埒外であったろう。堀と学科同期入学の船橋聖一（一九〇四―一九七六）は「国文学では、藤村作氏の講読する『心中宵庚申』や『女殺し油地獄』のテキストを、二人で一緒に見た。上田萬年氏の国語学概論の試験のとき、堀は試験場の入口まで並んで来たが、急に、「僕はよす」と云つて、引つ返してしまつたりした。そういうところは、気の弱い学生だつた」と回想している。舟橋「堀辰雄思い出抄」（『臨時増刊 文芸』昭三二・二）九三頁。杉野要吉「昭和十年代の堀辰雄――『日本的なるもの』への展開・第二次大和行まで」（『文学・語学』昭四〇・六）七四頁を参照。

57 藤村前掲「あゝ沼波君」八九、九〇頁。同年六月には東京女子大学の講師も辞任し、以後勤務校は第一高等学校のみとなる。

58 藤村前掲「あゝ沼波君」八九頁。因みに、国立国会図書館デジタルコレクション（http://dl.ndl.go.jp/）に「日本精神」で検索をかけた（平二九・一一・一現在）ところ、明治三三（一九〇〇）年から昭和四（一九二九）年にかけての総ヒット数三四件に対し、昭和五（一九三〇）年から昭和一四（一九三九）年は五四五件、昭和一五（一九四〇）年から昭和二四（一九四九）年は二五三件という結果が出た。このなかで、「日本精神」という言葉が思想的な文脈で用いられたのは、椎名固底『大和魂』（刀波社、明四四・一〇）一頁が最初である。

59 第七十回帝国議会における政府答弁（林銑十郎内閣、昭一二・三・二三）を受け、東京帝国大学文学部に国体明徴と日本精神の講究を目的とする「日本思想史講座」が国史学者の平泉澄（一八九五―一九八四）を初代担任教授として正式に開設されたのは、昭和一三（一九三八）年度のことである。竹内前掲『丸山眞男の時代』九二、九三頁。
60 横光利一『紋章』（改造社、昭九・九）：『現代日本文学館 二三／横光利一』（文藝春秋、昭四三・二）一四二、一四三頁。河田和子『戦時下の文学と〈日本的なもの〉――横光利一と保田與重郎』（九州大学博士論文、平二〇・二）三八、三九頁を参照。
61 沼波瓊音「巻頭之辞」（月刊『日本』大一四・四）一頁、ルビ引用者。他にも沼波は、同誌に、詩篇「大空に日在り」（大一四・一一）や評伝「烈女畠山勇子」（大一五・七）を発表している。
62 大川前掲「五・一五事件訊問調書」六九〇頁。行地社について、詳細は他にも以下の文献中の記述を参照。満川前掲『三国干渉以後』、斎藤前掲『右翼思想犯罪事件の綜合的研究』、木下前掲『日本国家主義運動史』、滝沢前掲『近代日本右派社会思想研究』、中谷前掲『昭和動乱期の回想』、大塚健洋「行地社機関誌月刊『日本』目次及び解題（上）（下）」（『姫路法学』平元・四、平二・三）、刈田前掲『大川周明と国家改造運動』、松本前掲『大川周明』、堀前掲『西田税と日本ファシズム運動』、スピルマン前掲『近代日本の革新論とアジア主義』等。
63 行地社「東西南北」（月刊『日本』大一四・五）四六、四七頁。
64 沼波瓊音『始めて確信し得たる全実在』（東亜堂書房、大二・七）一五七頁。
65 沼波瓊音「求むる声」（『現代』大一五・一）四四九〜四五一頁、ルビ引用者。
66 斎藤前掲『右翼思想犯罪事件の綜合的研究』五〇頁。
67 田中前掲『北一輝 増補版』二五七、二五八頁。滝沢前掲『近代日本右派社会思想研究』三二六〜三三一頁。中谷前掲『昭和動乱期の回想』一七二〜一七五頁。松本前掲『大川周明』二八一〜二九三頁。
68 東京行地社脱退同人「我々は何故に行地社を脱退したか」（『鴻雁録』大一五・一二）：拓殖大学日本文化研究所附属近現代研究センター編『拓殖大学百年史研究 第一一号』（拓殖大学創立百年史編纂室、平一四・一二）一五〇〜一五二頁。田中前掲『北一輝 増補版』二五九、二六〇頁。滝沢前掲『近代日本右派社会思想研究』三四〇、三四一頁。中谷前掲『昭和動乱期の回想』一七五～一七七頁。

69 沼波瓊音「筑波おろし」(『鴻雁録』大一五・一一)：前掲『拓殖大学百年史研究第一一号』一五三頁。石川龍星『日本愛国運動総覧』(東京書房、昭七・八)一〇五、一〇六頁。

70 沼波前掲「筑波おろし」一五二頁。

71 大正一三(一九二四)年三月二六日、沼波は、満川亀太郎、大川周明、安岡正篤らと連れ立って警視総監在任中の赤池や特高課長の小林光政(一八九二―一九六二)など主だった内務・警察官僚と会談している。満川亀太郎『満川亀太郎日記――大正八年～昭和十一年』(論創社、平二三・一)四三頁。

72 沼波瓊音「証人訊問調書」(昭二・一・一一)：前掲『北一輝著作集第三巻』三四二頁。

73 沼波万里子『五十銭銀貨』(私家版、昭六三・九)六頁。

74 沼波瓊音「聴取書」(大一五・九・二)：前掲『北一輝著作集第三巻』二四六頁。

75 沼波前掲「聴取書」二四八頁。

76 「瑞穂会趣意書」(大一五・二・一一)：前掲『噫瓊音沼波武夫先生』巻末二頁。澤登哲一「断簡」(『朝風』昭一六・二)四二頁、ルビ引用者。「追憶座談会――中井おやじという仁」(中井淳集編集委員会編『中井淳集』刀江書院、昭三四・四)二五一、二五二頁。瑞穂会について、詳細は他にも以下の文献中の記述を参照。藤井虎雄、麓保孝「瑞穂会記事」(第一高等学校寄宿寮編・発行『向陵誌』昭五・九)、打越孝明「瑞穂会の結成および初期の活動に関する一考察――沼波瓊音、黒上正一郎、そして大倉邦彦」(『大倉山論集』平一五・三)、占部賢志「旧制一高に『国士』ありき――沼波瓊音と『瑞穂会創立前史』」(『祖国と青年』平一六・五)等。

77 同会は瑞穂会の結成に伴い、これに吸収されるかたちで自然消滅していた。本多前掲「沼波武夫君を憶ふ」七二頁。古池前掲「おもひで」二八八頁。

78 前掲「瑞穂会記事」一九五九頁。この『朝風』は後期沼波瓊音の思想の全貌を把捉する上で必須の情報資料であるが、残念ながら沼波生存中に刊行された号の所在は、公益社団法人国民文化研究会所蔵の第二三号（大二・一）、第二六号（大二・四）等を除き、現時点まで公共蔵書に確認されていない。打越前掲「瑞穂会の結成および初期の活動に関する一考察」二〇三、二〇四頁。

79　具体的には、「烈女畠山勇子」（大正維新会発会式、於愛知県会議事堂、大一五・四・八）にはじまる各所への出張講演、遺族らと共同で執行した「児島惟謙祭」（於品川海晏寺、大一五・七・一）、企画準備のみに終わった「畠山勇子追悼祭」（於京都末慶寺、昭二・五・二〇）、それに『護法之神 児島惟謙』（修文館、大一五・五）、『大津事件の烈女 畠山勇子』（斯文書院、大一五・一二）といった伝記の出版など。他にも『福島蒼海伝（仮題）』の執筆・刊行が予定されていた。行地社「東西南北」（月刊『日本』大一五・五）三九頁。同「東西南北」（月刊『日本』大一五・八）四七頁。花井卓蔵「無題」（前掲『噫 瓊音沼波武夫先生』）五四頁。佐藤天風「沼波君のことども」（前同）六三頁。水野満年「無題」（前同）六九、七〇頁。笹川臨風「嗚呼沼波君」（前同）八四頁。古池前掲「おもひで」二八八頁。のち太平洋戦争／大東亜戦争末期、横光利一は沼波の勇子伝に依拠して人物評論「橋を渡る火」（『婦人公論』昭一九・一）を執筆している。『近代浪漫派文庫三〇／横光利一』（新学社、平一八・一）二四三～二四六頁。

80　前掲「瑞穂会記事」一九五九頁。同会議について、詳細は外務省記録『自大正十四年七月廿五日 至十五年八月五日／民族問題関係雑件 亜細亜民族問題 第一巻』（国立公文書館アジア歴史資料センター、http://www.jacar.go.jp/ B04013200400～B04013200700）を参照。

81　松本正一「先生」（前掲『噫 瓊音沼波武夫先生』）三〇二、三〇三頁。麓保孝「沼波先生と瑞穂会との一斑」（前同）三〇八、三〇九頁。藤井虎雄「先生に報ずる唯一の道」（前同）三一三頁。前掲「瑞穂会記事」一九五九頁。こうした所見は、第三者を介して、文部大臣（第一次若槻礼次郎内閣）の岡田良平（一八六四―一九三四）など時の文教関係者に具陳されたという。因みに、沼波は大正一五（一九二六）年六月以来、文部省嘱託として小学校教科用図書の調査・編纂にも携わっており、その見識は省内で高く評価されていた。

82 麓前掲「沼波先生と瑞穂会との一斑」三〇六頁。

83 後に北一輝が危篤状態に陥った沼波の枕頭に駆け付け、その最期を看取り、遺族に何くれとなく親身に手を差し伸べたのは、該事件で沼波を消耗させた（死期を早めさせた）ことへの慰藉の念ゆえともとれる。沼波万里子前掲『五十銭銀貨』を参照。

84 五十嵐前掲「紅百合」二二五、二二六頁。梅木紹男「沼波先生を悼む」（前掲『噫 瓊音沼波武夫先生』）二九二頁。

85 麓前掲「沼波先生と瑞穂会との一斑」三〇七、三〇八頁。なおこの信書は、贈呈書物である菊池容斎（一七八八—一八七八）の『前賢故実』とともに、当時著名なイタリア通でムッソリーニとも面識のある下井春吉（一八八三—一九五四）に託されたという。下位については、藤岡寛己「下位春吉とイタリア＝ファシズム——ダンヌンツィオ、ムッソリーニ、日本」（『福岡国際大学紀要』平一三・三）、R.Hofmann, *The Fascist Effect : Japan and Italy, 1915-1952* (Cornell University Press,2015). 等を参照。

86 前掲「瑞穂会記事」一九六〇〜一九六二頁。陸軍部内の実力者で後に皇道派の領袖となり二・二六事件に連座・失脚する真崎甚三郎（一八七六—一九五六）の長男秀樹（一九〇八—二〇〇一）も瑞穂会には創立時から加わっており、その関係で、会員たちは第一師団長等の要職にあった真崎の官舎の一室を借りて『古事記』の輪講を定期的に実施（昭四・九より）した。他にも中井、澤登は、会の活動を通じて、村中孝次（一九〇三—一九三七）、磯部浅一（一九〇五—一九三七）など陸軍の革新青年将校の一団とも親交を結んだという。澤登哲一「思い浮かぶこと」（前掲『中井淳集』）一〇一〜一〇六頁。

87 昭信会、日本学生協会については以下の文献中の記述を参照。無記名「第一高等学校昭信会記事」（前掲『向陵誌』）、小田村寅二郎『昭和史に刻むわれらが道統』（日本教文社、昭五三・六）、打越孝明「黒上正一郎と三井甲之」（『大倉山論集』平一九・三）、井上義和『日本主義と東京大学——昭和期学生思想運動の系譜』（柏書房、平二〇・七）等。

88　じっさい田所、小田村らは、「天皇が度々お出しになつてゐる『勅語・勅諭』では、陛下はいつも〝一日も早く目的を達して戦争を終結するやうに〟と言つてをられる」と考え、その意味で「短期終結の御精神を全く無視」するかのように「いつ果てるともわからな」い事変・戦争指導を続ける現下の為政者はまさに「不忠の限り」であるとして、その言動を年々急進化させていった。小田村前掲『昭和史に刻むわれらが道統』一九三、二〇二〜二〇四頁。

89　沼波瓊音「私解 芭蕉の発句（一）」（『俳味』明四四・六）：『芭蕉句選講話（春之巻）』（東亜堂書房、大二・五）一頁。

90　沼波瓊音『小説 芭蕉の臨終』（敬文館、大二・一〇）七四頁。以下は沼波による自作解題である。「あの小説を書いた時は、『始めて確信し得たる全実在』を書いたあとでした。それで私は芭蕉がさう云ふ方面に徹し切らずして、死に近くなつて独り悩む心持、及びその周囲に集つた門人達が、一向にそれを解せずに居た光景、が書いて見たいと思ひ立つたのでした。これが中心です。［……］」。沼波瓊音「『芭蕉の臨終』に就て」：前掲『芭蕉の臨終（増補改版）』「序」二頁。

91　芭蕉「嵐蘭誄《らんらんのるい》」（哀悼の辞）：伊藤前掲「大学講師としての先生」二一四頁、ルビ引用者。

92　藤村前掲「あゝ沼波君」八七〜八九頁。

93　藤村作「英語科廃止の急務」（『現代』昭二・五）七、二〇頁。

94　市河三喜「英語科問題に就て」（『英語青年』昭三・一）三頁。

第二章　三井甲之の学問と思想

三井甲之（明治40年頃）
［三井甲之遺稿刊行会編・発行『三井甲之存稿』（昭和44年4月）より］

第一節　反漱石とヴント心理学の受容

直観のまた綜合の詩をつくるちからあるかぎり日本はほろびず〔1〕

一　はじめに

本章では、歌人・評論家の三井甲之（本名甲之助、一八八三―一九五三）について論じる〔2〕。彼の学問・思想形成を、漱石文学への反発、ヴント心理学の受容、浄土真宗―親鸞思想の受容という三つの営為を中心に跡づけ、それらの営みを経て最終的に体系化された三井流国学―「しきしまのみち（このはのみち）」の特質を考察する。

東京帝国大学の国文出身の「変り種」〔3〕といわれた三井もまた、六期先輩に当たる沼波瓊音（本名武夫、一八七七―一九二七）と同様、芳賀矢一（一八六七―一九二七）の学問性を結果としてより先鋭的なかたちで継承するに至った政治的文学者である。日本の古典研究のみならずさまざまな要素から構成

されるその特徴的な学びは、芳賀の示した、

一言でいへば国学は、国体を知らせる学問といふことに帰するのであります。［……］一つは科学的研究法をやらなければならないとおもひます。一体これまでの国学者のやつた事は偏狭に流れて居つたので、支那から何がはいつて来て居ても、印度から何がはいつて来て居ても、それらは頭から排斥してしまつて、日本の古い所を主としてやつて居つたから、たとへ古今集の歌に支那の思想がはいつて居て、それを知つて居ても、註釈には書いて置かぬといふやうな風がありました。［……］如何なる文明でも、決して単独に発達した文明はありませぬ。［……］単純な国学ばかりでなく、多くの補助学科の力によらなければなりませぬ。また研究の範囲も、一時代に偏せず、歴史的に各時代に渉つて、残らず研究するやうにしなければなりませぬ。［4］

という新たな国学の方法論を、彼なりに忠実に実践したものと考えられる。

その三井甲之は［5］、明治一六（一八八三）年一〇月一六日、山梨県中巨摩郡松島村（現甲斐市）の富裕な資産家の長男として出生した。自伝的小説によれば、生来非常に感受性が強く、幼少年期から詩歌や小説にのめり込んで「弟から日夜に気違ひ気違ひと悪口されて、実際気違ひになりかゝ」ったり、空想に惑溺した結果「直接の刺激に堪へなく」なったりもした［6］という。それでも学業はおおむね順調で、地域の松島（尋常）小学校・同高等小学校、甲府中学校、京華中学校（四年転入）、第一

実父 三井梧六（1859-1933）
［鶴田藤四郎編『山梨県名士録』（明治写真協会、大正10年3月）より］

高等学校文科を経て、明治三七（一九〇四）年九月に東京帝国大学文科大学文学科に入学し、国語学国文学第二講座担任教授の芳賀矢一、言語学講座担任教授の上田萬年（一八六七―一九三七）、それに文科大学名誉教師のチェンバレン（Basil Hall Chamberlain, 1850-1935）らに親しく指導を受ける［7］。明治四〇（一九〇七）年七月に卒業して以降は、一時期京華中の教員（明四四・四～大四・三）や郷里松島村（昭二・四　敷島村に改称）の村会議員（昭二・?～昭四・七）、村長（昭一四・九～昭一八・九）などをつとめた以外は、もっぱら野に在って著述に没頭した。

文学者としての三井の学問・思想形成を問題にする上で、何より注目すべき点は、彼が東京帝国大学文科大学に入学した明治三七（一九〇四）年度から開始された新制度である。同年三月に第三代学長に就任した坪井九馬三（一八五九―一九三六）のもとで、従来の九学科は、哲学科、史学科、文学科の三学科に統合・再編され、国文学科は文学科内の七専攻の一つとなって制度上は一旦消滅する。それまで所属学科ごとに細かく定められていた履修規定はゆるめられ、三ヶ年の修業年限もなくなり、学生は個々の学的関心に応じて比較的自由に単位を取得し、十分な時間をかけて専攻――正式な呼称は「受験学科」、明治四三（一九一〇）年度より「専修学科」と改称――を決定することが出来るようになった〔8〕。また外国語の比重も高まり、在学中に二ヶ国語の語学試験に合格しておくことが卒業試験の受験資格の一つとされた〔9〕。「語学能力を就職の際の付加価値と捉え、実用的な語学教育を重視し」〔10〕た坪井本来の思惑はともかく、こうした改革によって少なくとも形式的には高等学校のカリキュラムの延長、教養主義的《リベラル・アーツ》な学修環境が整えられた〔11〕のである。それゆえか、同じ東京帝大国文の出身でも、一世代前の固定された学科組織・枠組のなかで学んだ沼波瓊音が時としてのぞかせた、多種多様な外国文化の知識不足に対するあせり——「この際日本の芸術の発展を熱望する『日本を知つてる人』と、西欧芸術をウンと知り抜いた人と提携すること急務」——は、三井にはほとんどみられない〔12〕。

新制度のもとで、三井は、本来の志望である国文学と並行して哲学や宗教学、心理学といった他の人文諸学や外国文学に関する科目を幅広く聴講した。前年一月に西欧（ロンドン）留学より帰朝した嘱託講師の夏目漱石（本名金之助、一八六七—一九一六）の鳴り物入りの英文学の授業にも一度は出向いたことであろう。

わけても、嘱託講師の松本亦太郎（一八六五—一九四三）の講義を通じて吸収したヴント心理学の影響は少なくなかった〔13〕。ドイツのヴント（Wilhelm Wundt, 1832-1920）によって確立された個人心理学（実験心理学）——当時日本の学界では欧米で最も権威ある「精神科学（Geisteswissenschaften）」の一つと認知されていた〔14〕——の学知は、三井の国文学研究とその後の思想展開においてたびたび援用され、一々の論に科学的な「客観性」「普遍性」という名分を与える拠りどころとなっていく。明治四〇（一九〇七）年四月に提出された彼の卒業論文『万葉集論』の「序論」には、そのことが端的に示されている。

故ニ心理学ノ確実ナル基礎ニ立ツヲツトメ他ノ造形美術ノ研究及外国詩人ノ作及作詩上ノ告白等ヲモ参考セムトツトメタリ。[……]故ニ批評家ハ少クモ作家タリ得ル素質ヲ有セザル可ラズ。故ニ確実ナル心理学的解明ト自己所信ノ創作的叙述トヲトモナハシメザル可ラズ。[……]シカシテ研究者ノ経験ハ現代文学界ノ現象ト根本的ニ関係スルヲ以テ、万葉集ノ研究ト雖モ現代日本文学界ノ情況ヲ顧ミザル可ラズ。[15]

他にも三井は、学外で、故正岡子規（本名常規、一八六七—一九〇二）の始めた根岸短歌会（明三二・三・一四発会）に加盟し伊藤左千夫（本名幸次郎、一八六四—一九一三）らと先師の歌学について討論したり、真宗大谷派（東本願寺）の学僧・近角常観（一八七〇—一九四一）のもとで浄土真宗の宗祖・親鸞（善信、一一七三—一二六三）の教えを真剣に聴聞するなど、漸次「自分に一番適切な血や肉を多量に持つてゐるもの」[16]を摂取していったのである。

二　文学的出発

明治四一（一九〇八）年二月、前月号を以て終刊となった根岸短歌会の機関誌『馬酔木』の後継誌として月刊『アカネ』が創刊される。同人間の意見対立など紆余曲折を経て伊藤左千夫より編集責任者を一任[17]された三井甲之は、早速創刊号の「消息」欄に、

正岡子規先生の和歌革新は俳句研究の結果得たる文学観より出立致し候ものに有之且同氏の重病は進んで文学一般の研究及創作に従事するを許さざりし事情も有之吾人は新たなる用意と決心とを以て我国文学の中心たる和歌の研究を中心とし進んで長詩小説戯曲に向つて確実なる歩武を進め度候。

と述べ、「三千年の国文学史を有する日本国民たる十分の自覚」を以て、早世した子規の文学事業全体の後継者たらんことを高らかに表明する[18]。そうして彼は、大須賀乙字（本名績《いさお》、一八八一―一九二〇）、増田八風（本名甚治郎、一八八〇―一九五七）、広瀬青波（本名哲士、一八八三―一九五二）などみずからに同調する一部の同人たちとはかって、『アカネ』の誌面を「殆と根岸短歌会の歴史など無視〔ママ〕」[19]するかのように、短歌のみならず俳句、小説、長詩、文芸評論、外国文学の翻訳等で埋め尽くしていった[20]。なかでも文芸評論には力を入れ、毎号多くの頁を割いている。以下の文章には当時の三井の文芸観が端的に現れている。

世俗の趣味は常に崇高より離れて挑発的に傾いて居る。崇高の反対に、無気力、部分的、人工的、斑色的、にして極めて小規模の趣味に堕落して居る。今日社会一般の風俗が皆此方向を取

つて居る。［……］現代の趣味の堕落は不確実な力の弱い点にあるので此淫靡なる趣味は又文壇にも現はれて居る。一つは冗漫なる空想文学、一つは野卑なる肉感描写文学である。[21]

国家的恥辱とされた露独仏三国干渉（明二八・四・二三）から臥薪嘗胆の数ヶ年を経て対露宣戦布告（明三七・二・八）へと至る明治ナショナリズムの最高揚期――「国家全体として最も進歩の激しい時」[22]――に自我を形成した青年三井は、日露戦後の社会、国民意識の動向を一種の弛緩状態と否定的にとらえていた。

明治三十七八年戦役後の動揺は文壇にも及ひ候。一時成功と申すこと大流行を来し、可成早く名と利とを得むとする如き傾向文壇にも及ひ申候。ざれ［ママ］ど斯の如きは文学に取つては最も不健全なる傾向と存候。[23]

このような認識は、もとより徳富蘇峰（本名猪一郎、一八六三―一九五七）ら同時代の硬派知識人のそれ[24]に通じるものである。加えて三井の場合は、当時の甲州（山梨県）人一般に通有したとされる保守的――悪くいえば「偏屈」――な気質と、帝大在学中に培われた「健全なる国文学の発展を計らざる可らず」という強烈な使命感がそこにあった[25]。

発刊以来、三井は『アカネ』に毎号「堕落文芸」の兆候を見出した文士を俎上に載せ、「文学の論ずべき点は決して外観の如何では無くて、内心の感情の如何にあるかである」[26]との持論のもと辛

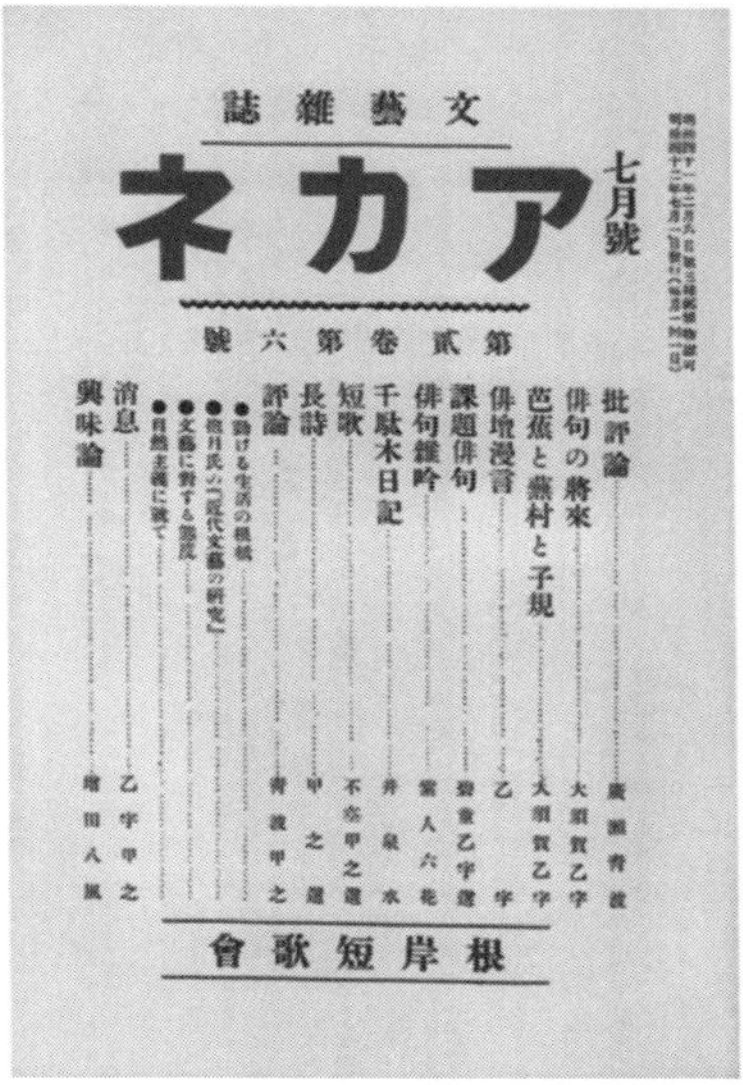

文藝雜誌
アカネ
七月號
第貳卷第六號
批評論
俳句の將來……大須賀乙字
芭蕉と蕪村と子規……大須賀乙字
俳壇漫言……乙字
課題俳句……乙字選
俳句雜吟
千駄木日記……井泉水
短歌……甲之選
長詩……甲之選
評論……甲之
消息……乙字甲之
興味論……増田八風
根岸短歌會

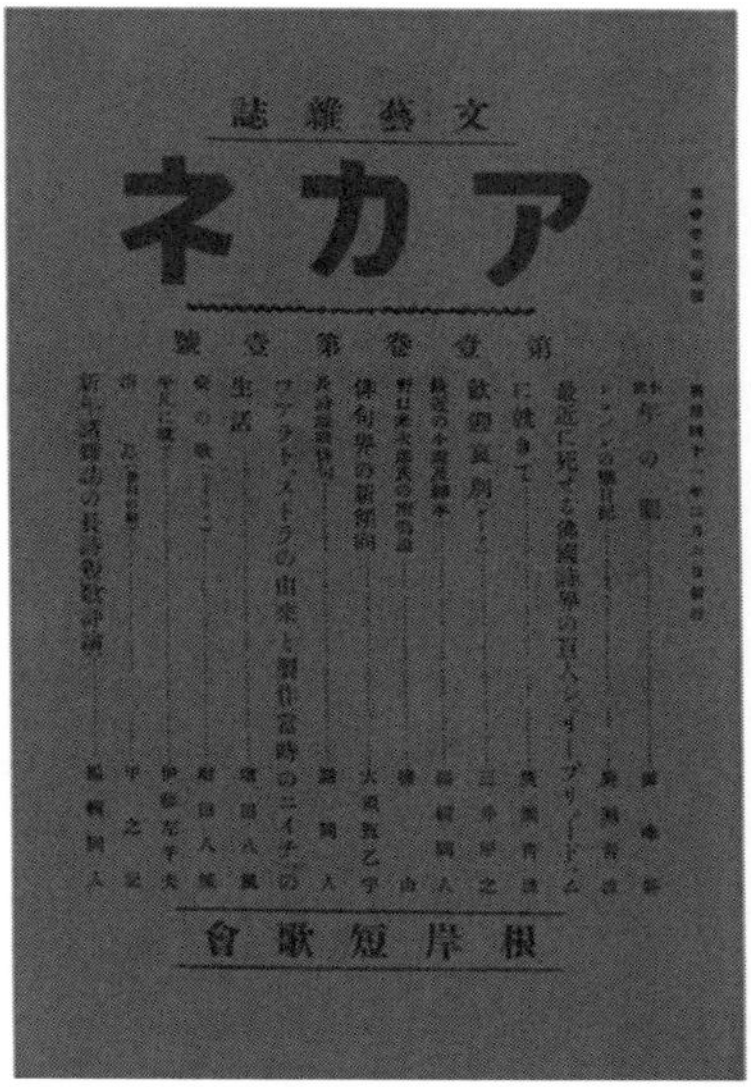

文藝雜誌
アカネ
第壹卷第壹號
俳句界の新傾向……大須賀乙字
生活……増田八風
根岸短歌會

右：『アカネ』創刊号（明治41年2月）表紙
左：同最終号（一時休刊号、明治42年7月）表紙

辣な批評を遠慮会釈なく加えていった。主に標的としたのは、三井の独善的なふるまいに辟易して早々と『アカネ』を離脱し『阿羅々木』を創刊（明四一・一〇）した伊藤左千夫、長塚節（一八七九—一九一五）、斎藤茂吉（一八八二—一九五三）、島木赤彦（本名久保田俊彦、一八七六—一九二六）らアララギ派[27]、夏目漱石、高浜虚子（本名清、一八七四—一九五九）らいわゆる余裕派、与謝野鉄幹（本名寛、一八七三—一九三五）、晶子（本名志やう、一八七八—一九四二）ら明星派、等々である。なかでも、左千夫と茂吉、漱石に関する言及は群を抜いて多い。

　作歌上の細かい語法から互いの人間性にいたるまで多岐にわたって非難の応酬を繰り広げた左千夫、茂吉とのや

漱石（明治40年2月、第一高等学校本館前にて）
〔『漱石全集 第11巻』（同刊行会、昭和11年5月）より〕

り取りが、根岸歌壇の正統をめぐる内輪もめ（近親憎悪）の色合い〔28〕を多分に帯びていたのに対し、漱石への物言いは、ひたすら相手を一方的かつ徹底的に批判し抜くという神学的な「折伏」の趣があった。

当時はまだ希少価値のあった帝大卒の文学士としての矜持から来る嫉妬は当然あった――「人の目に立つやうなことで真実の事業が出来るものではない」〔29〕――にせよ、三井は何故そこまで漱石に執着したのか。大正期に入って彼は次のように回想している。

> 漱石の作が流行し始めて全盛になつた頃、僕はゲーテを愛読して漱石の作は重んじなかつた。
> ゲーテは理知的啓蒙時代の一切を均一化して言語も道徳も宗教も国家も理性的粉本によつて構成しようとした空虚な論理的組立に対して真実の個人々格の価値を主張し、それは深く歴史的意義にまで到達して、古い自然法から割出した孤立的個人々格が皆誰も彼も平等のものとして共同的に生活し、此に国を建て法律を制定するといふやうな理論的の迷ひを打破した。その内的経験の抒情詩的弾力を僕は感じて居つたのだ。〔……〕夏目漱石等はこれと反対に戦勝の夢を博覧会に実現し、凱旋門に具体化し、成金思想に変体せしめ、軽薄なる俗謡の流行とならしめ、

外的に風船玉のやうに膨張したときに、此の国民の浮いた気分に投じて思はぬ喝采を博したのが漱石の『吾輩は猫である』である。［……］子規から得た写生文的技巧と、超越的俳味と、英文学の知識と、また外国文学の知識あるものにはともなはぬを普通とする漢文学の素養と、もう一つ最も外的に効果のあつたのは彼の文科大学講師といふ看板であつた。〔30〕

かの詩人・ゲーテ（Johann Wolfgang von Goethe, 1749-1832）が理知のはたらきを絶対視する啓蒙主義とその現実的所産たるフランス革命がもたらした外界の変化を拒絶し、人間精神の高揚と真の充足を、おのが混沌たる内的世界に希求したことはよく知られている〔31〕。三井は、そのようなゲーテを、洋の東西は違えど本物の文学者として惜しみなく称揚した。そして、反対に漱石を、膨張する「風船玉」のように内側は空虚なまま外側は華やかに近代化・文明化を成し遂げた――その一つの達成点としての日露戦勝――現下日本の「悪風潮」〔32〕を体現する象徴的存在として見出したのであった。

もとより漱石文学は、その底流に西欧（ロンドン）留学の体験を通して身に付けた近代性・文明性への本質的懐疑があり、時代社会に対する問題意識の深さと分析の鋭さにおいて他の追随を許さぬものがあったことは今日周知の事実である。だが、文学の廓清にはやる当時の三井にはそこまで巨視的に作品をよみ解いていく余裕などなく、あくまで彼は最初の直観に「固着」〔33〕して、内にイメージした「漱石」を敵視し続けていく。

三　反漱石とヴントの個人心理学（実験心理学）

三井甲之が『アカネ』誌上で執拗に繰り返した反漱石の言説[34]、それらの要点は、まとめると次のようになる。すなわち、漱石の書くものは、いずれも「真の文学」にはほど遠い、「全体」として「統一」された「人生観」（信念、信仰）を欠いた「空想文学」であり、人間・社会の「皮相」な「一部分」を技芸的に切り取ってみせただけの「紙張子」細工に過ぎない。その内容は、自然主義派の性欲描写と同じく人間の「区々たる感情」を刺激するにとどまり、真面目な読者をして宗教的な「忘我の大歓喜」に導くものでは到底ない。文章は「不自然」な「技巧」と「粉飾」が目立ち、「冗漫」で「衒学的」かつ「説明的」であり、小説中の登場人物は、どれもみな「現実の生きた人」の感じを与えない「操人形」同様のつくりである。等々。

こうした三井の分析・批評については、左千夫門下の土屋文明（一八九〇—一九九〇）が「なかなか鋭いところ」があり「何かよいところを含んでをるといふべき」と認めている[35]ように、当時としてはさほど的外れな論でもなかった。じっさい「説明的」云々は、正宗白鳥（本名忠夫、一八七九—一九六二）や田山花袋（本名録弥、一八七二—一九三〇）など自然主義系の文士たちが漱石の小説をくさす場合の常套句であった[36]。漱石自身も、「活きて居るとしか思へぬ人間や、自然としか思へぬ脚色を拵へる方を苦心したら、どうだらう」[37]と述べるなど、職業小説家として作り物にみえない「自然」な作品世界の創造に腐心していた形跡[38]が折ふし見受けられる。

ともかく三井は、時には「野卑なる肉感描写文学」[39]と嫌悪する自然主義派に歩み寄ってでも

「空想」の漱石文学をたたき、文学における「真」の重要性を訴えようとした。

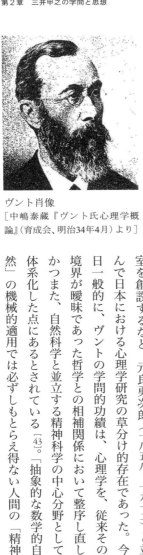

漱石の「三四郎」の人生は操人形のやうだ、之に比すると白鳥の「明日」などは遥かに優れて居る。つまり強い感じを与へる。強いといふのは真であるといふ意味である。[40]

「真」すなわち「あるがまま」への志向、それは三井において、子規の有名な「写生」論[41]や親鸞の「自然法爾《じねんほうに》」の教説――「自然といふは、自はをのづからといふ、行者のはからひにあらず、然といふはしからしむといふことばなり」[42]――にインスパイアされ、最終的にヴントの個人心理学（実験心理学）に拠って確立されたものであった。

ヴント肖像
［中嶋泰蔵『ヴント氏心理学概論』（育成会、明治34年4月）より］

かつて文科大学第三十二番教室で三井にヴント心理学を講じた松本亦太郎は、欧米に留学しドイツのライプツィヒ大学でヴントにじかに学んだ経験を持ち、東京、京都両帝大の文科大学に心理学実験室を創設するなど、元良勇次郎（一八五八―一九一二）と並んで日本における心理学研究の草分け的存在であった。今日一般的に、ヴントの学問的功績は、心理学を、従来その境界が曖昧であった哲学との相補関係において整序し直し、かつまた、自然科学と並立する精神科学の中心分野として体系化した点にあるとされている[43]。「抽象的な数学的自然」の機械的適用では必ずしもとらえ得ない人間の「精神的な生の諸内容」とその「思考の無限の形式」を究明する精神科学との出遇いは、当時の三井をして実に「動乱したわが心を明かにてらして興奮せしめたもの」であったという[44]。ヴントの心理学は、個人の意識を研究対象とする個人心理学（実験心理学）と、自然発生的人間集団（民族）の総体意識を研究対象とする民族心理学に大別されるが、先に三井が味得したのは前者である。

ヴントの個人心理学（実験心理学）の理論は、一般的に「要素主義」とも「構成主義」とも称され、個人の複雑な意識を自己観察（内観）実験を用いて「純粋感覚、簡単感情」とそれ以外の心的要素とに細かく分解し、「何等の反省や二次的なる概念区分によって変化されて居な」い「直接経験」をみきわめ、しかるのち、それらを結び付けることによって、意識本来の在りようを総合的に把捉しようとするものであった[45]。三井の説明をきこう。

ヴントは欧洲の哲学を形而上学、弁証法、訓詁学のやうな認識論偏執から解放したのである。彼の心理学は直接経験の学である。即ち人間経験をあるがままにそのまゝ全体として生命があり統一あり調和あるものとして活きたものとして取扱ふものである。[46]

ヴントは、実験を通じて、意識がある一つの心的表象を他に比較して著しく明瞭に知覚するはたらきをカント（Immanuel Kant, 1724-1804）の認識論の用語を借りて「統覚（Apperzeption）」と名付けた[47]。そして三井は、散文・韻文を問わずあらゆる文芸の理想は、その「統覚」―「緊張せる統一せる心的情態」[48]を端的に記述する「直接経験」の語りにこそあるとしたのである。

『アカネ』に分載（明四一・六〜七）された小説「行く春」は、三井が右の理念を実践に移すべく、ゲーテの『若きウェルテルの悩み（*Die Leiden des jungen Werthers*, 1774）』に範を取って執筆した実験的短編である。もとより念頭には、敵視する漱石や左千夫に対して「宗匠的態度」[49]を以て臨み、本物の小説とはこのように書くのだと見本を提示する意気込みもあったことだろう。発表に先立ち、三井は、作品の主題として恋愛を取り扱う意義を次のように述べている。

> 先づ文学は生き居る人間の製作候ものなることを考へねばならず候。生き居るといふ自覚は恋愛に於て最も強く感ぜらるべく候。此時に当つては心は一つの目的に向つて集注せられ何等の雑念なく利害快楽を顧慮する疑惑的態度無くなり可申此時には肉欲等の如き利己的の考の無くなり又は浄化せらるゝものと存候。[50]

さて、「行く春」は、次のような旅中の描写から始まる。

> 汽車の中では金槐集を読んだ。小さい室で五人乗つて居る、質素の人のみで心持がよかつた。東京の事を思ふとぼつとしたやうだ。［……］昼飯をすまして松林を散歩した。音のするのは松風で波の音はせぬ。眠つて居るやうな静かの海である。此静かの海に対すれば犬吠岬あたりの波の音を想出すやうに過去の動乱を強く想ひ起さむが為には孤独寂寥の現在を求むるのである。[51]

主人公・清木は、作者の分身ともいうべき東京帝国大学文科大学の学生である。常日頃より「自然の衝動のまゝに願はくは一分時なりと息を吐きたい」と念ずる彼は、ドイツ語を習いに通う会話学校で教師の手伝いをしているしづ子と知り合い、闊達な「血漲る少女」に「天然のまゝ」の美を見出し、「僕に芸術に対する信仰を与ふる」と恋情を募らせていく〔52〕。しかし、しづ子は、分相応の結婚を勧める家人に従い、活版所の画工と婚約する。清木は女の自分に対する本心からの愛に日ごと確信を深め、「現実の無常なる境遇運命を破るの力は即愛の力である」〔53〕と精神を高揚させていくが、現実の逆襲を恐れて、じっさいには何の行動も起こそうとはしない。ただいたずらに、

自己の周囲のあらゆる人を顧みると利己的なる肉欲的行動を解脱して居るものは殆んど無い。〔……〕思ふさへ腹立たしい。自己の心を他人の心と融合せしむるのを知らぬ、人を愛することを知らず、愛せらるゝことも知らず、小さい弱い自我の感情を過重して自然の大勢力を知らずに居る。世の一切に向つては無頓着の態度をとる外は無い。身に近いものを考ふれば彼等から受くるは報いられざる愛の苦のみである。〔54〕

と自問自答を繰り返すばかりである。物語は、しづ子に別れを告げた清木が、これから先は「自然の引力のまゝ」にしたがい、「唯一人の恋人」への「追慕の一念」に依って「目に見る万象の裏に漲る不可測の威力に同化すべき内心の活動に赴かむ」〔55〕と、みずからを納得させ、悄然と再び旅に出るところで終わる。

清木は、一応近代小説の主人公然とした、恋愛における生の内発的衝動─「生き居るといふ自覚」を契機として、そこから一気に現実（世間）を突き抜けんと志向する人物である。ところが三井は肝心なところで彼に主体性を放棄させ、「即生死の境〔生死即涅槃〕に出入し骨髄に徹入する」［56］とばかりに不如意な人生そのものに落在させてしまう。これは、漱石が翌年に発表した「それから」（『東京／大阪朝日新聞』明四二・六・二七〜一〇・一四連載）において、「自然の児にならうか、又意志の人にならうか」との葛藤の末に「自己の運命の半分を破壊」してでも結婚という社会制度の埒外に生きること（姦通）を選び行動に移した主人公・代助をして、最後に「自分の頭が焼け尽きる迄電車に乗つて行かうと決心」させ「真赤」に「焔の息を吹いて回転」する「世の中」と真正面から向き合わせた［57］のと全く対蹠的である。

「内心の切実なる実験」［58］を通じて明瞭に知覚された「実世間生活の悲哀」［59］を「抒情詩的弾力」［60］あふれるゲーテの文体を模して描き出そうとした「行く春」だったが、作者の「直接経験」だけに表現の素材を求めたのは、詩歌としてならまだしも、小説としてはやはり無理があったようだ。以下の寸評は、そのことを的確に指摘している。

三井甲之の『行く春』は完結した。此作者は、客観を客観として描かずに、すべてを一度び主観化して語つてゐるやうである。それが為めに〔ママ〕、論文となり、時に抒情文となる。新機軸を出さんとする努力は努力として、此の点だけは先づ三省を欲する。［61］

心理学の理論をそのまま文学の方法論に持ち込むという、当時としては斬新な試み〔62〕も文壇の注目を集めるには至らず、漱石や左千夫からは黙殺され、茂吉からは作者その人の恋愛心理を「少女ごゝろの様な心持〔……〕さもありなんか」〔63〕と何かにつけて揶揄され、土屋文明からは「中学生の作文、少くとも高等学校生徒の校友会雑誌向きの域を出ない」〔64〕と後々まで酷評されるなど、散々な失敗に終わった。「多少の非難を受け又は理解されざることが其作物の生命ある所以」〔65〕と事前に予防線を張ってはいたものの、さすがに面白くなかったのか、これ以降三井は自伝風の短編を二篇ものした〔66〕だけで小説の創作には携わっていない。

とはいえ、彼自身の形成過程に即してみれば、「行く春」は全く無意義であったわけではない。作中に示された主人公の一見してスタティックな行動様式は、ある種の雛形として温存され、やがて「現実を人為的に変改せむとせぬのである、理想境、または現世と正反対の世界と生活とを現ぜしめむとするのではない、現実のまゝに随順し、歓喜と悲哀と、希望と絶望と、恩愛と憎悪とそれらに没入しつゝそれらを内に調和せしめ綜合せしめむとする信心によつて、ここに不可思議の境に無極の生を創造せむとするのである」〔67〕と思想的に重要な意味を帯びて言説化されて来るからである。

四　ヴントの民族心理学と「民族的生活」へのめざめ

明治四三（一九一〇）年五月二五日、明治天皇（睦仁、一八五二―一九一二）の暗殺を企図したいわゆる大逆事件が発覚し、幸徳秋水（本名伝次郎、一八七一―一九一一）、大石誠之助（一八六七―一九一一）ら容疑者の一斉検挙が始まる。司法省民刑局長の平沼騏一郎（一八六七―一九五二）を中心とした国家の司法権力によって犯罪事実以上に被告人たちの無政府主義《アナキズム》的な思想性が断罪された苛烈な判決（明四四・一・一八結審）は文壇にも衝撃を与え、徳富蘆花（本名健次郎、一八六八―一九二七）の有名な講演「謀叛論」（於第一高等学校、明四四・二・一）をはじめ、多くの文学者が個人の自由とそれを抑圧する国家との関係性について思考をめぐらすきっかけとなった〔68〕。そのような時代の閉塞した空気は、経営難による『アカネ』の休刊（明四二・七）後山梨の郷里に一時転居していた三井甲之にも十分伝わっていたことであろう。奇しくも該事件の発覚と同月、三井は自身と関わりの深い雑誌『日本及日本人』――明治四一（一九〇八）年九月一日号より歌欄の選者を担当――の文芸欄で次のように述べていた。

文芸と政治と対比して論ずるのは無意味である。『文芸』といふ名と、『政治』といふ名とは、全く異りたる見地より名けたる二概念である。文芸は政治的活動をも内容とすべきは、文芸の内容は人生なることによつて言はずとも明かである。〔69〕

この頃から徐々に三井の学問的・思想的関心は、個人の内面にまつわる事柄（文芸）から外面にまつわる事柄（政治・社会）へと、その対象領域を拡げつつあったと推定される。

明治四三（一九一〇）年一〇月に再び上京した三井は、翌年五月に『アカネ』を文芸新聞（タブロイド判）として復刊し、更に翌年五月には「吾等は明治思想界に於ける吾等の使命を自覚せねばなら

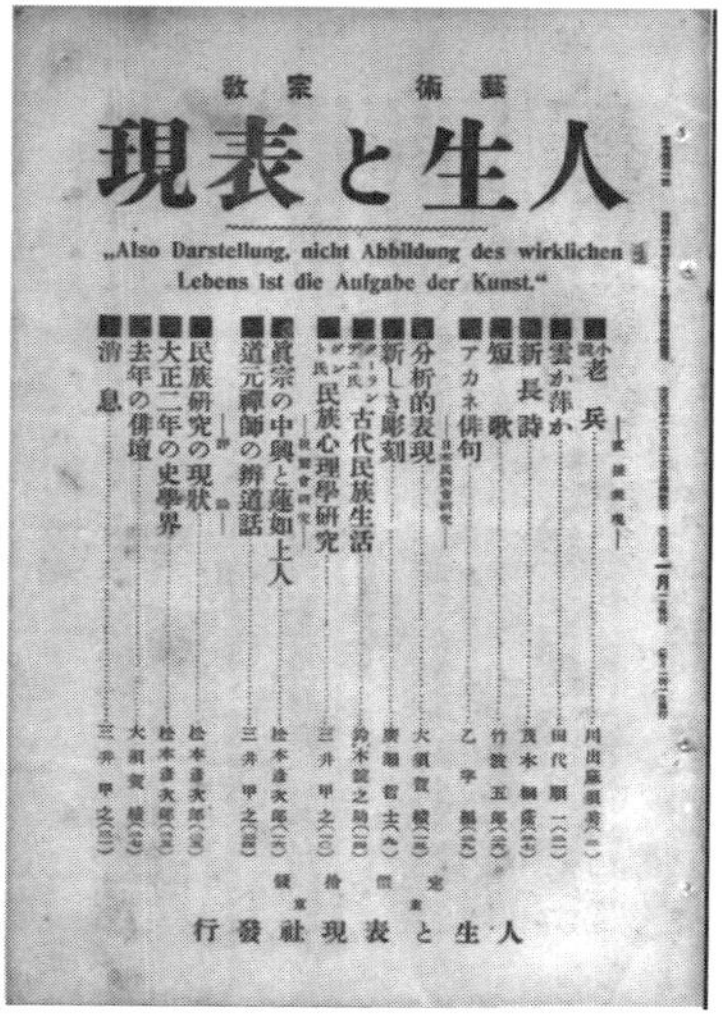

『人生と表現』第6巻1号（大正3年1月）表紙

ぬ」[70]との決意も新たに同紙を『人生と表現』と改題し、再び雑誌の体裁に改める。「人生と表現（Leben und Ausdruck）」というタイトルは、ヴントの『哲学系統論（*System der philosophie*, 1889.）』のなかから採ったフレーズだという[71]。はたして、同誌の発刊前後より、彼の論著にはヴントの名がまたしても頻繁に登場する[72]ようになる。

明治末年から大正初頭にかけてヴント晩年の大著『民族心理学（*Völkerpsychologie*, 1900~1920.）』全一〇巻のうち前半五巻と新刊の『民族心理学原論（*Elemente der Völkerpsychologie*, 1912.）』を原書で順次読破した三井は、個人心理学（実験心理学）と同様、その学説にすっかり魅了されてしまう。

> 此民族心理学は人類の心理学的開展史である。古事記万葉集等は此の研究から照らされて新しい光を放たむとするのである。つまり此の研究から得た原理を日本また東洋の材料にあてはめねばならぬのである。[73]

三井はこのように述べ、民族心理学とは「地層のうちに埋れて居る歴史前の遺物によつて研究する」

いわゆる民族考古学とは異なり、民族個々の「精神的創造の本原地《ママ》」をたどり、そこにある「根本的な心理的動機を窮」め「太古からの情況のまゝ」に現代に抽出する、より高次の精神科学と理解した[74]。

元々ヴントの民族心理学は、個人心理学（実験心理学）の方法では解明出来ない——一個人の「直接経験」に還元し得ない——自然発生的人間集団いわゆる「民族（Volk）」に固有の精神的産物（言語・芸術・神話・宗教・習俗等）について、それらを産み出す集団心理の過程における一般的な法則性を解明しようとするものであった[75]。だがヴントは、世界各地の多様な民族心理を分析しその特性を比較検討するうち、次第に自民族の潜在的可能性、国家的発展性に思いを致すようになり、最晩年には「ヨーロッパ文化の新たな未来をもたら」し「文化諸民族の中心的国家」となるべき「ドイツ民族のこれからの使命」を説くに至るのである[76]。三井はかかるヴントの個人心理学から民族心理学への展開に深い感銘を受け、次なる時代の学問的指標として仰いだ。そうしてみずからも異国の老師に倣って自国の「民族的生活」を窮尽し、これからの日本民族の歩みにどこまでも相即していかんとする意欲をわき立たせたのであった[77]。

> 国民的自覚は必ず個人的自覚より出立せねばならぬ。［……］即《すなわち》個人自覚の結果は個人の意識を民族の意識と同一化することであつて、新しき神話の創造！　そをして日本国民の活動の事実を以て成就せしめねばならぬのである。[78]

五　日本はほろびず

大正三（一九一四）年七月二八日、第一次世界大戦（欧洲大戦）が勃発する。明治天皇が崩御（明四五・七・三〇）し新紀元を迎えてわずか二年後に起こった海の彼方の大戦争の報は、かねて「日本は超個人意志を認めまた実現せざるべからざる時に迫られつゝある」[79]との予感にとらわれていた三井甲之に明らかな〝しるし〟をもたらすものであった。

三井は、大戦の意義を、近代精神（理知）によって構築された既存世界の「外的制約」―「従来の国際的関係」に息苦しさを感じていた人類の「内的生命の波動」がもたらした必然的な「現状打破の運動」と受け止めた[80]。そして、「全国民ことに青年は平和の仮設の上に静止して居るべきではない。生の動乱の脈搏に信順する緊張を保たねばならぬ」として、日本人挙げてあるがままの「世界的人類的動乱の渦中」に没入していくその心構えを説いた[81]。

片や漱石は、三井や岩野泡鳴（本名美衛、一八七三―一九二〇）、それに鹿子木員信（一八八四―一九四九）など戦争という全体的行為そのものに意義と可能性を見出した一部文壇・論壇の高揚[82]をよそに、事態を案外落ち着いて冷静に観察していた。

実際此戦争から人間の信仰に革命を引き起すやうな結果は出て来やうとも思はれない。又従来の倫理観を一変するやうな段落が生じやうとも考へられない。これが為に美醜の標準に狂ひが出やうとは猶更懸念できない。何の方面から見ても、吾々の精神生活が急劇な変化を受けて、所謂文明なるものゝ本流に、強い角度の方向転換が行はれる虞はないのである。〔……〕其中で事件の当初から最も自分の興味を惹いたもの、又現に惹きつゝあるものは、軍国主義の未来といふ問題に外ならなかつた。〔83〕

漱石の大戦への関心はもっぱら、「独逸《ドイツ》に因つて代表された軍国主義」の台頭が「多年英仏に於て培養された個人の自由」をどこまで破壊し得るか、しかして「此時代錯誤的精神」が全世界を覆い尽くす時人類は「其報酬」として何を「給与」されるか〔84〕という点にあった。どこまでも三井とはかみ合わない思考である。

はからずも大戦勃発の二、三ヶ月ほど前、三井は、久々に漱石に関する論説を執筆し、次のように断じていた。

現在の日本は新旧交代せむとしつゝある。此の時に当つては文芸評論も無意義なる反省的論議の復習に終つてはならぬ。〔……〕そこで漱石門下の人々の思想をしらべると思想と行為との最後の目的を個人に置いてあるのが明になる。〔……〕然るに彼等は何等歴史的研究をも国民としての自覚をも示さず只々個人的の足元ばかりを見ての論を輸入紹介したり享楽的の作を示して居るばかりだ。高山樗牛〔本名林次郎、一八七一―一九〇二〕ほどにも進まぬのはつまり夏目漱石といふ偶像の下に集まつた安逸の悲しさだ。〔……〕現代日本が生存を主張するために新旧交代を要するならば漱石門下の人々も交代すべきよりもせらるべき旧思想の集りだ。〔85〕

みずから「真の近代精神覚醒の先駆者」[86]と認めたヴントと次節でみる親鸞の思想に拠って、三井は、来たるべき超個人（全体）の時代――「人類文化の開展を概括すれば神話は宗教へ、宗教は科学へ進んで、その科学精神と科学智識とが普及せしめられ、こゝにデモクラシイの精神が世界を風靡しようとして居る。しかしながら個人の力が有効に協力せむと志す時には、こゝに組織が要求せられたのである。組織は統一的要素を要求する。それは実に祖国と祖国の伝統とであつた」[87]――を迎えんとした。そのような彼にとって、この期に及んでなお「国家的道徳といふものは個人的道徳に比べると、ずつと段の低いものの様に見える」[88]と個人至上の立場を堅持するかにみえる漱石とその門下および文学的追随者たち（白樺派等）の考え方こそ、喫緊に駆逐されるべき「旧思想」そのものなのであった。

> 夏目漱石氏は『軍国主義』を論じて居る。［……］現戦争から何の教訓をも得ぬと主張する氏の態度そのものにこそ内面的背景が無いのであらう。［……］戦争は既成の文明を破壊すると同時に新文明のために路を浄めるものである。［……］夏目漱石氏等の如く徴兵制度を軍国主義と名附けて之を自由平等主義と対峙せしめんとする如きは文士の遊戯論に外ならぬのである。氏のいふ如く軍国主義が時代錯誤的精神ではなく傭兵制度こそ時代錯誤的精神の産物である。[89]

大正五（一九一六）年一二月九日、長編小説「明暗」（『東京／大阪朝日新聞』大五・五・二六 連載開始）を

中断させたまま、漱石は満四十九歳で没した。まるでネガポジ反転させたかのように自分と明暗対照的な文学性・思想性を具備した長年のライバル〔90〕の死について直接には何らの感懐も示さなかった三井であったが、それからおよそ七年後の大正一二（一九二三）年一一月、前述の雑誌『人生と表現』（大五・九休刊、大一〇・三〜大一二・七再刊）の発行元たる「人生と表現社」の名において次のような宣言文を起草する。

故にわれら日本国民にとつては『日本』は『世界』であり『人生』である。『日本』はわれらの内心にいくるところの『宇宙』であり『永久生命』であり『信順意志』である。そは祖国日本を防護せむとする実行意志であり、『日本は滅びず』と信ずる一向専念の信仰である。〔91〕

更にその二年後には「人生と表現社」を「原理日本社」と改称（大一四・一一）し、急進的日本主義の立場からそれまで以上にアグレッシヴな言論活動を開始すべく、改めて次のような宣言を発する。

故にわれら日本国民にとつて『日本』は『世界』であり『人生』そのものであり、われらの内心にいくるところの『宇宙』である。
故に『日本』はわれらの人生価値批判の綜合的基準——『原理日本』であり、宗教的礼拝の現実的対象——『永久生命』である。そは祖国日本を防護せむとする実行意志であり、『日本は滅びず』と信ずる一向専念の信仰である。〔92〕

これらいずれの宣言にも盛り込まれ、執筆者の強いこだわりがみて取れる「日本は滅びず」というフレーズ〔93〕。それはかつて小説中の登場人物をして「〔日本は〕亡びるね」〔94〕と言わしめたばかりか結局最後まで自分にまともに応答しなかった男に向けて三井が放った、みずからのアイデンティティをかけた執念の「否《ナイン》」ともよめはしないだろうか〔95〕。

ところで、三井甲之の漱石への反発は、その文学・思想の基盤となる個人主義〔96〕への生理的好悪に加えて、個人主義の源流となったアングロ・サクソンの精神文化とそれをおのずからに媒介する英語・英文学の学びに対する国文学プロパーとしての彼の属性から来る反発も大きく作用していたと考えられる。

英語の学習は一方に実用的目的をも有して居るけれども、又他方には国漢文と同じく学生の思想と道徳的観念とに直接大なる感化を及ぼすことは言ふまでもない。それ故に英語教科書の内容は此の如き思想的道徳的見地から厳重の選択を加へねばならぬのである。〔……〕功利主義道徳や個人主義道徳に基く自助論的又は成功論的教訓よりも国家的運命と歴史的精神とに基く奉公協力の教訓を選択すべきである。〔97〕

学生時代からゲーテやロダン（François Auguste Rodin, 1840-1917）の芸術に親しんで来ただけあって、さすがに三井も平田派など旧国学者たちのように外国語を問答無用で排斥するようなことはしなかった。それでいて、彼にとっての外国文学は、あくまでその国固有の言語（国語）テクストからその国の

「勃興時代又は建国時代の緊張せる思想」[98] すなわち原初的なナショナリティをよみ取り日本におけるそれに当てはめていくという営みに限って、その存在を許されるものであったのである[99]。

注

1　三井甲之詠「うた」（『短歌雑誌』大一一・一）四四頁。

2　三井甲之に関しては、その思想を「歌学的日本主義」と論定した小松茂夫「近代日本における『伝統』主義——『日本主義』を中心にして」（『近代日本思想史講座7／近代化と伝統』筑摩書房、昭三四・一一）を嚆矢として、現在まで、部分的に論及したものを含め相当数の研究成果が蓄積されている。

3　東大元級「東大国文科評判記」（『日本文学』昭六・一二）一二九頁。

4　芳賀矢一「国学とは何ぞや」（『國學院雑誌』明三七・二）：『明治文学全集 四四／芳賀矢一他集』（筑摩書房、昭四三・一二）二三三〜二三五頁。

5　三井の経歴と業績について、基本的な事項は、「三井甲之略年譜（草案）」（『新公論 三井甲之追悼特集号』昭二八・一〇）、「主要著作年表」（前同）、「著作を主としたる三井甲之略年譜」（三井甲之遺稿刊行会編・発行『三井甲之存稿——大正期諸雑誌よりの集録』昭四四・四）、昭和女子大学近代文学研究室編『近代文学研究叢書 七三／三井甲之』（同大学近代文化研究所、平九・一〇）、塩出環『原理日本社の研究——歌人・三井甲之と蓑田胸喜』（神戸大学博士論文、平一六・三）等を参照した。

6　三井甲之「古き家」（『アカネ』明四一・二）三頁。

7　三井甲之「東京帝大国文学科の現状に就いて」（『原理日本』昭一二・五）九八頁。

8　しかるに、こうした規制緩和によって留年者数が増加するなど深刻な問題が生じたため、明治四三（一九一〇）年度からは、専攻（専修学科）は二年次の始めまでに届け出るものとされた。東京帝国大学編・発行『東京帝国大学一覧 従明治四十三年至明治四十四年』（明四四・二）二三五頁。東京大学百年史編集委員会編『東京大学百年史 部局史一』（東京大学出版会、昭六一・三）文学部抜刷版一三、一四頁。

9　明治四三（一九一〇）年度からは、語学の修業年限が二学年間と厳しくなる一方で、支那哲学、国史学、支那文学を専攻する者は一ヶ国語に減免された。更に大正五（一九一六）年度からは、各専攻一律一ヶ国

語となった。前掲『東京帝国大学一覧 従明治四十三年至明治四十四年』二四五頁。前掲『東京大学百年史 部局史一』文学部抜刷版一四頁。

10 橋本鉱市「近代日本における『文学部』の機能と構造――帝国大学文学部を中心として」（『教育社会学研究』平八・一〇）九八頁。

11 竹内洋『日本の近代 一二／学歴貴族の栄光と挫折』（中央公論新社、平一一・四）二五〇〜二五四頁。衣笠正晃「国文学者・久松潜一の出発点をめぐって」（『言語と文化』平二〇・一）二〇〇頁。

12 沼波武夫「大?・九・一三付／佐佐木信綱宛書簡」：信綱『明治文学の片影』（昭九・一〇）二五六頁。帝大在学中の三井は、時に麻疹に罹患して熱に浮かされたごとく西洋文学を模範とし、「日本では和歌俳句の外に吾人が認めて詩の価値ありと思ふものは無い。所で和歌俳句なるものは詩として今日の文明に適応したる完全の形式を有して居らぬ。〔……〕庭下の植物を扱ふ如き、人形師の人形を扱ふ如きことばかりして来た平安朝以後の文学者文学。其余響に身を慄はして居る現代の詩人及詩、是非西洋の真似をせねはならぬ。少くも当分の間は」と述べるなどして、左千夫からたしなめられている。急進的日本主義者としての後年の在りようからは想像もつかない一幕であるが。三井甲之「『あやめ草』をよむ」（『馬酔木』明三九・七）九〇、九三頁。

13 三井甲之『親鸞研究』（東京堂、昭一八・二）「はしがき」二頁。

14 松本孝次郎『普通心理学講義』（岡崎屋書店、明三一・六）、野田瀧三郎『最近心理学発達史』（金港堂書籍、明三四・八）等を参照。

15 三井甲之『万葉集論』（明四〇・四脱稿）：前掲『三井甲之存稿』五三八、五三九頁。

16 武者小路実篤（無車名義）「三井甲之氏の白樺評を読んで」（『白樺』大元・一〇）一一一頁。

17 夜久正雄「根岸短歌会『アカネ』創刊前後」（『亜細亜大学誌諸学紀要』昭三八・三）、貞光威「伊藤左千夫と三井甲之 その一」（『岐阜教育大学国語国文学』平七・三）等を参照。

18 三井甲之「消息」(『アカネ』明四一・二)六六、六七頁。
19 伊藤左千夫「明四一・三・八付/堀内卓造宛書簡」:『左千夫全集 第九巻』(岩波書店、昭五二・九)四六九頁、ルビ引用者。
20 第一巻二号(明四一・三)には、自身最初の小説となる短編「友の悲」を発表している。
21 三井甲之「文芸管見/●挑発的文学」(『アカネ』明四一・八)三六、三七頁。
22 三井甲之「子規忌」(『アカネ』明四一・九)二八頁。
23 三井甲之「消息」(『アカネ』明四一・三)六〇頁。
24 有馬学『日本の近代 四/「国際化」の中の帝国日本 一九〇五~一九二四』(中央公論新社、平一一・五)二二四~二二五頁。
25 三井前掲「消息」(『アカネ』明四一・二)六六頁。朝日新聞社通信部編『県政物語』(世界社、昭三・二)九〇頁。
26 三井甲之「漱石氏の低徊趣味説を難ず」(『アカネ』明四一・三)一八頁。
27 貞光威「『アカネ』と『アララギ』対立の行方」(『岐阜教育大学紀要』昭五八・九)、同「伊藤左千夫と三井甲之 その二」(『岐阜教育大学国語国文学』平八・三)等を参照。
28 篠弘『近代短歌論争史 明治大正編』(角川書店、昭五一・一〇)、本林勝夫「斎藤茂吉と三井甲之」(『山梨英和短期大学国文学論集』昭五六・一〇)等を参照。
29 三井甲之「評論/●流行と凡庸文芸」(『アカネ』明四二・一)四九頁。
30 三井甲之「漱石門下の人々(1)」(『文章世界』大三・四)二〇〇~二〇二頁。
31 小栗浩『人間ゲーテ』(岩波書店、昭五三・五)、高橋義人「ゲーテと反近代」(『講座ドイツ観念論』弘文堂、平二・一一)等を参照。
32 三井甲之「消息」(『アカネ』明四一・五)六一頁。

33　本林勝夫は「そこらあたりに甲之の論のきめの粗さも弱点もまたある」と論断している。本林前掲「斎藤茂吉と三井甲之」二四二頁。

34　「最近の小説及脚本」（増田八風、近角常音と連名、明四一・二）、「漱石氏の低徊趣味説を難ず」（明四一・三）、「空想文学を排して日本派の将来を論ず」（前同）、「漱石氏の『鶏頭序』を評す」（明四一・四）、「空想文学を排す」（前同）、「評論／漱石氏の『創作家の態度』を評す」（明四一・五）、「写生文派作品の価値及文壇近況」（明四一・一二）、「評論／●漱石氏の『田山花袋氏に答ふ』に就て」（明四一・一二）、「新年文壇の一瞥」（明四二・一）、「評論／▲『煤煙』」（明四二・三）等。

35　土屋文明『伊藤左千夫』（白玉書房、昭三七・七）一六七頁。

36　石原千秋『漱石はどう読まれてきたか』（新潮社、平二二・五）五七、五八、八一頁。

37　夏目漱石「田山花袋君に答ふ」（『国民新聞』明四一・一一・七）：『漱石全集第十六巻』（岩波書店、平七・四）二五五頁。

38　例えば、以下の弟子とのやり取りを参照。

「先生の『こころ』の主人公はおしまいに自殺しますが、あの場合、自殺したって何にもならないと思いますけれど、どうでしょうか。」〔……〕

「それにあの場合、自殺そのものが不自然ですねえ。」

「そうかねえ。不自然かねえ。」

私の言葉がおわるが早いか、不思議そうにこう訊き返え《〔ママ〕》した漱石の顔は、それまでと打ってかわってすっかり真顔になっていた。

「自分じゃ、ちっとも不自然だとは思わないがね。むろん、もう一ペン読みかえして見なけりゃはっきりしたことはいえないけど……。」

ますます真顔になり、むしろ厳粛な表情にまでなっていった漱石は、さらにあとをつづけた。

39 江口渙『わが文学半生記』（青木書店、改装版、昭四三・一）一四〜一六頁。

40 三井前掲「文芸管見／●挑発的文学」三七頁。

41 三井甲之「自然派作品の意義」（『アカネ』明四二・二）五八頁。

42 桶谷秀昭『正岡子規』（小澤書店、昭五八・八）を参照。

43 親鸞『正像末和讃』「自然法爾章」：『真宗聖教全書 宗祖部』（大八木興文堂、昭一六・一一）五三〇頁。同『末燈鈔』「第五通」：前掲『真宗聖教全書 宗祖部』六六三頁。

44 宮城音弥編『岩波小辞典 心理学』（岩波書店、昭三一・九）一六頁。

45 三井甲之「改革者ヴント」（『人生と表現』大元・一一）一六頁。ヴント『体験と認識（*Erlebtes und Erkanntes*, 1921.）――ヴィルヘルム・ヴント自伝』（川村宣元他訳、東北大学出版会、平一四・九）一九二、一九三頁を参照。

46 前掲『岩波小辞典 心理学』五五頁。ヴントの個人心理学（実験心理学）については他にも、須藤新吉『ヴントの心理学』（内田老鶴圃、大四・六）、宇都宮仙太郎「ヴントの個人心理学に於ける基本概念」（『哲学研究』昭三・五）、渡邉茂「獨逸実験心理学の栄光とハンスの没落」（『UP』平三〇・三）等を参照。

47 三井甲之「文化批判の尺度としてのヴントと親鸞」（『野依雑誌』大一〇・五）：前掲『親鸞研究』二〇一頁。

48 須藤前掲『ヴントの心理学』五五〜五七頁。中山弘明『第一次大戦の〈影〉――世界戦争と日本文学』（新曜社、平二四・一二）二一五〜二一九頁。

49 三井甲之（鹽《えん》山名義）「文芸の理想とは何ぞ」（『アカネ』明四一・五）四四頁。鹽山は古来「しほのやま」と歌枕に用いられた山梨県の地名。

50 伊藤左千夫「明四一・五・一二付／三井甲之宛書簡」：前掲『左千夫全集 第九巻』四八〇頁。

50 三井前掲「消息」(『アカネ』明四一・三)六二頁。
51 三井甲之「行く春(上篇)」(『アカネ』明四一・六)一頁。
52 三井前掲「行く春(上篇)」七、一九頁。
53 三井前掲「行く春(上篇)」二四頁。
54 三井甲之「行く春(下篇)」(『アカネ』明四一・七)三一、三二頁。
55 三井前掲「行く春(下篇)」三二、三三頁。
56 三井甲之「評論／▲偶感数則」(『アカネ』明四二・五)六三頁。
57 夏目漱石「それから」:『漱石全集 第六巻』(岩波書店、平六・五)二五〇、二六五、三四三頁。柄谷行人「解説」(『それから』新潮文庫版、昭六〇・九)二九七頁を参照。
58 三井前掲「漱石氏の『鶏頭序』を評す」二五頁。
59 三井甲之「和歌入門」(『アカネ』明四一・六)六四頁。
60 三井前掲「漱石門下の人々(1)」二〇二頁。
61 無記名「七月の雑誌」(『文章世界』明四一・七)一〇一頁。
62 藤井淑禎『小説の考古学へ――心理学・映画から見た小説技法史』(名古屋大学出版会、平一三・二)を参照。
63 斎藤茂吉「慢言(一)」(『阿羅々木』明四二・一)三六頁。
64 文明前掲『伊藤左千夫』一六七頁。
65 三井甲之「消息」(『アカネ』明四一・六)後二頁。
66 前掲「古き家」および「盲動」(『アカネ』明四二・三)。
67 三井甲之「親鸞の信者に」(『日本及日本人』大三・六・一):前掲『親鸞研究』二七二頁。
68 関口安義『芥川龍之介』(岩波書店、平七・一〇)、中村文雄『大逆事件と知識人――無罪の構図』(論創社、

平二一・四)、高澤秀次『文学者たちの大逆事件と韓国併合』(平凡社、平二二・一一)、山中千春『佐藤春夫と大逆事件』(論創社、平二八・六) 等を参照。

69 三井甲之「文芸時評」(『日本及日本人』明四三・五・一五) 六五頁。

70 三井甲之「改巻の辞」(『人生と表現』明四五・五) 二頁。

71 夜久正雄「『人生と表現』創刊前後」(『亜細亜大学教養部紀要』昭四六・一一) 三、四頁。

72 「親鸞・ゲーテ・ヴント・ロダン」(『帝国文学』明四五・一)、「ヴントの歴史的開展に関する序説」(『人生と表現』明四五・六)、「ヴント八十回誕辰」(『日本及日本人』大元・九・一五)、「改革者ヴント」(『人生と表現』大元・一二)、「親鸞聖人とヴント」(『普通教育』大二・八)、「オイケンよりもヴント」(『日本及日本人』大二・一〇・一)、「ヴントの単婚説」(『日本及日本人』大二・一〇・一五)、「ヴント氏民族心理学研究」(『人生と表現』大二・一一〜大四・五断続連載) 等。

73 三井甲之「ヴント氏民族心理学研究(一)」(『人生と表現』大二・一一) 一一頁。

74 三井前掲「ヴント氏民族心理学研究(一)」一三頁。三井甲之「ヴント氏民族心理学研究(二)」(『人生と表現』大三・一) 一二頁。同「ヴント氏民族心理学研究(三)」(『人生と表現』大三・二) 一六、一七頁。

75 桑田芳蔵『ヴントの民族心理学』(改造社、大一三・三) 七九〜九三頁。前掲『岩波小辞典 心理学』一七七頁。

76 ヴント前掲『体験と認識』三八三〜三九三頁。三井甲之「破滅再生分岐世界危機」(『国本』大一〇・三)・前掲『三井甲之存稿』四五七頁。さいわいにというべきか、ヴントのそうした言説は、後々ゲッベルス (Joseph Goebbels, 1897-1945) やローゼンベルグ (Alfred Rosenberg, 1893-1946) などナチズムの理論家たちに積極的な利用価値を見出されることはなかったようである。F・L・クロル『ナチズムの歴史思想——現代政治の理念と実践 (*Utopie als Ideologie : Geschichtsdenken und politisches Handeln im Dritten Reich*, 1999.)』(小野清美他訳、柏書房、平一八・二) を参照。

77　三井甲之「民族的生活の縦横断面」（『日本及日本人』大二・一・一五）九九頁。同「文壇思想界漫評」（『人生と表現』大二・二）七七頁。同「大正思想界動乱の要素」（『日本及日本人』大二・二・一）一〇四頁。同「民族的生活と国家組織」（『日本及日本人』大二・二・一五）一〇七頁。

78　三井甲之「文明の人間化」（『日本及日本人』明四五・五・一五）九二頁、ルビ引用者。

79　三井甲之「超個人意志論」（『日本及日本人』大三・七・一）：前掲『親鸞研究』二四一頁。

80　三井甲之「欧洲動乱の意義」（『文章世界』大三・九）四四頁。

81　三井甲之「親鸞聖人の信と生の動乱」（『人生と表現』大三・九）：前掲『親鸞研究』二六六頁。

82　宮本盛太郎『宗教的人間の政治思想 軌跡編――安部磯雄と鹿子木員信の場合』（木鐸社、昭五九・三）一〇九～一二八頁。中山前掲『第一次大戦の〈影〉――世界戦争と日本文学』一二一～三七、一一一～一一五、一二七、一二八頁。

83　夏目漱石「點頭録」（『東京／大阪朝日新聞』大五・一・一～二一 連載）：前掲『漱石全集 第十六巻』六三〇～六三三頁。

84　漱石前掲「點頭録」六三二、六三三、六三八、六四八頁、ルビ引用者。

85　三井甲之「漱石門下の人々（乙）」（『文章世界』大三・五）二三、二七、二八頁。

86　三井甲之「親鸞聖人の阿弥陀観」（『人生と表現』大三・三）：前掲『親鸞研究』二八〇頁。

87　三井甲之「伝統主義の任務」（『早稲田文学』大六・六）：『日本近代文学大系 五八／近代評論集Ⅱ』（角川書店、昭四七・一）一六九、一七〇頁。

88　夏目漱石「私の個人主義」（学習院講演、大三・一一・二五）：前掲『漱石全集第十六巻』六一四頁。

89　三井甲之「戦争と文士学者」（『日本及日本人』大五・二・一一）七九、八一、八三頁。

90　当の漱石は、生前、三井からの執拗な批判をどのように受け止めていたのであろうか。具体的な反論を試みた形跡は確認出来ないが、講演のなかで『日本及び日本人』の一部では毎号私の悪口を書いてゐる人がある」と語っているので多少なりとも意識はしていたと思われる。漱石前掲「私の個人主義」六〇九頁。

91 吉田精一校訂『近代文学注釈体系／夏目漱石』（有精堂、昭四〇・七）一五五頁を参照。

三井甲之「人生と表現社宣言」（大一二・一二脱稿）：『しきしまのみち原論』（原理日本社、昭九・一〇）一三八、一三九頁。

92 原理日本社「宣言」（『原理日本』大一四・一一）一頁。

93 文言自体の初出は「『日本は滅びず』と『英国はたじろかず』と」（『戦士日本』大九・二）であり、更にそれ以前にも「阿弥陀より祖国日本へ」（『日本評論』大五・一〇）のなかに「祖国日本の無窮の生命を信ぜねばならぬ」と同趣旨のものがみられる。三井前掲『親鸞研究』二九九頁。

94 夏目漱石「三四郎 一の八」（『東京／大阪朝日新聞』明四一・九・八 五面）：『漱石全集 第五巻』（岩波書店、平六・四）二九二頁。

95 坂元昌樹の教示による。なお、その後も時折三井は「当時の帝大には家塾的人格的感化要素としての教授を欠いてをつたのであるから、英文科の学生は勿論独文科哲学科の学生までも漱石の門に集つたのである。これは漱石の東京朝日新聞入社とゝもに入門弟子連の作物発表の機関もそなはりその趨向は多少行き過ぎの程度に達し、漱石自身は新聞社員としての強制創作のために過労に陥つて早世してしまひ、又正岡子規の思想系統中和歌と日本精神『しきしまのみち』の要素は漱石に伝へられなかつたからして、漱石一派は現代悪風潮を矯正するよりも寧ろ助長すべき思想と娯楽小説とを成長せしめ、［……］」等々、漱石の「文壇的感化」に言及している。さすがに故人とあって、舌鋒は幾分抑え気味にしていたようであるが。三井甲之「学校の家塾化と議会の祭事化」（『国本』昭二・一〇）一二、一三頁。

96 亀山佳明『夏目漱石と個人主義――〈自律〉の個人主義から〈他律〉の個人主義へ』（新曜社、平二〇・二）を参照。

97 三井甲之「国民思想の普遍的疾患」（『中外新論』大七・一）：前掲『三井甲之存稿』三六頁。

98　三井前掲「国民思想の普遍的疾患」三六頁。

99　その意味で、三井ら原理日本社の同人に英語学者の松田福松（一八九六—一九九八）が加わっていたのも、何ら不自然ではない。松田『国文研叢書二五／米英思想研究抄』（国民文化研究会、昭五八・一二）、福間良明「英語学の日本主義——松田福松の戦前と戦後」（竹内洋、佐藤卓己編『日本主義的教養の時代——大学批判の古層』柏書房、平一八・二）、横川翔「松田福松の足跡——三井甲之とその同志たちの一側面」（『國學院雜誌』平二八・九）等を参照。

第二節　親鸞思想の特異的受容

うちにのみ思ひわづらひたまふなかれあるまゝをこそながめたまへや
随順のまた信順のみをしへをわれらよろこぶはこのゆゑならむ　[1]

一　三井甲之と親鸞

三井甲之が、近代ドイツの心理学者・ヴントと並んで生涯篤く尊崇したのは、浄土真宗の宗祖・親鸞であった。中世日本のいわゆる鎌倉新仏教の祖師たちのなかでもきわ立った存在感を放ち、かの神学者・バルト（Karl Barth, 1886-1968）によって西洋のキリスト教界に先んじた東洋の仏教界における「宗教改革の実践者《プロテスタント》」[2]として、師の法然（源空、一一三三―一二一二）とともども世界史的な存在意義を認められた親鸞。その親鸞の教説から、近代日本における最もデモーニッシュなナショナリズムの唱道者と目される三井が、自分にとって「一番適切な血や肉」[3]の大部分を摂取したという意外な事実は、これまで幾人かの研究者によって摘示〔4〕されている。

もとより親鸞その人は、

弥陀の本願まことにおはしまさば、釈尊〔釈迦牟尼仏 Gautama Siddhārtha,BC563-483? BC466-386?〕の説教虚言なるべからず。仏説まことにおはしまさば、善導〔真宗七祖の第五祖、六一三—六八一〕の御釈虚言したまふべからず。善導の御釈まことならば、法然〔真宗七祖の第七祖〕のおほせそらごとならんや。法然のおほせまことならば、親鸞がまふすむね、またもてむなしかるべからずさふらう歟《か》。詮ずるところ、愚身の信心におきてはかくのごとし。〔5〕

という系譜を明示しており、みずからの浄土真宗こそがインド・中央アジアに発祥した仏教の正統—「大乗のなかの至極」〔6〕に位置するという自負を強く有していた、まごうかたなき釈家・仏弟子である。彼の普遍的な真理への志向は、時として自身が住まう国土を「粟散《ぞく》辺州」〔7〕すなわち粟粒のように散在するちっぽけな辺境の島国と相対化しているところにも伺え、その思想性にナショナリスティックな要素をはらんでいたとはいかようにも考えられない。「念仏まふさんひと〴〵は、わが御身の料はおぼしめさずとも、朝家の御ため国民のために、念仏をまふしあはせたまひさふらはゞ、めでたふさふらふべし」という、真宗諸派が昭和一〇年代に全国の門信徒に向けて盛んに喧伝した親鸞晩年の書簡の一節も、切り離された前後の文脈を復元すれば、単純に念仏者の滅私報国を奨励することを目的に書かれたものでないことは明白なのである〔8〕。

親鸞（鏡御影、西本願寺蔵）
［稲葉昌丸他編『真宗温故図録 第3輯』（真宗温故会、昭和11年12月）より］

しかるに、そのような親鸞をして「日本民族の経験したところのもの」を「印度の仏教思想」の「形式」を借りて「表現」した国民的「偉人」と断言〔9〕出来てしまうところに、芳賀矢一の見識——「崇祖敬神を以て国を建てた我国民は、其後印度や支那の文明を容れたのにも拘らず、つねに国民性に合せて、むしろ之を発揮させた」〔10〕——を受け継いだ三井ならではの国学的な思考の枠組があると考える。換言すれば、彼の学問・思想の特質は、その親鸞受容の構造を精密に分析することで具体的に明らかにし得るのである。以下時系列に沿ってみていこう。

三井甲之と親鸞との具体的な出遇いは、第一高等学校文科在学中（明三四・九～明三七・七）に、真宗大谷派（東本願寺）の学僧・近角常観が主宰する求道学舎（明三五・六開設）の門を叩いたことに始まる。幼少年期以来のもろもろのメンタルクライシスからの脱却を求めての入信であった。

> 自分がものごころのついた時に感じたのは人生の悲みであつた。さうして宗教を求め、芸術に走つた。中学時代に正岡子規の芸術に高等学校時代に親鸞の宗教にめぐりあつた。親鸞の宗教は求道学舎の近角常観師から親しく教をうけた。［……］すなはち明治四十年前後から大正末期

までの間に専ら親鸞聖人の思想と文章とを研究したのである。伊藤左千夫を求道学舎へ誘ったのもその頃であった。[11]

周知の通り、常観は、同じく大谷派の清沢満之（幼名満之助、一八六三―一九〇三）と並んで、近世幕藩体制下における本末・寺請制度の定着以来長らく惰眠を貪り精神的活力を喪ってしまった浄土真宗を日本人の自覚的な宗教《レリジョン》として再起動させんとした、明治・大正仏教界の旗手の一人である[12]。彼がその主著『信仰の余瀝』（大日本仏教徒同盟会出版部、明三三・一二）や『懺悔録』（森江本店他、明三八・六）等で提唱した「懺悔道《さんげ》」とは、「聖人のつねのおほせには、弥陀の五劫思惟の願をよくよく案ずれば、ひとへに親鸞一人がためなりけり。さればそれほどの業をもちける身にてありけるを、たすけんとおぼしめしたちける本願のかたじけなさよと」[13]という親鸞の有名な「二種深信」の教えを敷衍したものである。具体的には、自己の罪悪（それほどの業をもちける身）を徹底して凝視・内観しそれを信仰を同じくする友（御同行御同朋）に率直に披瀝するという営みを通して相対的に阿弥陀仏（阿弥陀如来とも、以下同）の救済（たすけんとおぼしめしたちける本願）の確実性を自証していく[14]、きわめてエモーショナルな形式の仏道であった。キリスト教の「告解（告白）」にも似たその実践的な信仰スタイルは、宗門内のみならず世間一般、とりわけ「人生とは何ぞや、我は何処より来りて何処へ行く、といふやうなことを問題とする内観的煩悶の時代」[15]に暗中模索する当時の青年層に大きくアピールしたといわれる。

三井は、東京帝国大学文科大学文学科在学中（明三七・九～明四〇・七）も学業や創作の合間をみては本郷区森川町にあった求道学舎に通い、常観の説教法談を真剣に聴聞した。また学舎の機関誌『求道』には「親鸞聖人の御筆跡の石ずりを見奉りて作れる歌」（明三七・一二）を皮切りに、常観の影響が如実に伺える情趣的な法悦の詩歌をほぼ毎号のように発表している。例えば以下の嘆詠。

人の事を偽りといふわれが身を、かへりみすれば偽りのわれ。
偽りのわれをもすてぬ御仏の、慈悲はおもへど憂はやまず。
われが身をかへり見すればつみ深かき、我をすてざるみ仏かなし。[16]

三井は、教理的な思弁よりも日常生活における内心の「実験」[17]を重んじた常観を触媒として、親鸞の思想からまず第一に、人間存在を「煩悩具足の凡夫、火宅無常の世界は、よろづのことみなもてそらごとたはごと、まことあることなき」[18]とみる根本的な視座を摂取し、そこから「わがはからひ」[19]にてはいかんともしがたい現実世界は「自然法爾《じねんほうに》」[20]としてあるがままに「随順」[21]するる以外にないのだという決定的な態度を身に付けるに至った。

彼〔親鸞〕は現実から理想へ達せむとしたのであつて、理想より現実を引出さむとはしなかつた。理想より進み出でむとせずに、理想に帰向せむとしたのである。これを彼は他力の信と名づけたのである。〔……〕故に親鸞の宗教は現世の罪悪を否定せぬのである、現実を人為的に変改せむとせぬのである、理想境、または現世と正反対の世界と生活とを現ぜしめむとするのではない、現実のまゝに随順し、歓喜と悲哀と、希望と絶望と、恩愛と憎悪とそれらに没入しつゝそれらを内に調和せしめ綜合せしめむとする信心によつて、ここに不可思議の境に無極の生を創造せむとするのである。[22]

人生の真実は、外に「理想」の実現を求めて生きるところにはない。内に明らかな「信」を得て「歓喜と悲哀と、希望と絶望と、恩愛と憎悪」に満ちた生に「没入」する、そこにおのずから「理想」が立ちあらわれるのである。

こうした親鸞受容のエッセンスは、前節三項で紹介した短編小説「行く春」（『アカネ』明四一・六〜七）における主人公の行動様式──「現実の無常なる境遇運命」を前に為すすべもなく別れた「唯一人の恋人」への「追慕の一念」を懐いて、それから先は「自然の引力」に牽かれるままに「目に見る万象の裏に漲る不可測の威力に同化すべき内心の活動に赴かん」と意欲する[23]──にも明確に反映されている。

二　宗祖から教祖へ

そもそも三井甲之にとって親鸞の教説は、信仰や人生観、文芸に対する志向──抽象概念を排し対象（天然）に没入する「写生」の必要性を説いた子規や、人間の意識本来のありようを「直接経験」としてみきわめようとしたヴントに拠って、現実を「真」に「あるがまま」にえがき出そうとする〔24〕――など、自己の内面に属する一切の事柄と「完全なる調和」〔25〕を見出し得るものであった。しかるに、前節四項でみたように明治末期にヴントの民族心理学に触発され「国民的自覚」をいよいよ強化し「〔開闢以来〕三千年の歴史の上に創造せられ」〔26〕た自国文化の冠絶性に確信を深めた三井は、それに伴って親鸞の位相も、仏教諸宗・諸派のなかの一祖師から、元々が外来宗教である仏教を日本固有の「民族的生活」に当てはめ全くオリジナルな「真の新宗教」〔27〕に創成し直した天才的「教祖」〔28〕へと変位させる。そして、その「真宗」を、自己の外面に属する――「三井一人がため」以外の――事柄にも積極的に拡大適用し始めていく。

宇宙の一切は人類の前に不断に開展しつゝあるので、今後如何なる局面を吾等の前に展開し来るかは吾等の知らむとする最後の目的である。世界に於ける偉人は各種の方面より此の問題を解決せむと試みたのである。〔……〕親鸞は芸術家ではない、学者でも無い、政治家でもない、宗教家といふべく、更に明に言現はすためには大預言者といふべきである。〔……〕彼は人類の将来を預言したのである。人類の将来は自然の動揺的進行に信順して際涯なき流転の大渦流に没入する生滅の波瀾である。〔29〕

そうしたなか、大正三（一九一四）年七月に勃発した第一次世界大戦（欧洲大戦）の報は、右の論をまさしく裏付ける出来事として、三井の意識を必要以上に高揚させた。

親鸞聖人の宗教は今世界動乱によつて示されたる人生の情緒的要素の発動によつて客観的証拠を示されつゝある。［……］それは生そのものゝ動乱に外ならぬのである。それを大規模に客観化したものが国際的戦争である。進んで止まざる生の動乱波瀾に信順するを教ふる信仰は、実に現代の信仰の預言であつた。われらは慶喜心を以て身を動乱に没入せしめねばならぬのである。［……］全国民ことに青年は平和の仮説の上に静止して居るべきではない。生の動乱の脈搏に信順する緊張を保たねばならぬ。日本は今世界的人類的動乱の渦中に没せむとする、このとき七百年の昔の聖教をしのぶ心は極めて切である。〔30〕

三井は、大戦の真因を、理知を以て本とする近代精神によって構築された「従来の国際的関係」、その「外的形式」に耐えられなくなった諸国民・諸民族のナチュラルな「内に開展する生命の波動」〔31〕によるものと直観した。その上で、「真の近代精神覚醒の先駆者」〔32〕として「進んで止まざる生の動乱波瀾に信順する」ことを説いた親鸞の思想を今日に受け伝える日本人こそが、この先きわまりなく続くであろう「世界的人類的動乱」、「世界史的統御力としての世界帝国と世界宗教との出現のための全人類の苦闘」〔33〕の求心的存在となるに相応しいと断じたのである。

こうした三井の近代の超克をみすえるかのようなスケールの大きな言説に対し、ある者は「外的形式が内に開展する生命の波動に堪へなくなるのは事実である。然し何故にそれが今起つて居る如き戦争とならなければならないか」〔34〕と真面目に反駁し、またある者は「自覚といふ一線を個人生活から国民生活の上に移さうとしてゐるのが現下評論壇の中心問題かと思ひます。［……］三井甲之氏は史的開展の上から、国民性の原質を闡明しようとしてゐる人の一人のやうに思はれます」〔35〕と冷静に分析するなど、文壇・論壇の反応はさまざま〔36〕であった。デビュー以来その晦渋な内容から悪文家の名を恣にして来た三井〔37〕であるが、この頃には一応ひとかどの知識人として遇されていたようである。

とはいえ、現実はそう三井に都合よく「自然法爾《あるがまま》」には「開展」しない。戦争の拡大長期化に伴って生じた内外の諸事象は、彼の予測と期待を大きく裏切る方向性に、国民一般の意識と注意を向かわしめていった。今一度、前章第二節二項で引用した綾川武治（一八九一―一九六六）の所見をきこう。後に国家主義生粋の論客として右派メディアの重鎮となる綾川は、三井とも昭和初期に新聞『日本』紙上でたびたび共闘している〔38〕。

> 世界大戦の末期大正六年の露西亜《ロシア》革命は、我が日本の社会主義運動に画期的刺激を与へ、大正七、八年の交は、全国に労働組合及び社会主義団体を簇《ぞく》出した。けれども一方に於て、我が日本が参加した連合国側の、米国参戦誘導の為め《〔ママ〕》にせるデモクラシー擁護讃美の宣伝は、我が国内に民本主義なるデモクラシー運動を起し、次いで国際連盟組織を促進する為め《〔ママ〕》にせる国際主義の宣伝は、我が国に流入し来つて我が知識階級間に国際主義の思潮を喚起した。この欧米より殺到し来つた社会主義、デモクラシー、国際主義の三思潮は、常に新しき傾向を喜び迎へんとする習癖を有する学者思想家の大部分を捲き込んで、異常なる迫力を以て、日本精神、日本国家に挑戦し来つたのである。〔39〕

大戦終結前後の世界をかくも席巻したという社会主義（マルクス・共産主義、無政府主義《アナキズム》、労働組合主義《サンディカリズム》、ギルド主義）、デモクラシー（民主・民本主義）、国際主義（協調主義、平和主義）の三大思潮。これらはいずれも三井にとって、暴力的手段（デモ、革命）、個人意志の機械的総和（多数決）、抽象的理想（永遠の平和）を以て、現世をかれこれと「局分切断」[40]し「人為的に変改」[41]せんと企図する、親鸞の「他力門」とは真逆の「自力聖道門」の教えに他ならなかった。特に社会主義は、山梨県中巨摩郡松島村の旧家の長男という彼の社会的階級（資本家／地主権者）をおびやかす文字通りの危険思想であり、到底看過出来ぬもの[42]であった。少し後になるが、三井は次のように論じている。

> 「行者のはからひ」が「自力」であり「義」である。はからひといふのは徹底的論理主義である。人生を徹底的に理解しつくし、人生問題を解決しつくさうとするのである。現時に於てはマルクス主義の如きはその一例である。それは歴史的開展の終結を説くのである。その説くところの歴史的開展の第三階段に於て支配形式が推移して社会の自己組織が完成し生産手段が社会化し社会所有となり、労働者はその労働の全収穫を自身に享受すべきやうになつたならば、歴史は如何にその次に開展するであらうか。終結の無いのが歴史であり、人生は不可思議であるから人生である。人生は不可思議であるからして人生を味ふときは無限の感情が悲喜の涙をさそふのである。[43]

おりしも東京帝国大学の圏域では、これも前章第二節二項でみたように、デモクラシーを基調とするリベラルな学者たちが「黎明会」を、社会主義（マルクス・共産主義）を信奉する学生有志が「新人会」を、時を同じくして結成（大七・一二）し、他方ではそれらに反発する学者・学生有志が「興国同志会」を結成（大八・四）し、左右に相分かれて激しい思想戦が開始される。

三井はといえば、当然後者の側に賛同し、外部有識者として機関誌の発刊準備等に助力する[44]一方で、在野の仏教研究家の木村卯之（一八七九―一九三四）、大谷派（東本願寺）僧侶で真宗大谷大学教員の井上右近（一八九一―一九六〇）ら「同信の友」数名とはかり月刊『親鸞と祖国』を京都から発刊（大八・一）し、外来思潮の侵蝕から自国を精神的に防護するという明確な目的意識のもと、宗教と政治を同次元の問題として論じる独特の思想営為に率先乗り出していった。

> 一切の政治経済的理論及びその応用としての政策の根柢には国民的信念を要するのであつて、それがわれらが親鸞を研究の中心として求めんとするところの宗教の重大任務の一つである。〔……〕親鸞の宗教によつてわれらに啓示せらるゝ対外及び対内政策の原理とは何であるか。それは今われらの研究し実現しつゝあるところの、又研究し実現しようとしつゝあるところのものである。[45]

だが興国同志会は、森戸事件（大九・一）のために結成一周年を待たずして分裂・解散状態となり、『親鸞と祖国』もまた、事実上の主幹であった三井が中途から家人の病気により編集・執筆に専念することが出来ず、雑誌への反響も期待したほどなかったため、丸二年で終刊（大九・一二）となってしまう[46]。

大正中期は、倉田百三（一八九一―一九四三）の戯曲『出家とその弟子』（岩波書店、大六・六）、石丸悟平（一八八六―一九六九）の小説『人間親鸞』（蔵経書院、大一〇・一）等に描き出された親子の情愛と信仰のはざまで葛藤するきわめて人間的な親鸞像や、水平社（大一一・三結成）など部落解放運動の言説においてしばしば象徴的に取り上げられた「無差別平等」を説く平民的な親鸞像が広く受け容れられた時代であった[47]。三井らの提示する超個人的でナショナリスティックな親鸞像――「何となれば親鸞は個人的救済の宗教を説いたのではなく、個人は『他力本願』としての『歴史的生活』に没入すべきを説いたからである。『歴史生活』はわれら日本人にとつては『祖国日本の運命』に外ならぬのである」[48]――が一般性を獲得するにはやはり尚早だったのだろう。

三　南無・阿弥陀仏から南無・祖国日本へ

大正一〇年代に入って、日本の政治は、三井甲之らの焦慮をよそに、「世界の大勢」に順応すべくさまざまに試行を積み重ねていった。社会各層におけるデモクラシー・普通選挙要求熱の高まりは時の政府（加藤友三郎内閣）をして衆議院議員選挙法調査会の設置（大一一・一〇）にふみ切らせ、またアメリカ主導によるワシントン会議（大一〇・一一～大一一・二）への参加以降、国際協調主義は日本外交の既定方針となり、それに伴って陸海軍では大規模な軍縮が決定（大一一・七）され、更にはソ連の外交官・ヨッフェ（Adol'f Ioffe, 1883-1927）の来日（大一二・二）によって社会主義（マルクス・共産主義）の総輸出元たる同国と日本との国交正常化交渉も本格的に動き始める[49]。

当時政友会所属の衆議院議員で、その保守的・復古的な政治信条によって右派からの期待値も高かった小川平吉（一八七〇―一九四二）は次のように述懐している。

> 時に大正十一年、露人ヨツフエ〔ママ〕の来朝して横行闊歩放言豪語憚る所なく、国家の功臣にして之に迎合して跪拝するもの〔東京市長としてヨッフェを公式に招待した後藤新平（一八五七―一九二九）を指すと思われる〕あるに至れり。之が為に共産主義者等は俄かに其勢を増し、白昼跳梁跋扈して気勢を添ゆるに至れり。予は之を退治するに力を竭《つく》したるが、其の害悪の蔓延を奈何ともすること能はざりき。此歳日本に共産党の創立〔七・一五〕を見たるは浩嘆に勝《た》へざる所なり。[50]

併せて三井の状況認識（大一一・一二頃）をきこう。

> 文化の交流は不断の思想戦である。現時の国際関係の内容を分析すればその優勢要素は常に思想戦である。〔……〕現世界とは、世界現勢とは何であるか。それは世界各民族の史的生活要素の綜合的開展に外ならぬのである。世界現勢に於ける日本は、こゝに安住の極楽世界を見出しては居らぬのである。内外から日本に迫るものは圧迫と困難と不安とである。[51]

ここに至って、三井は、今後ますます熾烈さを増していくであろう「外国の対外干渉意志又は世界征服意志の表示としての各種のプロパガンダ」[52]に対抗する、そのために不可欠な国民宗教（国家への絶対的帰依）の旗幟を鮮明に掲げるべく、親鸞―浄土真宗のかなめたる「念仏（名号）」を、「南無・阿弥陀仏」から「南無・祖国日本」へと、きわめて大胆によみ換えていく。それは三井にとって、最後まで僧形をたもち「阿弥陀仏の名号をすつることはできなか」[53]った親鸞の限界を超えていくことでもあった。

親鸞の他力とは阿弥陀仏の本願力である、といつた。阿弥陀仏とは自然のやうを知らせむれうなりといつた。阿弥陀仏は外よりの救済者ではなく、内心の叫びであつた。阿弥陀仏とは形もましまさぬ無限の生命感であり、生活意志であり、無上涅槃の解脱感であつた。[……]われらの生活は日本国民としての生活であつて此の団体生活を分析して始めて個人生活を見出すのである。個人生活の集合堆積が国家団体生活となるのではなく、社会と国家とは個人より先に存在してをるのである。[……]われらは個人意志を総体意志に帰命せしむるときに、こゝに信を獲得し解脱を実現するのである。[原文改行]しからばわれらの帰命すべき総体意志は何であるか、それは日本意志である。それが本願力である。此の本願力としての日本意志に帰命し帰依するといふのは、「日本は滅びず」と確信することである。現日本の日本人にとつては反覆すべき名号は「祖国日本」である。われらの宗教は祖国礼拝である。「日本は滅びず」と信ずるが故にわれらのはかなき現実生活も悠久生命につながらしめらるるのである、それが摂取不捨であ

る。摂取して捨てざるが故に阿弥陀仏といふ、即ち摂取して捨てざるが故に祖国といふ。〔54〕

そもそも親鸞その人は、本尊たる「阿弥陀仏」を、「大般無上涅槃」という三千大千世界（全宇宙）に常住遍満する摂取不捨《すくい》の原理《はたらき》そのものの人格的表象と領解していた。

法身〔大般無上涅槃〕はいろもなし、かたちもましまさず、しかればこゝろもおよばれずことばもたへたり。この一如〔前同〕よりかたちをあらわして、方便法身とまふす御すがたをしめして、法蔵比丘〔阿弥陀仏の前身・法蔵菩薩〕となのりたまひて、不可思議の大誓願をおこしてあらわれたまふ御かたちおば〔ママ〕、世親菩薩〔真宗七祖の第二祖・天親菩薩 Vasubandhu, 400-480?〕は尽十方無碍光如来〔阿弥陀仏〕となづけたてまつりたまえり。〔55〕

親鸞にとって畢竟「南無阿弥陀仏」の念仏とは、自身が『仏説無量寿経』等の大乗経典に描写された「阿弥陀仏（法蔵菩薩）」のイメージとストーリーを通して人間の認識を本来的に絶した「大般無上涅槃」からのはたらきかけ――「如来諸有ノ群生ヲ招喚シタマフノ勅命」〔56〕――に「南無」と感応道交していく、その端的なあかしに他ならなかった〔57〕。三井は、そうした親鸞の領解をより先鋭的に推し進め、色も形もなく心も言葉も及ばないのが「大般無上涅槃」であるならば、その能動を感得する形式（名号）は何も「南無阿弥陀仏」一つに限定される必然性はなく、感得する者が生まれながらに帰属する地域の文化的形相に即して「南無〇〇」と具体的に表現されるのがむしろ自然であるとしたのである。

実のところ、そのような考え方は、「浄土真宗」という一つの宗派にとっては「南無阿弥陀仏」を唯一絶対の旗印とする念仏教団としての存立基盤を根底から解体しかねない異端思想（異安心）であり、近世真宗学（宗乗）の確立以来一貫してタブーとされていた。じっさい本願寺派（西本願寺）の僧侶で宗立龍谷大学の教員でもあった野々村直太郎（一八七〇―一九四六）は、三井の一連の言説に触発されたのか『中外日報』紙上に「浄土教革新論」の連載（大一二・一・二五～大一二・二・二八）をはじめ、そのなかで「苟も国民教育の大勢に逆行し、人の境遇を弄びてその頭脳を印度たらしめんとする固陋頑冥の一類あらば、そはモハヤ純真なる日本人には非ずして、詮ずるところ和装せる印度人である。［……］真如が果して宇宙原理なりや否やは固より別問題とするも、要するにかくの如きは阿弥陀如来にその存在を与ふる所以の途には非ずして、却て反対にその存在を奪ひ去る所以の途たるに過ぎぬではないか」［58］と述べるなどして宗門内を騒然とさせ、結果的に大学を逐われている［59］。

いずれにせよ、三井甲之における親鸞思想の受容は「南無阿弥陀仏＝南無祖国日本」を確信したこの時期に大方完了したとみてよい。親鸞の教説を自身のナショナリスティックな体質に合わせてことごとく内在化してしまった彼は、もはや一々親鸞の名を借りてみずからの主義主張を語る必要はなくなったのである。そのことは、現時点で確認出来る限り、「親鸞の宗教より開展すべき今日の宗教」（『日本及日本人』大一二・一・一）を最後に「親鸞」をタイトルに入れた論著をものしていない［60］ことからも伺えよう。

注

1 三井甲之詠「友らに」(『短歌雑誌』大八・七)五二頁。

2 K・バルト『教会教義学(*Die Kirchliche Dogmatik. 2-2, 1942.*)』:安田理深『親鸞の宗教改革 共同体』(彌生書房、平一〇・二)一二頁。

3 武者小路実篤(無車名義)「三井甲之氏の白樺評を読んで」(『白樺』大元・一〇)一一一頁。

4 米田利昭「抒情的ナショナリズムの成立——三井甲之(一)」(『文学』昭三五・一一)、清水威「三井甲之の国家論——日本的イデオローグはどのように開花・結実したのか」(『帝京学園短期大学研究紀要』平元・一二)、石井公成「親鸞を讃仰した超国家主義者たち(一)——原理日本社の三井甲之の思想」(『駒澤短期大学仏教論集』平一四・一〇)、片山杜秀「写生・随順・拝誦——三井甲之の思想圏」(竹内洋、佐藤卓己編『日本主義的教養の時代——大学批判の古層』柏書房、平一八・二)等。周知の通り、近代ナショナリズムと仏教思想との関連性といえば、従来はもっぱら、田中智学(本名巴之助、一八六一—一九三九)、高山樗牛(本名林次郎、一八七一—一九〇二)、北一輝(本名輝次郎、一八八三—一九三七)、井上日召(本名昭、一八八六—一九六七)、石原莞爾(一八八九—一九四九)など、日蓮(一二二二—一二八二)と彼の法華思想の熱心な祖述者たちを中心に論じられるのが常であった。丸山照雄「超国家主義思想と日蓮主義」(『伝統と現代』昭五〇・一一)、島薗進「国民国家日本の仏教——『正法』復興運動と法華=日蓮系在家主義仏教」(末木文美士『新アジア仏教史一四 日本Ⅳ／近代国家と仏教』佼成出版社、平二三・三)、伊勢弘志『石原莞爾の変節と満州事変の錯誤——最終戦争論と日蓮主義信仰』(芙蓉書房、平二七・八)等を参照。

5 親鸞『歎異抄』「第二章」:『真宗聖教全書 宗祖部』(大八木興文堂、昭一六・一一)七七四、七七五頁。

6 親鸞『末燈鈔』「第五通」:前掲『真宗聖教全書 宗祖部』六五八頁。

7 親鸞『高僧和讃』「源空讃」:前掲『真宗聖教全書 宗祖部』五一四頁、ルビ引用者。

8　親鸞「建長?・七・九付／性信宛書簡」：前掲『真宗聖教全書 宗祖部』六九七頁。西山邦彦「河上肇と服部之總について」(『親鸞に出遇った人びと2』同朋舎、平元・三)を参照。

9　他にも三井は、往昔「日出処ノ天子、書ヲ日没処ノ天子ニ致ス」(『隋書』「倭国伝」、原漢文訓み下し)と隋皇帝宛の信書にしたため当時の国際秩序(華夷秩序)に昂然と対峙した聖徳太子(五七四—六二二)と、「蓋シ人ノ人為ル、本朝ノ中華為ル、此ノ礼ニ由レバ也」(『中朝事実』「礼儀章」、原漢文訓み下し)と述べて道徳の精華たる「礼」を今に具備する日本こそが真に世界の中心(中華)たるに相応しいとした山鹿素行(一六二二—一六八五)の二人を、親鸞と並んで外来思想を「日本化」する事業を顕著に成し遂げた国民的「三偉人」に数えている。三井甲之「親鸞の宗教より開展すべき今日の宗教」(『日本及日本人』大一二・一・一)：『親鸞研究』(東京堂、昭一八・二)三九〜四一頁。

10　芳賀矢一『国民性十論』(冨山房、明四〇・一二)：『明治文学全集 四四／芳賀矢一他集』(筑摩書房、昭四三・一二)二八〇頁。

11　三井前掲『親鸞研究』「はしがき」一、二頁。

12　常観の人物と思想について、詳細は以下の文献中の記述を参照。安富信哉『近代日本と親鸞——信の再生』(筑摩書房、平二二・一二)、岩田文昭『近代仏教と青年——近角常観とその時代』(岩波書店、平二六・八)、碧海寿広『近代仏教のなかの真宗——近角常観と求道者たち』(法蔵館、平二六・八)等。

13　親鸞前掲『歎異抄』「後序」七九二頁。

14　闇(煩悩から生じる罪業)の深さを知ることは、闇を照射する光(阿弥陀仏の智慧と慈悲)の深さを知ることに等しい。これを親鸞は「無碍ノ光明ハ無明ノ闇ヲ破スル恵日ナリ」と説示している。親鸞『顕浄土真実教行証文類　序』：前掲『真宗聖教全書 宗祖部』七九二頁、原漢文訓み下し。

15　安倍能成『岩波茂雄伝』(岩波書店、昭三二・一二)六一頁。

16　三井甲之詠「心のまゝを」(『求道』明三八・二)四一頁。『求道』誌への寄稿は明治四二(一九〇九)年四月号の嘆詠二首（「天に」、「適応」）が最後となり求道学舎からも漸次足が遠のいていったが、常観への敬愛の念は消えることなく、三井は終生「常観師」と呼びならわしている。

17 近角常観『懺悔録』（森江本店他、明三八・六）二頁。「実験」は、元々清沢満之が用い彼の没後弟子たちによって宗教界に膾炙した表現であるが、同時期に帝大でヴントの実験心理学（個人心理学）に関する講義を熱心に聴講していた三井にとっては、格別親しみやすい語であったに違いない。碧海前掲『近代仏教のなかの真宗』五五頁。なお、三井は、清沢についてはほとんど言及していないが、不治の病（肺結核）に侵されながらも「大道を知見せば、自己にあるものに不足を感ずることなかるべし」と言い切った同人の「秋霜烈日の人格的要素」には敬意を払っていたようである。清沢「絶対他力之大道」（『精神界』明三五・六）：『清沢満之の四つの文章』（東本願寺出版部、昭三八・一）一一頁。三井甲之「我観トルストイ」（『トルストイ研究』大七・六）：前掲『親鸞研究』一六六頁。

18 親鸞前掲『歎異抄』「後序」七九二、七九三頁。

19 親鸞前掲『歎異抄』「第八章」七七七頁。

20 親鸞『正像末和讃』「自然法爾章」：前掲『真宗聖教全書 宗祖部』五三〇頁。同前掲『末燈鈔』「第五通」六六三頁。

21 曇鸞『無量寿経優婆提舎願生偈註 巻下』（親鸞『顕浄土真実証文類 四』所引）：前掲『真宗聖教全書 宗祖部』一一五頁。親鸞『愚禿鈔 巻下』：前掲『真宗聖教全書 宗祖部』四六八頁。

22 三井甲之「親鸞の信者に」（『日本及日本人』大三・六・一）：前掲『親鸞研究』二七〇〜二七二頁。

23 三井甲之「行く春（下篇）」（『アカネ』明四一・七）三二、三三頁。

24 三井甲之「新と真」（『人生と表現』明四五・六）六八頁。

25 三井甲之（某大学生名義）「●雑言録 宗教と文学」（『馬酔木』明三八・二）四四頁。

26 三井甲之「文壇思想界漫評」（『人生と表現』大二・二）七九頁。

27　三井甲之「現代日本の内的生命」(『新仏教』大二・一〇)：三井甲之遺稿刊行会編・発行『三井甲之存稿——大正期諸雑誌よりの集録』昭四四・四)五頁、傍点引用者。
28　三井甲之「文芸思想界雑誌総評」(『人生と表現』明四五・七)七七頁。
29　三井甲之「世界統一的預言者親鸞」(『人生と表現』明四五・五)：前掲『親鸞研究』三、四頁。
30　三井甲之「親鸞聖人の信と生の動乱」(『人生と表現』大三・九)：前掲『親鸞研究』二六五、二六六頁。
31　三井甲之「欧洲動乱の意義」(『文章世界』大三・九)四四頁。
32　三井甲之「親鸞聖人の阿弥陀観」(『人生と表現』大三・三)：前掲『親鸞研究』二八〇頁。
33　三井甲之「戦争と文士学者」(『日本及日本人』大五・二・一一)七六頁。
34　中村孤月「諸家の欧洲戦争観を評す」(『文章世界』大三・一〇)三一二頁。
35　前田晁「現下の評論壇其の将来は如何」(『読売新聞』大三・一一・一七四面)。
36　他にも、岩野泡鳴「評家数名の批判」(『読売新聞』大三・九・二二四面)、徳田(近松)秋江「共鳴ある評論壇の人々」(『新潮』大三・一一)、稲毛詛風「本年の評論(中)」(『読売新聞』大三・一二・一六四面)などが三井に好意的——その文章に「幾分の偏見」(稲毛)を認めつつも——な見解を示している。三井と泡鳴はとりわけ思想的相性もよく、大正五(一九一六)年一月には協力して、「国家民族を離れて空想的に人類若くは個人を取り扱はうとする種類の個人主義、世界主義、社会主義、並に個人の偉大性を認めぬ単純な国家主義を最も排斥す」る「新日本主義」を宣言した雑誌『新日本主義』を創刊している。塩田良平「伝統主義・日本主義・民族主義の系譜」(片岡良一編『近代日本文学講座 第四巻／近代日本文学の思潮と流派下』河出書房、昭二七・三)二六九、二七〇頁。
37　無記名「現代評論の文章」(『文章世界』明四四・一〇)九六、九七頁。ＡＢＣ「評論家月旦」(『新潮』大四・一二)三三頁。
38　小松光男編『日本精神発揚史(日本新聞十周年記念)』(日本新聞社、昭一〇・四)六二、六三、七三、八九、

九〇頁。佐藤卓己「歌学的ナショナリズムのメディア論――『原理日本』再考」(『日文研叢書三六／表現における越境と混淆　国際日本文化研究センター共同研究報告』平一七・九）一九一、一九二頁を参照。

39　綾川武治「純正日本主義運動と国家社会主義運動」(『経済往来』昭九・三）四二頁、ルビ引用者。

40　三井甲之「原理祖国日本――国民的批判力原理としての祖国日本」(『公論』大九・三）：前掲『親鸞研究』三〇五頁。

41　三井前掲「親鸞の信者に」二七二頁。

42　じっさい、中巨摩郡内では、大正八（一九一九）年以来、農事争議が連年多発・激化していた。三井に至っては、昭和二（一九二七）年三月に所有耕地の返還をめぐって小作人と深刻な対立が生じ、親左派的な地方紙メディアから「横暴地主」のレッテルを張られたあげく、同四（一九二九）年四月に小作料の割引など組合側の要求を事実上丸呑みして郷里敷島村（旧松島村）を一時退去せざるを得ないところまで追い込まれている。三井甲之「農村赤化の細部分析＝東京諸新聞地方版当事者及中央地方司法行政官憲の注意を求めむとして」(『日本及日本人』昭二・五・一）三九～四一頁。米田利昭「抒情的ナショナリズムの自壊と復活――三井甲之（二）」(『文学』昭三六・二）七～一〇頁、および塩出環『原理日本社の研究――歌人・三井甲之と蓑田胸喜』(神戸大学博士論文、平一六・三）八八～一〇四頁を参照。

43　三井前掲「親鸞の宗教より開展すべき今日の宗教」四五、四六頁。

44　蓑田胸喜「追憶」(『原理日本』昭九・四）四一頁。

45　三井甲之「対内対外政策の原理としての宗教」(『親鸞と祖国』大八・一）一〇頁。

46　その後、三井らは、休刊（大五・九）していた『人生と表現』を京都の井上右近方より再刊（大一〇・三～大一二・七）している。三井「表現再刊に就ての消息」(『人生と表現』大一〇・三）三八、三九頁。蓑田前掲「追憶」四二頁。

47　藤野豊『水平運動の社会思想史的研究』(雄山閣出版、平元・一一）、千葉幸一郎「空前の親鸞ブーム粗描」

（同他編『大正宗教小説の流行——その背景と〝いま〟』論創社、平二三・七）、大澤絢子「大正期親鸞文学における『人間親鸞』像の変容——倉田百三から石丸悟平へ」（『現代と親鸞』平二六・一二）等を参照。

48　三井甲之「念仏と祖国礼拝」（『親鸞と祖国』大八・五）一二頁。

49　伊藤隆『昭和初期政治史研究——ロンドン海軍軍縮問題をめぐる諸政治集団の対抗と提携』（東京大学出版会、昭四四・五）、松尾尊兊『大正デモクラシー』（岩波書店、昭四九・五）、有馬学『日本の近代 四／「国際化」の中の帝国日本 一九〇五～一九二四』（中央公論新社、平一一・五）等を参照。

50　小川平吉「新聞『日本』を創刊せる顚末」（大一五・六）：国立国会図書館憲政資料室所蔵『小川平吉関係文書』資料番号八七八、ルビ引用者。しかるに、関東大震災（大一二・九・一）や虎ノ門・摂政宮裕仁皇太子狙撃事件（大一二・一二・二七）によって更に憂慮を深めた小川は、該事件一周年を機に「青天会」なる会合を立ち上げ、「俗悪ジャーナリズムに対抗」し「腐敗せる社会、堕落せる人心を矯正」すべく日刊新聞『日本』を創刊（大一四・六・二五）する。三井もまた、同会に名を連ね『日本』の発刊準備懇談会（大一四・五・二九）に出席している。前掲『日本精神発揚史（日本新聞十周年記念）』三四、四〇、四四頁。伊藤前掲『昭和初期政治史研究』三九六～四〇二頁。

51　三井前掲「親鸞の宗教より開展すべき今日の宗教」四〇、五一頁。

52　三井甲之「祖国礼拝の行法」（『日本及日本人』大一二・一一・一）：前掲『親鸞研究』三四〇、三四一頁。

53　三井前掲「親鸞の宗教より開展すべき今日の宗教」五二頁。

54　三井前掲「親鸞の宗教より開展すべき今日の宗教」五二、五六、五七頁。

55　親鸞『唯信鈔文意』（専修寺蔵本）：前掲『真宗聖教全書 宗祖部』六四八頁。

56　親鸞『顕浄土真実信文類 三』：前掲『真宗聖教全書 宗祖部』六五頁、原漢文訓み下し。

57　大峯顕『宗教への招待』（本願寺出版社、平九・四）、安田理深『呼びかけと目覚め 名号』（彌生書房、平一〇・一〇）等を参照。

58　野々村直太郎『浄土教批判』（中外出版株式会社、大一二・五）七〇、七五頁。

59　武田慶之「近現代における浄土受容の一断面――野々村直太郎の『浄土教批判』をめぐって」（『龍谷教学』平二三・三）を参照。

60　昭和一八（一九四三）年二月には単著『親鸞研究』（東京堂）を刊行しているが、これは明治末年から大正一二（一九二三）年にかけての親鸞に関する文章をまとめた旧論集である。

第三節　三井流国学の思想

ドイツを破りし英語宣伝の力を思ひいまの日本の危険を思ふ
ロシヤのほか此の世にいまだ行はれぬ過激思想宣伝せらる今の日本に〔1〕
うたをよむちから国民《くにたみ》にみなぎればとつくにの威圧おそるべからず〔2〕

一　「しきしまのみち（ことのはのみち）」：言語論

大正一二（一九二三）年九月一日午前一一時五八分、関東大震災が発生する。郷里山梨に居たため直接罹災は免れた三井甲之であったが、帝都一円の惨状の報──「大震災につぐに大火災をもつてして、その破壊の威力世界を驚かし、その惨状世界大戦々場のそれに比較せられ、〔……〕」〔3〕──に間断なく接するに及んで国家滅亡への危機感はより一層リアリティを帯びて迫って来たことであろう。震災から二ヶ月ほど経って、三井は、みずから主宰する思想研究グループ「人生と表現社」の名義で次のような宣言文を起草する。それは、明治後期から大正中期にかけて、漱石への反発、ヴント心理学の受容、親鸞思想の特異的受容と、さまざまな内心の「実験」を繰り返しながらみずからの学問と思想を練磨して来た三井が最終的にたどり着いた結論であり、新たなる出発に向けての出師の表でもあった。

> われらは祖国礼拝国民宗教の経典として明治天皇御集を拝誦す。〔原文改行〕われらは日本には政治革命あるべからずと信じ、またあるべからざらしむるために、思想学術維新を実現せむとす。〔……〕われら明治の御代にはぐくまれ大正の御代に国民の責務を分担するもの、如何なる精神原理及び思想信仰によつて各個人及び全国民生活をみちびくべきか。われらは信ず、われらはわれらの祖国日本を礼拝すべしと。われらは信ず、祖国日本の精神はかしこくも、明治天皇の大御心にすべをさめしめられたりと。われらは信ず、明治天皇の大御心は『明治天皇御集』に表現せさせられたりと。かしこくもわれら日本国民は『明治天皇御集』を拝誦しつゝ、明治天皇の大御言をさながらにいたゞきまつるのである。〔……〕われらは祖国日本を礼拝し『明治天皇御集』を拝誦しまつりてすゝまむとするのである。唯一生命のゆくべき一すぢのみちをゆき、全国民にとつての同じき祖国日本をまもりて進まむとするのである。世界のいたりとゞまるところにはたらかむとするわれらはらからの生命の血脈祖国日本を、われらはともにまもりて進まむとするのである。〔……〕故にわれら日本国民にとつては『日本』は『世界』であり『人生』である。『日本』はわれらの内心にいくるところの『宇宙』であり『永久生命』

であり『信順意志』である。それは祖国日本を防護せむとする実行意志であり、『日本は滅びず』と信ずる一向専念の信仰である。[4]

既に三井は大正一〇（一九二一）年頃から、同じ歌人として尊崇やまない明治天皇の御詠に「現実随順の心理学的原理」を見出し、自身の読者層に読誦をよびかけていた[5]。

三井はいう。賢しらな偏知に基づく概念的思惟を排し、眼前にひとつらなりとなった日本―世界―宇宙をあるがままの動態においてとらえ（写生／直接経験）、あるがままの展開に随って生きる（自然法爾《じねんほうに》）。かかる生命の根本理法（大般無上涅槃）に適った在り方の範を端的に示すものこそ、上代の歌謡（記紀所収）・和歌（『万葉集』）を原点とし、近代に至り先帝によって余すところなくよみ尽くされた言の葉《コトノハ》のしらべ、すなわち日本の〝うた〟である。

白雲のよそに求むな世の人のまことの道ぞしきしま［敷島、日本の古国号の一つ］の道（明三七）
すなほなるをさな心をいつとなく忘れはつるが惜しくもあるかな（明三八）
すなほにてをゝしきものは敷島のやまと詞のすがたなりけり（明三九）
人の世のたゞしき道をひらかなむ虎のすむてふのべのはてまで（明四五）[6]

これら完成度の高い一首一首が収められた『御集』を正典《カノン》として日夜片時も忘れず拝誦し、心にとどめうしなわず、個人生活・社会生活（国家生活）のあらゆる方面に当てはめていく。そこにこそ、全ての日本人にとっての「たゞしき道」、西洋文明の模倣と摂取に倦み疲れた近代精神を「真の近代精神」へとおのずから超克せしめる唯一の可能性がある。極論すれば、この世には文学も宗教も思想もいらない。ただ「やまと詞」＝「国語／日本語」の〝うた〟さえあればよい。それで全ての事柄ははからわずしてしかるべき方向に運ばれていくのだ、と。

こうした三井の考え方は、まぎれもなく、「抑《いったい》意と事と言とは、みな相称へる物」[7]として「言霊の幸《さき》はふ国」を金科玉条とした国学者のそれである。加えていえば、彼が傾倒する親鸞もまた、「南無ノ言ハ帰命ナリ。［……］帰命ハ本願招喚ノ勅命ナリ」として「南無阿弥陀仏」と称える「念仏（名号）」に口業以上のはたらきが備わっていることを確信していた[8]。しかもみずからの信仰を一般の民衆に伝えるにおいて平易な和語・和文を好み[9]、生涯に五百首以上の今様調和讃を詠んでいる[10]。そこだけに限ってみれば、れっきとした国学的素質の持ち主であった。

> 『明治天皇御集』は御製集でありまして三十一音の和歌の御集であります。此の和歌をシキシマノミチと申すのであります。［……］シキシマノミチは国語によつて個人生活を公共生活に連絡するものであるといふことがうなづかれます。［……］言語は個人の発明し製造したものでは無く、国語とは国民生活から合成創造されたものであり、国語でない言語といふものはありません。それ故に人間が自己の生命を防護しこれを開展せしめようとするには此の生命を同胞の生命に連絡せしめねばならぬのであります。此の生命連絡の主要の手段はコトバであります。[11]

かくて、「しきしまのみち（ことのはのみち）」と称する独自の学問体系〔12〕を確立させた三井は、『明治天皇御集』の布教――しきしまのみち会（昭三・九組織）はそのための実践団体である〔13〕――に熱心に取り組んでいく。その活動は、昭和一〇年代半ば、準戦時・戦時体制下の国語教育現場に期せずして勃興した「極端な音声中心主義」、読誦の反復により国民精神の徹底的涵養をはからんとする「皇民化運動」のまさしく源流となるもの〔14〕であった。

明治天皇御製を拝誦して居りますと、自然に、日本人として現実の此の人生社会、国家生活に立つて、我等が正しく考へ、正しく行ふべき道が、まづ心持として会得されるのであります。――それが『敷島の道』であります。敷島の道は惟神道《かむながらのみち》であります。神ながらの道と申すのは理屈を言はぬ、といふのではありませんが、理屈が先に立たぬ道と申すのであります。〔15〕

一方で三井は、大正一四（一九二五）年一一月に、慶應義塾予科教授の蓑田胸喜（一八九四―一九四六）、英語学者の松田福松（一八九六―一九九八）、歌人で著述家の田代順一（一八八六―一九三〇）ら「同信の友」とはかって「人生と表現社」を「原理日本社」と改称し、「われらの学術的研究の知的作業をしてこの祖国防護の任務につかしめよ！」〔16〕との意気も高らかに、不純（非日本的）なあらゆる言語操作（理屈）に対する掃蕩活動すなわち「思想学術維新」を開始している。

「すなほなるをさな心」を忘れ、あるがままの「まことの道」に反して「現実を人為的に変改せむ」〔17〕ことを企図する「左」のマルクス・共産主義者や諸派の社会主義者たち。またそれらを積極的に擁護ないし消極的に容認する英米《アングロ・サクソン》かぶれの自由主義者たち。更にはムッソリーニ（Benito Mussolini, 1883-1945）のファシスタ党やヒトラー（Adolf Hitler, 1889-1945）のナチス党など西欧の国家社会主義運動を模して「右」からの大衆革命、国家改造（一国一党・独裁制《ファッショ》の実現等）を志向する者たち[18]。そうした「白雲のよそに求」める人々を、三井らは「南無祖国日本」の旗のもと、何らの利得も求めずひたすら一方的（一向専念）に攻撃し、結果として学界・言論界を大いに辟易・萎縮させたのである。昭和八（一九三三）年に惹起した瀧川事件や翌々年の美濃部事件（天皇機関説事件）など彼らのふるった数々の精神的利剣と成果については、既に多くの研究者によって十分な検証が為されており[19]、あえて論及するまでもないだろう。

「しきしまのみち（ことのはのみち）」。それは佐藤卓己の表現を借りれば、「日本語による祖国救済」[20]を信ずる、まごうかたなき「歌学」であり「国学」であった。

> 個人を社会国家また民族団体に結びつくるところのものは、まづ第一に同一の国語である。国語の生命の躍動のまゝに永久生命をいくるものは『詩』である。それは『うた』であり、『しきしまのみち』である。[21]

ゲーテ、フィヒテ（Johann Gottlieb Fichte, 1762-1814）、ワーグナー（Wilhelm Richard Wagner, 1813-1883）等々、三井の著作には、ドイツ・ロマン主義の系譜に属する芸術家・思想家たちの名がたびたび登場する。何となれば、彼らが自国の「生きた言語（lebendigen Sprache）」[22]に乗せて、近代合理主義に毒される以前の民族魂《フォルクスガイスト》を力強く表現してみせたところに、非常なシンパシーを感じたからに他ならない。

昭和初期、三井ら原理日本社の唱道する「しきしまのみち（ことのはのみち）」は、機関誌『原理日本』をはじめとする各種出版物、それに「しきしまのみち会」の地道な布教活動などを通じて、漸次国内に理解者（信者）を獲得していった。

だがそのかたわらで、三井は、音声中心主義が抱える限界もはっきりと自覚していた。ここ十数年来、日本は、北は南樺太、朝鮮から満洲、南は台湾から旧独領南洋群島へと急速かつ遠心的に膨張を続けている。多民族帝国としての日本の版図には、当然「やまと詞／日本語」を母語としない「外地」も含まれる。そのような「虎のすむてふのべのはて」に、いかにして言の葉《コトノハ》のしらべを扶植させ得るか。強制性を伴った言語政策によって表面的に読み書き発音させることは出来たとして[23]も、甚深霊妙な〝うた〟の精神性を正しく味得させることは本来不可能ではないか。こうした課題に対して、三井は、驚くべきことに、音声・文字を超えた、直接身体から発する霊的《スピリチュアル》なエネルギーを介在させることで克服しようと試みる。

> 南米の宗教礼拝祭式についてチニカ・ウルマン〔Tinica Ullmann 生没年未詳〕氏（ブラジル出身の人でドイツ語で書いてをります）、は黒奴の子孫であるバッキール族の祭礼のことを報告して居ります。〔……〕神がゝりになつた数人はよろめきながら、踊の輪の中央に出て来て、我を忘れて狂舞するとゝもに、全体の人々が悉く此の狂喜の波浪に捲込まるゝのであります。此『神がゝりびと』の前に身を投げ出してそれに接触すれば、そこで身そぎせられ、解脱せしめら

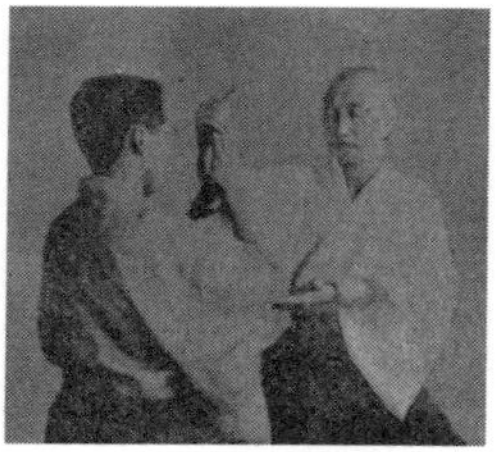

右：「手のひら療治の会」実修風景（於芝増上寺）
左：「たなすゑのみち」の錬成に励む三井甲之
［三井『手のひら療治入門』（江口俊博共著、アルス、昭和5年8月）より］

るゝのであります。［……］これは原始野蛮人の習俗といつてしまへばそれだけでありますが、そこに生物の、また人類の本能と宇宙の自然とがうかゞはるゝのであります。［24］

昭和三（一九二八）年、三井は甲府中学校校長の江口俊博（一八七三―一九四六）から「手のひら療治」なる民間医術を伝授され、以降同人が定期的に開催する「手のひら療治の会」への参加を通じて熱心に体得につとめていた［25］。しかして、その効験あらたかな秘儀――「此の『手のひら』をまづ徐かに患部へあてるのである。それで病気がなほる、これが要領である。この合掌は多人数が一堂に集つて長時間これを行へば、その合成的伝達力は一同の手のひらと指頭との感覚にその強度化を感ぜしむる」［26］――を「掌／手末／たなすゑのみち」と称して「しきしまのみち（ことのはのみち）」の布教実践に援用する［27］ことに思い至ったのである。

祖国日本の生命は国際的に、祖国と外国との間に開展し、また開展せしむべきでせう。太平洋上、亜細亜《アジア》大陸に、また南方に。［……］それは『言葉』によつて『ことのはのみち』となり『しきしまのみち』となり、『手』によつて『たなすゑのみち』となり、〔……〕世界に於ける日本と日本人とは、世界人類のためにマコト、マゴコロの日本精神としてのシキシマノミチと、それに基く生活行為規律タナスエノミチとを世界に向つて宣説するために、先づこれを同胞国民に向つて呼びかけようとするのであります。〔原文改行〕タナスエノミチは『光』であります。それは物理・生理・心理的に実証せらるゝ光照であり、伝達せられて反応を示し、『病気をも治す』のであつて、病気を治すことのみをするのではありません。〔……〕此の心の連絡を取るのが言葉であり、即ち『言の葉の道』であります。この『言の葉の道』は日本人にとつては『敷島の道』であります。それ故に此の『手のひら療治』を修行してまゐりますと、自ら人と人との心が十分に通ふやうになり、敷島のみちがわかり、詩歌がわかるやうになるのであります。[28]

しかし、かかる超言語（手つなぎ）帝国の構想[29]は、つきつめると本来の支配階級であるべき日本語ネイティヴの優位をも相対化してしまう危険性をはらんでおり、北一輝（本名輝次郎、一八八三―一九三七）のように「現実の国家を超越した価値を追求」[30]し得ない根っからの国学者・三井にとっては思想的に諸刃の剣であった。だからこそ彼は、この「たなすゑのみち」は「しきしまのみちのたなすゑのみち」であると繰り返し言明[31]し、あくまでみずからの歌学／国学の「補助学科」として位置付けたのである。

下って昭和一九（一九四四）年一月、『原理日本』の最終号が発刊される。そこには、此のコトバこそは現戦争でその最高能率を発揮せむとしつゝある『見えざる』武器である。宣戦の詔書は申すも畏し、バドリオ［Pietro Badoglio, 1871-1956］の裏切に対してヒットラー総統の、米英の非人道盲爆に対してゲッベルス［Joseph Goebbels, 1897-1945］宣伝相の『言語』による奮戦はコトノハニミチの戦争に於ける任務を示教するものである。而して和歌は実に此の言語の練成方法である。［32］

として、最後まで「国語／日本語」の不可思議な威力に依って大正期以来の「世界的人類的動乱」［33］をたたかい抜かんと意気込む三井の、十年一日、ゆるぎない確信が披瀝されていた。

二　「中今／永遠の今」：時間論

昭和初期、三井甲之は、親鸞の教説から再び重要な示唆を得て、独自の国学的時間論を展開している。それが、かの丸山眞男（一九一四―一九九六）も日本人の「歴史的オプティミズム」を象徴する思想の一つとして注目した、「中今／永遠の今」論である［34］。

そもそも「中今」は、『続日本紀』中の文武天皇（六八三―七〇七）の即位の詔（宣命）に「高天原に事始めて遠天皇祖《とほすめらぎ》の御世〳〵中今に至るまでに［……］」［35］とあり、元の文脈的には「単に今と云ふ義」［36］以上のものではなかった。それが、近世、本居宣長（一七三〇―一八〇一）によって「中といへるは当時を盛りなる真中の世とほめたる心ばへ有て、おもしろき詞なり」[37]と言及され、更に近代に至り、国語学者の山田孝雄（一八七五―一九五八）によって「『中』とは何か。過去より将来に永遠の時の中間なりとの義なり。即過去を離れての現在なく、現在を離れての将来なく、過去及び将来を考へざるの現在なきの精神を一言にして明にしたる至大の金言なり」[38]と思想的な含意を見出されたものであった。

しかして三井は、この「中今」にこそ日本の国体の原理的核心が示されていると考え、次のように論じた。

> 国民生活成立統一の建国以前には日本は無いのでありますから日本生命には過去は無いのであります。われらは日本は亡びずと信じ、また亡びるといふことは日本といふ名義も事実も空無になるといふことで、『日本』といふことは『不滅』といふことであります。滅亡せねば未来も無いのであります。あるものはたゞ現《うつ》しき生成のみであります。[……]
> 此の『中今』といふのは高天原に天降《あも》りましゝ天皇御世《すめらがみよ》から現在までといふ意味で、始《はじめ》、中《なか》、といふ考へ方で、将来の開展を考へて今を『中今』といつたのでありませう。これが国家生活としての日本生命の過去なく未来なくたゞ現在の生成のみであるといふことの予感的言ひ現しであると思ひます。[……]
> 『今』は『生間《いま》』で活動の現在で、イは活動の意味があり、行く出づ入る住《い》ぬ至る息生く命勢言ふ急ぐ稜威《いつ》の如き同じ語根から分れたものであると説かれてをります。[……]

『神』は『日本全体』であります。『全国民の礼拝しつゝある神』であり、『全国民が神を礼拝しつゝあること』であります。それが『日本』の『初発《はじめ》』であり、同時に『中今』であり、またその『無窮生成』であります。それは『始』があつて『終』がないのであります。始まつて終り、そこで完成すれば、それは『部分』であり『有限』であります。終らぬ生成の始めといふことは日本民族の国家的生活の無窮開展が、『国土《くにつち》』によつて規定せられたといふこと、即ち此の大和島根に国土《くにつち》を見出したといふことであります。〔……〕

千早ぶる神のひらきし敷島の道はさかえむ萬代までに

の御製〔明治天皇、明三五〕をくりかへし拝誦しまつれば、自からわれら臣民の個我は全国民生活の無窮開展につながり、中今の生命が充実せしめらるゝのであります。〔……〕臣民各個人はその素質と境遇とに応じて専門分化の研究 生業職分の勤労に機制的服務をせねばならぬのであります。この生業《なりはひ》は綜合的生活威力としての生命を培養して、それを全体国家生命に連絡せしむることによつて実現せらるゝ部分的要素であり、智能的物質的支柱であります。〔39〕

きわめて晦渋な文章だが、いわんとするところはこうであろう。日本の国土《くにつち》は、易姓革命（正史の改竄・リセット）を幾度も繰り返して現在に至った中国や、進化・進歩——不完全な過去から完全な未来へ――という単線的な時間の観念のなかで形成され来たった西欧近代諸国家とは異なり、「神代も今も一日のごと」〔40〕く、円環的に、現在《いま》を最上として永遠に産巣《むす》ばれ完成され続ける「全体国家生命」〔41〕である。

日本に於いては古代は常に現代と結合せしめられ、全歴史は現実生活のうちにをさめらるゝのである。過去に理想世界を回顧して現代を澆季末法と悲嘆し、また将来に平和安定の極楽浄土を建設しようとする儒仏の歴史哲学又は所謂唯物史観の如き知識的遊戯は日本精神の堪ふるところではなかつたのである。〔42〕

日本人としてこの端的な「中今」の事実にめざめ「すなほ」に歓喜信楽《しんぎょう》することが出来れば、後はただ、個々のいのちの本源である祖国《おや》（＝神）をひたぶるに礼拝し、全体国家の生成・生命活動の「部分的要素」として、各々の素質と境遇とに応じて与えられた生業・職分に服務するだけのいま／ここがあるばかりとなる。

日本国体は唯一なるが故に日本国体の下に於いてのみ人は平等の歓喜を味ひ、永久の生命に入るを得るのである。この国体とは天地陰陽の原理であり、全体と部分との関係であり、国家生活に於ける君臣の大義名分であり、それは神意に随順し詔命に服従すべき絶対無上命令である。それ故に大日本帝国憲法は『いにしへの聖の君のみこゑ』であり、伊藤〔博文、一八四一―一九〇九〕公の憲法義解〔『大日本帝国憲法義解』国家学会、明二二・四〕にいふ『王命』である。〔……〕故に『日本国体』の内容は『忠義臣道』の実行意志である。この臣民の忠義が万世一系の天皇にすべをさめらるゝ『中今』の現実的生成が日本国体である。国体に反逆するアタをウツことが日本国体の本質である。〔43〕

以上が三井甲之の「中今／永遠の今」論の概要である。「全体国家生命」など一部に国家有機体説を想起させる表現も認められるが、根底にはやはり彼の服膺した親鸞の思想、浄土真宗の時間論（信一念論）と場所論（浄土論）の影響があるものと推察される。

親鸞は、「南無阿弥陀仏」の「念仏（名号）」を称える自身の宗教的実存の時間を「信楽ニ一念有リ。一念ハ斯レ信楽開発ノ時剋ノ極促」〔44〕すなわち究極の「今（一念）」として感得した。そして、その「今（一念）」に開示される宗教的実存の場所こそが真智《さとり》の境界である「諸智土」〔45〕いわゆる「浄土」であると説いた。親鸞にとって「浄土」とは、いわゆる「西方極楽」として固定的・静止的にとらえられる実体的他界ではなかった。『仏説無量寿経』には確かに、阿弥陀仏の前身である法蔵菩薩があまねく衆生を救済せんがために四十八の願（本願）をたて、「不可思議兆載永劫」〔46〕という無限に等しい時間をかけて願を成就し「浄土」を完成させ、みずからも阿弥陀仏として成仏したというジャータカ風物語が描かれている。だが、親鸞はその記述をそのまま過去の出来事として受け止めず、曇鸞（真宗七祖の第三祖、四七六―五四二）の「本《モト》法蔵菩薩ノ四十八願ト、今日ノ阿弥陀如来ノ自在神力トニ依テナリ。願以テ力ヲ成ズ、力以テ願ニ就ク、願徒然ナラズ、力虚設ナラズ、力願相府《カナ》フテ、畢竟ジテ差《タガ》ハズ。故ニ成就ト曰フ」[47]との教説に依って、みずから「南無阿弥陀仏」を称える一念一念の「今」に「浄土」の因（つくり上げんとする意志）である「法蔵菩薩ノ四十八願」と果（成る力）である「阿弥陀如来ノ自在神力」を因果同時に見出したのであった[48]。かかる親鸞の力動的な領解について、大谷派（東本願寺）僧侶で近代真宗学・仏教学の大成者と謳われる曽我量深（一八七五—一九八一）は次のように平易に説示してみせている。

阿弥陀の浄土は、今日なお建設が続いている。これから前途永遠に建設は続いている。〔……〕阿弥陀如来も生々発展してやまないものであり、浄土もまた生々発展してやまないものである。だから、阿弥陀の本願は、本願が成就したから浄土の仕事は終ったということはない。突込んでいえば、阿弥陀の本願は、成就しているけれども、その成就よりもさらにいっそう深い成就が、永遠に尽未来際まで続いているに違いない。〔……〕もっと現実の意味をもって、本願の光の歴史の中にわれわれはおさめとられて、仏と共に修行し、仏と共に浄土の建設に協力させていただく、そういうところに、このお助け、如来の救済の意義がある。[49]

戦後の言説であるが、文中の「阿弥陀（如来）」および「仏」を「祖国日本《おや》」に[50]、「浄土」を「国土《くにつち》」に、「建設」を「生成」に、「本願」を「意志」に、それぞれ置き換えてみればどうか。三井の「中今／永遠の今」論がそのまま浮かび上がって来るようではないか。

さて、山田孝雄を嚆矢とする明治期以来の一般的な「中今」解釈は、有限な人生をつまるところいかに意義あらしめるか――「現在に立脚して、過去を回顧し将来を達観する。〔……〕中今の思想を以て、我が身を観れば、我が身体の自己一身のものにあらずして、父母祖先の遺体なることを思念するは必然の事なり」[51]、「我々は現に生きてゐるところの我々の現在を愛しなくて、何処に他愛があり得よう。私は私の『今』を真に完成させるべく努力しないで、何処に努力に値するものを見出し得よう」[52]――という道徳的修養論の範疇にとどまるものであった。それに対し、

高天の原に事始め給ひし昔より無窮の未来に至り給ふその『中なる今』の意にて、特に『中今』に至るまで』と宣らせ給ひ『無窮相続』の意を明かにせさせ給ひしと仰がしめらるゝ。[53]

あるいは、

中今に現《うつ》しく神の御稜威《みいつ》を仰ぎつゝあるのが日本精神の神ながらの道である。〔……〕皇国は変化しつゝある現実の波瀾の中に人生の律動に随順して天壌無窮神州不滅の確信を実現しつゝあるのである。[54]

といった、三井ら原理日本社のそれは、時代社会全体の在りように関するむしろ先験的なひらめきを感じさせるものであった。

はたせるかな、こうした「中今」言説は、満洲事変の勃発（昭六・九・一八）以来にわかに表面化し

た国際社会との齟齬のなかで、徐々に後退不可能な地点にみずからを追い込み追い込まれつつあった帝国日本の精神的な〝渇き〟に応えるかのようにひとり歩きを始める。哲学者の紀平正美（一八七四―一九四九）をはじめ国語学、国文学、歴史学、教育学などさまざまな分野の専門家によって変奏が重ねられ[55]、西田幾多郎（一八七〇―一九四五）も「近頃『中今』といふ如き語を耳にするが」[56]と呟いたほど、昭和一〇年代前半の思想界は、ひところ「中今ブーム」とでもいうべき奇現象を呈した。それらはやがて、日中戦争／支那事変の勃発（昭一二・七・七）とその拡大長期化を経て対米英宣戦布告（昭一六・一二・八）へと至る過程における国民一般の閉塞感と不安――どこまで続く泥濘《ぬかるみ》ぞ――を鈍磨し、現状《いま》に対する盲目的な信頼とそこから先無制限の従属へと導く文字通りタイムリーな総動員体制補完思想[57]として、総体的に機能するのである。

なお、三井の「中今／永遠の今」論に先んじて、大正後期にはやはり右派の安岡正篤（一八九八―一九八三）が、

> 真の永遠は今に在る。永遠は今の内展 involution でなければならぬ。〔……〕死の覚悟は永遠の今を愛する心である。〔……〕かくして現前の生死は永遠の光に照らされる時、忽然として妄執を散じ、たゞ真善美の欣求と為つて輝き、過古現在未来の断見も消えて、一念の今に無量寿無量光を添へる。この自覚を体得して、始めて我々の肉体も神聖な存在となるのである。[58]

という「永遠の今」論を確立させ、一部の宮中関係者や少壮官僚、海軍大学校在籍中のエリート海軍

将校たちに多大な精神的影響を与えている[59]。もっとも同じ「永遠の今（eternal now）」でも、安岡のそれは、禅の思想や西田哲学と同様有限な計数的時間を超越して自在の「今」に生きる、そのような個人の覚悟と主体性の涵養を説いたもので、個を脱却して「中今」に没入することを説いた三井のそれとは全く異質なものであった。かかる点において、三井は、安岡思想の本質を「エゴイズムの窮極するところ臣民としての本分を忘却」した「自己中心　自己神化　自己礼拝の個体主義誤謬思想」と断じ、激しい筆誅を加えている[60]。

三　小結

以上ここまで、三井甲之の明治後期から昭和戦前期にかけての学問と思想を鳥瞰的に論じ了えた。では、戦後はどうであったか、最後に簡単にみておきたい。

全てがあるがままに尊くありがたい神聖不可侵の本尊である祖国《おや》日本が昭和二〇（一九四五）年八月の無条件降伏から外国《とつくに》による占領軍政という開闢以来未曾有の異常事態を迎え、政治・社会・文化とあらゆる分野において有無をいわさず強制的に「変改」されていく現実を目の当たりにしても、「日本は滅びず」という三井の学問・思想における根本の「信」にはいささかの疑念も動揺も生じなかった。その文章に、『聖書』の章句の引用や、デモクラシーへの親近感[61]など、あからさまな戦後的《ニュー・モード》よそおいがみられるとしても、である。

昭和二六（一九五一）年五月頃から翌年一月頃にかけて、病躯をおして執筆された「天皇御歌解説」の諸草稿には次のように述べられている。

> 吉田松陰［通名寅次郎、一八三〇―一八五九］が「神州不滅」といつた「神州」とは実際には「天朝の御学風」であり、具体的には「和歌」である。［……］外形は衰微するかに見えても中核威力は減退せざる光はコトバの光である。ヒロクナリセマクナリツツカミヨヨリタエセヌモノハシキシマノミチ［明治天皇詠、明三九］である。［……］コトノハノミチの和歌に転ずれば、ここに無窮の世界が開かれ無量寿の生命が実感せらるゝ、それは「美し」と感じ、慈しむ心が起る、その時刻の極促即ち一瞬に全心身活動を「断滅」しつゝ「相続」する、そのために三十一字の和歌、また六字の名号［南無祖国日本］を唱へるのである。[62]

たとえ戦争に敗れ物質的な力を喪い、国土《くにつち》は外形的に「セマク」なろうとも、日本にはまだ「コトバの光」の「威力」すなわち「三十一字の和歌、また六字の名号」が厳として残っている。それで十分《エス・イスト・グート》ではないか、と。

親鸞聖人の善導大師和讃に

信は願より生ずれば

念仏成仏自然なり
自然はすなはち報土［浄土］なり

和歌の音調と調和するひゞきが味はるゝ。「願」とは仁愛意志である。「自然」はありのまゝに明鏡裡に投ぜられたる情景である。いつくしみの意志につながる時ここに報土・極楽が実感せらるゝ。天国は近づけり（馬太伝四ノ一七）といふ情意の振興である。［……］「人間天皇［昭和天皇、一九〇一―一九八九］」が御自身で「戦にやぶれし後の、今」［昭二一、詠歌中の一節］といはるゝ、これは日本歴史上未曽有の重大事実であることを実感する。それをアッサリさういはるゝ。そして、「敗れし後の今」といふ一語が和歌の奥儀を示す。イマ《イマ》は生間の瞬間で、それが生命の中核である。それが万物生成実存の源泉であり根元である。［63］

既にこの頃には耳順を超え老境を迎えていた三井は、苦悩と絶望の果てに縊死（昭二一・一・三〇）を選択した盟友・蓑田胸喜とは異なり、「敗戦」を「敗亡」ではなく、生き残った全ての日本人が「いつくしみの意志」を以て平和の到来を「ありのまゝ」によろこび、生成絶えざる「中今」の世を改めて実感するそのための機縁として、どこか「アッサリ」と穏やかな心境で受け容れていた。彼の意識の内奥には、最後まで、親鸞と天皇の発する〝うた〟が作用していたのである。

昭和二八（一九五三）年四月三日、三井甲之は満六十九歳で没した。

注

1　三井甲之詠「いまの思」（『日本及日本人』大一三・二・一五）三二二頁。

2　三井甲之詠「うた」（『短歌雑誌』大一一・一）四三頁。

3　三井甲之「人生と表現社宣言」（大一二・一二脱稿）：『しきしまのみち原論』（原理日本社、昭九・一〇）一三五頁。

4　三井前掲「人生と表現社宣言」一三五〜一三九頁。

5　三井甲之「日本国民の素質及使命と其実現方法」（『大正公論』大一〇・一〇）：三井甲之遺稿刊行会編・発行『三井甲之存稿――大正期諸雑誌よりの集録』（昭四四・四）四八〇頁。

6　三井甲之『明治天皇御集研究』（東京堂、昭三・五）二、一五、五一、六一頁。同前掲『しきしまのみち原論』一九、二三頁。

7　本居宣長『古事記伝』「古記典等総論」：『日本の思想 一五／本居宣長集』（筑摩書房、昭四四・三）二〇六頁、ルビ引用者。

8　親鸞『顕浄土真実行文類 二』：『真宗聖教全書 宗祖部』（大八木興文堂、昭一六・一一）二二頁、原漢文訓み下し。亀井勝一郎『親鸞』（新潮社、昭一九・二）一八一頁、および豊田国夫『日本人の言霊思想』（講談社、昭五五・五）一六四〜一七三頁を参照。

9　この点について、三井は、親鸞の「ゐなかの人々の、文字のこゝろもしらず、あさましき愚癡きはまりなきゆへに、やすくこゝろへさせんとて、おなじことをたび／＼とりかへし／＼かきつけたり」という言説を挙げて、その「教化上の自由平等化精神」に近代に先立つ「国語の統一」への志向を認めている。親鸞『唯信鈔文意』：前掲『真宗聖教全書 宗祖部』六三八頁。三井甲之「歌壇の復古的傾向の現在及将来」（『短歌雑誌』大七・一）五頁。

10　親鸞は、当時の文芸の主流であった新古今調の和歌を「綺語」―「イロヘコトバ（色絵詞）」、つまり技巧で飾り立てたものとみなし、あえて退けていた。こうしたところも、万葉調を好み、文学全般における「真」を重んじた三井と通じている。親鸞「数名目十悪」:『浄土真宗聖典全書 二／宗祖篇 上』（本願寺出版社、平二三・三）九八五頁。寺川俊昭『親鸞聖人の信念――野に立つ仏者』（法蔵館、平一七・六）四二頁。

11 三井前掲『しきしまのみち原論』二、五三頁。

12 三井はこの「しきしまのみち（ことのはのみち）」を「日本精神科学」あるいは「日本論理学」とも称した。「科学」と「論理」はいかにも「国学」と相性が悪いようにみえるが、三井においては、前者はヴントの心理学（精神科学）に多くを依拠して構築したという意味で、後者は西欧起源の機械的論理《ロジック》ではなく日本固有の民族的論理《すじみち》に沿って構築したという意味で、いずれも新しい「国学《みくにまなび》」としての異称なのである。

13 同会について、詳細は以下の文献中の記述を参照。塩出環「三井甲之と原理日本社の大衆組織――『しきしまのみち会』の場合」（『古家實三日記研究』平一七・五）、横川翔「松田福松の足跡――三井甲之とその同志たちの一側面」（『國學院雑誌』平二八・九）等。なお三井に関する言及はないが、天皇「御製」が戦前日本社会に果たした精神的役割については、松澤俊二『「よむ」ことの近代――和歌・短歌の政治学』（青弓社、平二六・一二）が詳しい。

14 佐藤卓己「歌学的ナショナリズムのメディア論――『原理日本』再考」（『日文研叢書三六／表現における越境と混淆　国際日本文化研究センター共同研究報告』平成一七・九）一八八、一八九頁。石川巧『「国語」入試の近現代史』（講談社、平二〇・一）一一二、一一三頁。永江朗『東大VS京大 入試文芸頂上決戦』（原書房、平二九・一）五九、六〇頁。

15 三井甲之『手のひら療治』（アルス、昭五・三）二六〇頁。

16 原理日本社「宣言」（『原理日本』大一四・一一）一頁。

17 三井甲之「親鸞の信者に」（『日本及日本人』大三・六・一）:『親鸞研究』（東京堂、昭一八・二）二七二頁。

18 「ヒットラー・ムッソリーニ」の「二偉人」については一貫して英雄的憧憬の念を隠さなかった三井ら原理

日本社であったが、「少くも三千年以前」から皇祖皇宗の発する「神勅詔勅」に「祖国永久生命意志」を仰いで来た日本人には独伊のように近代個人主義―「デモクラシイ民主政」の行きづまりから立ち現れる「独裁者の『演説』」は必要でない、すなわち「天皇親政の原理はナチス的『指導者原理』を許さず」と考えていた。三井甲之「流行ファッショ運動の危険性」(『大日』昭七・六)一三頁。同『天皇親政論』(原理日本社、昭一二・一)一六、二三頁。蓑田胸喜『昭和研究会の言語魔術＝新体制に揺翳する思想的妖雲を掃滅す』(原理日本社、昭一五・九)一七頁。三井甲之『臨戦無畏怖の帰属意志＝皇紀二六〇〇年新体制の要求するところのもの』(原理日本社、昭一五・九)七頁。同『和歌維新＝和歌技術の書』(原理日本社、昭一七・三)「おくがき」五五一頁。同前掲『親鸞研究』「はしがき」三頁。

19　宮本盛太郎「蓑田胸喜と滝川事件」(『政治経済史学』平九・四)、塩出環「帝大粛正運動と原理日本社」(『日本文化論年報』平一三・三)、松本常彦「アカデミズムと弾圧――その概況と滝川事件」(『国文学』平一四・七)、塩出環「蓑田胸喜と原理日本社」(『国際文化学』平一五・九)、竹内洋『丸山眞男の時代――大学・知識人・ジャーナリズム』(中央公論新社、平一七・一一)、竹内洋、佐藤卓己編『日本主義的教養の時代――大学批判の古層』(柏書房、平一八・二)、植村和秀『「日本」への問いをめぐる闘争――京都学派と原理日本社』(柏書房、平一九・一二)、井上義和『日本主義と東京大学――昭和期学生思想運動の系譜』(柏書房、平二〇・七)、植村和秀『昭和の思想』(講談社、平二二・一一)、将棋面貴巳『言論抑圧――矢内原事件の構図』(中央公論新社、平二六・九)等。

20　佐藤卓己『天下無敵のメディア人間――喧嘩ジャーナリスト・野依秀市』(新潮社、平二四・四)二〇四頁。

21　三井前掲『明治天皇御集研究』五六頁。

22　フィヒテ「ドイツ国民に告ぐ(*Reden an die deutsche Nation*, 1808.)」：三井前掲『明治天皇御集研究』六七頁。

23　安田敏朗『帝国日本の言語編成』(世織書房、平九・一二)二九五～二九八頁を参照。

24　三井前掲『手のひら療治』二三～二四頁。

25　以下の文献中の記述を参照。米田利昭「抒情的ナショナリズムの自壊と復活――三井甲之（二）」（『文学』昭三六・一二）、片山杜秀「写生・随順・拝誦――三井甲之の思想圏」（前掲『日本主義的教養の時代』）、同『近代日本の右翼思想』（講談社、平一九・九）、塚田穂高「霊術と国家観――三井甲之の手のひら療治」（『宗教研究　第八八巻別冊』平二七・三）、前川理子『近代日本の宗教論と国家――宗教学の思想と国民教育の交錯』（東京大学出版会、平二七・四）等。

26　三井前掲『手のひら療治』一六七頁。

27　昭和五（一九三〇）年六月には、「しきしまのみち会」の姉妹団体となる「たなすゑのみち会」を立ち上げている。佐藤前掲「歌学的ナショナリズムのメディア論」一九七頁を参照。

28　三井前掲『手のひら療治』二一九、二四五、二四六、二六三頁、ルビ引用者。

29　左は、戦後日本の外交理念における国際平和（協調）主義の志向を端的に説明した図であるが、これだけを取り出せば、「たなすゑのみち」世界のイメージイラストとしても通用しそうである。文部省編・発行『あたらしい憲法のはなし』（昭二二・八）一一頁。

30　橋川文三「昭和超国家主義の諸相」（『近代日本思想体系 三一／超国家主義』筑摩書房、昭三九・一一）：『昭和ナショナリズムの諸相』（名古屋大学出版会、平六・六）五四頁。なお北一輝は、三井とは逆に徹底した言語実用（道具）論者であり、合理的で学習に簡便な国際語《エスペラント》を帝国の第二国語に採用し、言語文字として「甚タシク劣悪」で「不便」な日本語は遠からず自然淘汰に導くべしとする、脱日本語の帝国をプランニングしている。北一輝『国家改造案原理大綱』（大八、謄写版）：『北一輝著作集 第二巻』（みすず書房、昭三四・七）二五一～二五三頁。もとより三井は、このような発想は「空中幻影［……］国際連盟より更に現実性が乏しいもの」と一蹴した。三井甲之述「附録第三 北一輝著『日本改造法案大綱』の検討」（『調査彙報 第五拾号』陸軍部内謄写版、昭一一・五）：『北一輝著作集 第三巻』（みすず書房、昭四七・四）六五二頁。

31　三井前掲『手のひら療治』「序」三、四頁。三井甲之『手のひら療治入門』（江口俊博共著、アルス、昭五・八）五七、六〇、一五九頁。

32　三井甲之「見えざる武器・言語——神代・祝詞の時代再来せむとす」（『原理日本』昭一九・一）四、五頁。

33　三井甲之「親鸞聖人の信と生の動乱」（『人生と表現』大三・九）：前掲『親鸞研究』二六六頁。

34　丸山眞男「歴史意識の『古層』」（『日本の思想第六／歴史思想集』筑摩書房、昭四七・一一）：『丸山眞男集 第十巻』（岩波書店、平八・六）五五頁。丸山以降も、若干の研究者によって論究されている。片山素（杜）秀「日本ファシズム期の時間意識——『中今』を手がかりに」（『法学政治学論究』平二・一二）、片山前掲『近代日本の右翼思想』、昆野伸幸『近代日本の国体論——〈皇国史観〉再考』（ぺりかん社、平二〇・一）等。

35　第一高等学校国文学科編『高等国文 巻八』（吉川半七、明二九・五）三三頁。三井前掲『しきしまのみち原論』三四頁。

36　西田幾多郎「学問的方法」（『教学叢書 第二輯』教学局、昭一三・二）一〇、一一頁。

37 本居宣長『続紀歴朝詔詞解』：三井前掲『しきしまのみち原論』三四頁。
38 山田孝雄『大日本国体概論』（宝文館、明四三・一二）六一頁。
39 三井前掲『しきしまのみち原論』三三〜三五、三七頁。
40 鹿持雅澄『万葉集古義』：三井前掲『しきしまのみち原論』四四頁。
41 三井前掲『しきしまのみち原論』三九頁。
42 三井前掲『明治天皇御集研究』八九、九〇頁。
43 三井甲之『山縣大弐研究』（原理日本社、昭一〇・九）「序」五、六頁。
44 親鸞『顕浄土真実信文類 三』：前掲『真宗聖教全書 宗祖部』七一頁、原漢文訓み下し。
45 『大宝積経／無量寿如来会』（親鸞『顕浄土真仏土文類 五』所引）：前掲『真宗聖教全書 宗祖部』一四一頁。
46 『仏説無量寿経 巻上』（親鸞『顕浄土真実信文類 三』所引）：前掲『真宗聖教全書 宗祖部』六〇頁。
47 曇鸞『無量寿経優婆提舎願生偈註 巻下』（親鸞『顕浄土真仏土文類 五』所引）：前掲『真宗聖教全書 宗祖部』一三五頁、原漢文訓み下し。
48 三明智彰「誓願酬報」（『大谷学報』平五・五）一五〜一七頁。安田理深『親鸞における時の問題 歴史』（彌生書房、平一〇・六）五〇、五一、八九、九〇、一〇八、一〇九頁。
49 曽我量深「愚禿親鸞」（『大法輪』昭三二・三）：『曽我量深講義集 第十一巻』（彌生書房、昭六一・三）一六九、一七〇頁、傍線引用者。
50 因みに浄土真宗の伝統では、親鸞の「釈迦は慈父、弥陀は悲母」との教説や、讃岐の庄松《しょうま》（一七九九—一八七一）、因幡の源左《げんざ》（本名足利喜三郎、一八四二—一九三〇）など篤信者（妙好人）たちの素朴な信仰に倣って、阿弥陀如来（仏）を「親様《おやさま》」と呼びならわす門信徒が多かった。親鸞前掲『唯信鈔文意』六三三頁。水上勉他編『大乗仏典 中国・日本篇 二八／妙好人』（中央公論社、昭六二・一一）一二三、一二八、一五九、一六〇、三八三頁。

51 山田前掲『大日本国体概論』六五、六九頁。

52 鹿児島県女子師範学校・同県立第二高等女学校編・発行『国民精神とその涵養に関する研究　前篇 理論的研究』（昭九・三）一六頁。

53 松田福松「『中今』といふについて」（『原理日本』昭一〇・五）四七頁。

54 三井甲之「国文学界の臣道遺忘——佐々木信綱の作歌及び佐々木信綱、島崎藤村氏等選の愛国行進歌詞を評す」（『日本刀及日本趣味』昭一三・二）四七頁、ルビ引用者。

55 紀平正美『国民精神文化研究 第二十五冊／自証過程としての歴史（日本歴史の本質）』（国民精神文化研究所、昭一二・三）、大久保勇市『教科課程の革新 実学陶冶実践体系』（政経書院、昭一二・一一）、鴻巣盛廣『日本精神叢書 第三十七／万葉精神』（教学局、昭一三・六）、山田孝雄『肇国の精神』（内閣印刷局、昭一三・八）、中野八十八『転換期の新教育と戦勝国民の実践哲学』（目黒書店、昭一四・一）、河野省三「中今の紀元二千六百年」（『日本及日本人』昭一五・二）、高階順治『日本精神の根本問題』（第一書房、昭一五・一〇）、山田孝雄『国史に現れた日本精神』（朝日新聞社、昭一六・三）、藤戸正二『日本神髄』（平凡社、昭一六・六）等。

56 西田前掲「学問的方法」一〇頁。

57 例えば、原理日本社の中核メンバーの一人であった蓑田胸喜は、開戦直後の日本軍の快進撃を、

あゝ
十二月八日、
二月十五日、「シンガポール要塞陥落の日」
あゝ
悠遠の神話と

歴史の蓄積、
その爆発する威力よ！
その日は一日にあらず、
中今の今日の一日ぞ！［……］

という祝詞にあらわしている。蓑田「祝詞中今」（『原理日本』昭一七・三）五頁。

58 安岡正篤『日本精神の研究』（玄黄社、大一三・三）三五三、三五四、三五六頁。

59 木下宏一「日本海軍の短期決戦主義に関する一考察――安岡正篤と『永遠の今』」（『時間学研究』平二六・一一）を参照。

60 三井甲之「『国維会』指導精神の国体反逆性を指摘す＝安岡正篤氏の思想素質を分析して岡田内閣政綱の国体観に論及す」（『国策原理の確立を要す――軍縮比率撤廃、国家的自尊心の背後に横《〔ママ〕》はるもの』原理日本社、昭九・九）二八頁。

61 例えば、昭和二三（一九四八）年一二月三日付の書簡には「こゝに米英のデモクラシーを『与衆相弁』の聖徳太子の以和為貴のセイシンに結合せしめて東西洋の文明を統一し、［……］」とある。三井甲之「三井甲之先生書簡鈔――富山師範、大分大学に在職の田中米喜氏にあてて」（『アカネ』復刊版、昭六三・一二）一八頁。こうした言説を、占領軍の検閲をおもんばかっての一時的な「偽装」とみるか、新たな時代への「適応」とみるか、はたまた「転向」「変節」とみるかは、論者によって見解の分かれるところである。いずれにしても、普遍宗教としての仏教の本来性を色濃く受け継ぐ親鸞―浄土真宗の思想でさえ自身の体質に合わせて内在化（国学化）してしまう三井の思考回路である。民主主義《デモクラシー》もまた古代日本のまつりごとにおいて本来の意味で正しく実践されていたのであり元々こちらが元祖である、などと論じる――「デモクラシイもしきしまのみち化しませう」――くらい朝飯前であったろう。三井甲之「昭二五・一〇・二付／宮崎五郎宛書簡」：宮崎五郎編『三井甲之書翰集 無限生成』（しきしまのみち会、昭三二・八）一三三頁。昆野前掲『近代日本の国体論』の「第三部／第三章　三井甲之の戦後」を参照。

62　三井甲之『今上天皇御歌解説附・万葉集論』（斑鳩会、昭四二・四）一七、二二、二三頁。

63　三井前掲『今上天皇御歌解説附・万葉集論』一三、一四、二四頁。

第三章　久松潜一の学問と思想

久松潜一（昭和44年8月）
［久松潜一著作集刊行会編『国文学徒の思ひ出』（至文堂、昭和44年12月）より］

一　久松潜一と「新国学四大人」

昭和一六（一九四一）年一二月八日、大日本帝国は、米英両国《アングロ・サクソン》に宣戦を布告し、ここにおよそ三年九ヶ月の長きにわたる太平洋戦争／大東亜戦争が開始された。おりしも同月、東京帝国大学文学部国文学科の教授で当時名実ともに日本の国文学界の第一人者と目されていた久松潜一（一八九四―一九七六）は、「日本学問の伝統と国学」（『文芸世紀』昭一六・一二・一発行）と題した巻頭論文のなかで、

> 国学に対する自覚が近時力強く起つて居る。かういふ国学が今日に於て要望せられる意義は日本精神と学問との一体化であるといふことが言へる。〔……〕国学といふ名称を用ゐるかどうかは別としても、このやうな自主的な学問の確立こそ、今日の日本の学問の上に極めて必要とされるのである。[1]

と述べ、みずからの年来の持論である「国文学に於ける国学への志向」[2]すなわち「国文学の母胎である国学精神を現代に於て新しく見直しそれを国文学の上に新しく生かさう」[3]とする「新国学の創造」[4]の必要性を改めて強調した。そしてその上で、

> 即ち今日の国学に於て先づ求められるのは日本の学問の伝統を顧み、日本的学問の系譜を跡づけることであるのである。〔……〕宣長〔本居、一七三〇―一八〇一〕が古事記の研究に一生涯をか

けたこと、また契沖〔一六四〇―一七〇二〕、春満〔荷田、一六六九―一七三六〕、真淵〔賀茂、一六九七―一七六九〕、雅澄〔鹿持、一七九一―一八五八〕等が万葉集の研究に力をそゝいだことは国学の源流をよく示して居るのである。〔……〕芳賀矢一〔一八六七―一九二七〕博士がかういふ国学の伝統にたつて日本を主体とする学問を確立されたことは言ふまでもない。〔……〕さうして芳賀博士の学問の伝統は今日に至るまで貫いて居るのであるが、垣内松三〔一八七八―一九五二〕氏の学問精神や三井甲之〔本名甲之助、一八八三―一九五三〕氏、沼波瓊音〔本名武夫、一八七七―一九二七〕氏の学問精神の中にもかういふ伝統はうけつがれて居るであらう。

と明確な系譜をあらわし、最後に、

この伝統の上にこそ真に自主的な日本学問が確立されるであらう。これこそ今日に於て国学の起つて来た大きな意義であると信ずる。

と論断した〔5〕のである。

かねて東京帝国大学文学部に三個開設されていた国語学国文学講座のうち、第一講座担任（昭五・四～）の橋本進吉（一八八二―一九四五）は文法研究を専門とする純然たる国語学者であり、第二講座担任は藤村作（一八七五―一九五三）の退官（昭一一・三）以来空席となっていた。したがってこの時期官学アカデミズムにおける国文学全体のグランドデザインは、事実上、第三講座担任（昭一一・五～）

たる久松一人の意思に委ねられていたといってよい。その久松によって、今日まさに時代が求める「真に自主的な日本学問」の先蹤者に数えられたのが、芳賀矢一、垣内松三、沼波瓊音、三井甲之の四名であった。さながら、久松潜一撰「新国学四大人《しうし》」といったところである。周知の通り「国学四大人《しうし》」とは国学の始祖（の一人）とされる契沖の弟子筋に連なる荷田春満、賀茂真淵、本居宣長それに平田篤胤（一七七六—一八四三）の四名を指し、国学の正統を端的に示す術語として、明治一〇年代後半に平田派の国学者たちによって広められたとされる[6]。久松もまた「現代に於ける新国学の主なる提唱者」[7]としてその顰に倣ったと考えても穿ち過ぎではないだろう。

　しかるに、久松が名前を挙げた人々のうち、芳賀矢一（当時既に故人）と垣内松三は、彼自身が東京帝国大学文科大学文学科在学中（国文学専修、大五・九〜大八・七）に直接指導を受けた旧師であり、ともに学界の声望高かりし人物であった。日本の国文学者として初めて西欧（ドイツ）留学を経験した芳賀が、帰国後「西洋学者はフイロロギーと称して、文献を本にして、其国を研究します。日本で言へば、国語国文を本にして、其の国を研究するのです。国学者が二百年来やって来た事は、つまり日本のフイロロギーであった」[8]という見識のもと国学—国文学を「日本文献学」として近代的にブラッシュアップしたことは、久松ら後続の国文学徒にとっては自明の常識であった。また垣内は、久松による「新国学」の提唱と軌を一にして「国民言語文化（日本言語文化）学」を提唱し、従来からの「国語学、国文学、国語問題、国語教育」の「全領域を纏め」て、言語（国語／日本語）によって構築された日本の国民文化を統一的に把捉・研究すべしという主張を展開していた[9]。久松が親近感を覚えていた——「国民言語文化の体系は、言語的表現である文献によつて国民文化を理解しようとする国民文献学の立場であり、進んで国学の立場でもあるのである」[10]――のも無理からぬことである。

だが、沼波瓊音（当時既に故人）と三井甲之は、久松にとって帝大国文の先輩に当たるとはいえ、ともに文学者らしからぬ逸脱が目立ち、前者は、専門の俳諧・俳句研究よりもむしろ晩年の狂熱的な国家革新運動への取り組みによって知られ、後者に至っては、急進的日本主義の歌人・思想家として長年右派論壇の一翼を担い、リアルタイムで帝大粛正運動（欧米的学風批判、大学自治の否定）を推し進めていた学界「札付き」[11]の人物であった。かかる両名が、一論文中にせよ官学アカデミズムの一領域に厳然たる「権威」性[12]を有する者の手で自分たちが継承すべき正しい学問研究の系譜に公然と位置付けられた事実は、戦前の国文学と今現にわれわれが関与している戦後の日本文学の連続性あるいは断絶性を文脈化する上で一度はきちんと検討しておかなければならない問題である、と考える。

国文学者・久松潜一の戦前期の学問と思想の特質については、安田敏朗の先駆的研究書『国文学の時空――久松潜一と日本文化論』（三元社、平一四・四）を筆頭にこれまで幾人かの研究者が論じている[13]が、上記の事柄に着目した論考は未だ存在しない。最終章となる本章では、問題の系譜を、対米開戦が「絶対確実な既定の事実」として閉塞した現状を打開し得る唯一の可能性であるかのごとく受け止められていた昭和一六（一九四二）年当時の日本社会にあって緊張・高揚した精神状態のなかからおのずと流露した久松の偽らざる本心と措定[14]し、そこから沼波と三井の両名が彼の学問・思想形成に各々どのようなかたちで影響を及ぼしていたのかを考察する。

二　久松潜一と沼波瓊音

まず沼波瓊音であるが、久松潜一との直接的な接点は大正中・後期に遡る。元々彼らは同郷（旧尾張藩領）であり、ともに愛知一中（愛知県尋常中学校／愛知県立第一中学校）の卒業生でもあった。また久松は、沼波の実弟でやはり国文学者の守（一八九三―一九七〇）とは大学同期の朋友で、そうした関係から兄である瓊音とも早くから交流はあったという[15]。

大正八（一九一九）年七月に東京帝国大学文学部国文学科を卒業した久松は、大学院を経て、大正一一（一九二二）年四月に同帝大文学部の講師となり、大正一三（一九二四）年九月には助教授に昇任している[16]。文字通りのエリート・コースである。一方、明治三四（一九〇一）年七月に東京帝国大学文科大学国文学科を卒業した沼波は、中学校教師や新聞記者などさまざまな職を経たのち大正一〇（一九二一）年四月に帝大文学部と第一高等学校の講師となり官学アカデミズムの圏域に復帰している[17]。久松と沼波は、後者が大正一五（一九二六）年三月に講師を辞任するまでのおよそ四年間、同じ帝大の「放談快笑式、愉快なクラブ式の国文学研究室」[18]に近しく席を並べていたのである。

とはいえ、彼らの国文学研究・講義のスタイルは対照的で、久松のそれが、芳賀矢一や上田萬年（一八六七―一九三七）に倣ってどこまでも「生真面目一方」に文献学の手続き（資料の蒐集・考証）をふみ「具体的、実証的であつてしかも全体的の体系や組織を考へ」てまとめていくという堅実なもの[19]であったのに対し、元から性格的に「分析の大嫌い」[20]な沼波のそれは、もっぱら自身の感性と「直覚力」[21]に頼って論を進めていくという型破りなものであった。

それればかりではない。沼波は、大正期に入っていささか「保守停滞」[22]の気味であった帝大国文に外部から極端なナショナリズムの種子も持ち込んで来ていた。第一章第二節でみたように、大正中期（第一次世界大戦終結前後）における国内思潮の大規模な変動の只中で急激に右傾した沼波は、北一輝（本名輝次郎、一八八三―一九三七）、大川周明（一八八六―一九五七）、満川亀太郎（一八八八―一九三六）らの「猶存社《ゆうぞんしゃ》」に加わり、その意識を日ましに先鋭化させていた。

大正一三（一九二四）年には、関東大震災（大一二・九・一）や虎ノ門・摂政宮裕仁皇太子狙撃事件（大一二・一二・二七）等によって荒廃・弛緩した人心を立て直し日本人としてより強い自覚と団結を促すべく、「日本精神の闡明、新国学の建設」[23]に率先取り組むことを宣言する。しかして翌年四月からは、国文学研究室の主任教授で大学同期の友人でもあった藤村作のはからいで、それまでの「俳諧史」に加えて「日本精神ト国文学」と題する無単位の自由講義を一年間にわたって開講[24]する。その内容は、「国家は、完成した社会なりと云はれてゐる。国家といふ社会には一の社会精神あり。これを国家精神或は国家心と云ふべし。――わが日本精神と云ふもこれなり」[25]との定義に則って、上古から明治に至るまで各時代固有の文学表象のなかに普遍的な「日本精神」をよみ取っていかんとするものであった。

こうした「右」の熱量あふれる沼波の学内での数々の言動[26]は、愛知県知多郡藤江村（現東浦町）の旧家に生まれ、伝統を尊び至誠を重んじる家風[27]のなかで育ち長じては真性の国文学エリートとして純粋培養された青年久松の意識にも、おのずと何らかの化学反応をもたらさずにはおかなかったであろう。

何より沼波が、この時期の著作や講義、談話のなかで、「まことの外に俳諧なし」[28]といい切った江戸中期の俳諧師・上島鬼貫（一六六一―一七三八）の文学・人生態度を繰り返し「推重」[29]したことは大きかった。

芸術と道徳と、その流れ出るもとの泉は、一つで無くてはならぬ。〔……〕一つの泉から出る芸術と道徳とは正しい。その一つの泉が鬼貫の所謂「まこと」である。道徳は千古一貫のもので、旧道徳とか新道徳とか云ふものは無い。そんな名を附けねばならぬものは道徳では無い。〔……〕たゞ其の時、其の事に就ての「まこと」を行ふ、それが日常の道徳である。たゞ其時其事にあたつて「まこと」を歌ふ、それが俳諧である。[30]

かかる沼波の論は、おりしも大正一三（一九二四）年頃から、

流動もしくは展開といふ言葉は、今の私どもにとつて極めて意味深くまた力強く響く言葉である。流動し展開する事が生命それ自身を現して居る様に思はれる。〔……〕この展開のあとを真につかまうとする時、文学研究も単なる外形的研究では満足されなくなる。文学の展開はその内面性である人性の展開を跡づけることによつて理解せられるからである。その意味に於いて初めて生命の文学が作られ、真の意味の文学史が構成せられるであらう。[31]

と述べ、従来の「外形的研究」を超えた「生命の文学」研究、すなわち、文学そのものをうみ出す人間の内面性・精神性の力動的展開をえがく「真の意味の文学史」を構想していた久松に、少なからぬ示唆を与えたと推察される。

沼波が強調した鬼貫の「まこと」について、久松は、論文「国文学を流れる三の精神」（『観想』大一五・一〇）のなかで初めて具体的に論及し、その意義を敷衍している。該論文は、久松がそれ以前にものした厳密な時代区分やテクストクリティークに裏付けられた諸論著[32]とは趣が異なり、彼自身の国文学全体に関する直観的・総合的洞察がストレートにあらわれているという点で特徴的である。

万葉集に見える個人的精神は、前の神や国家を中心にした古事記に見える国家的精神とともに上古文学精神の重要なる二の内容となつて居るが、何れも素樸な真実なまことの精神が中心となつて居ると思ふ。〔……〕この精神はまた俳諧に於ける鬼貫の立場にも現れて居る。〔……〕それはけがれなき、道徳をも超越した精神であるが故に、真の意味の道徳的精神と一致すると思ふ。〔……〕それは文化の展開、文学の発達の窮極ではないにしても、文学や文化の展開に於ける最初の厳粛なる第一歩である。このまことの精神が常に力強い雄々しいますらをぶりの精神となつて国文学の流れの中に持続的に流れて居ると思ふのである。〔……〕まこととものゝあはれと幽玄とは一見異なつた理念のやうで而も本質的な相違ではなく、展開のそれ〴〵の過程であると思はれる。〔……〕而して是等の展開流動する精神を統一したもの、そこに国文学の本質を見出されはしないかと思ふ。〔……〕而してこの精神が原始時代から絶えず流れて来たやうに思はれる。まことからもののあはれとなり、幽玄となる、而してその窮極した境地が陳套に陥つてくる時、またまことの精神がよみがへつて新生となり、更に持続的に展開するのである。〔33〕

久松に先立ち、和辻哲郎（一八八九―一九六〇）は、論文『「もののあはれ」について』（『思想』大一一・九）を発表し、本居宣長が「文学の本意《ほい》〔本質〕」として強調した平安朝の「物の哀《もののあはれ》」すなわち「永遠の根源への思慕」〔34〕について考察している。それに対し久松は、宣長の説く「もののあはれ」や契沖の着目した「なさけ」など「はかなくやさしき感情」の理念的重要性は認めつつ〔35〕も、日本の「文学や文化の展開」を一つの生命現象として有機的にとらえる上では、現実に「行為の世界へと展開してゆ」〔36〕く能動性を内在させた「まこと」こそ本質とみるに相応しいと判断した。もとよりその根拠は鬼貫―沼波の論だけではあるまい。鬼貫とほぼ同時代でやはり文学における「真《まこと》」を尊んだ荷田春満の言説〔37〕なども念頭に置いた上でのことであろう。往時久松に親しく指導を受けた者は次のように述べている。

事象を見るに一元的綜合的であり、行動において遠慮もはにかみもなく考えたままに純一に進む、表現においても既得の観念にとらわれずに直観的具象的にこれをあらわす、そうした精神の在り方を「まこと」として尊重せられた。日本精神の形式における最も根柢的なものとして「まこと」が第一にあげられたのであり、「もののあはれ」もこの「まこと」の情趣化せられた

> ものとして把握される。こうした「まこと」の規定は、先生〔久松〕の人生においてもひとつの指標とされたものであったに違いない。〔38〕

久松のいう「まこと」、それは孔孟の学における「誠《マコト》（至誠）」――「誠ハ天ノ道也。之ヲ誠ニスルハ人ノ道也。〔……〕之ヲ誠ニスルハ善ヲ択ビテ固ク之ヲ執ル者也」〔39〕――とも異なる日本固有の精神価値、一般的（儒家的）な「道徳」の範疇を「超越」した「真の意味の道徳的精神」として定立されるものであった〔40〕。そしてかような国学的見識を基軸にすえ、久松は以降、みずからのライフワークとなる「真の意味の文学史」を「日本文学評論史」の名のもとにまとめていく〔41〕のである。

因みに、久松の論文「国文学を流れる三の精神」から時をおかずして、国史学者の平泉澄（一八九五―一九八四）も論文「国史学の骨髄」（『史学雑誌』昭二・八）を執筆し、そのなかで、いかに「厳かなる科学的歴史の仮面を被」っていようと「復活せざる屍骸を羅列」し「精神的連鎖」を欠如した研究方法は無意義であると断じ、特定の時代区分に従って考証を積み重ねるだけでなく「日本精神の深遠なる相嗣、無窮の開展」を現在から統一的に回顧する必要性を力説している〔42〕。久松と平泉、東京帝大文学部の若手教官として以外に両者に直接的な関係性は認められないが、近世の「国学」より分科した近代の「国文学」と「国史学」から、ほぼ同時期に同質の主張があらわれた事実は興味深い。

三　国文学から国学への志向

昭和二（一九二七）年七月一九日、未だ途半ばの「日本精神の闡明、新国学の建設」におもいを残して、沼波瓊音は満四十九歳で病没した。あたかもそれを受けたかのように、久松潜一は「国家的精神の考察」なる論文を草し（八月中脱稿）、沼波追悼特集の組まれた『国語と国文学 日本精神研究 十月特別号』に発表した。その結びは、彼の学問における事実上の沼波―「新国学」継承宣言とよめるものであった。

日本を知らうとする精神、日本を愛するが故に、日本を知らうとする精神は、確乎として存在すべきである。この精神によつて統一される所、如何に対象は複雑になり、学的研究の方面は分化されても、そこに国学は存在する筈である。近世の国学はこの国家を中心とする精神を中心に有して居つた故に、常に熱と力とを有して居つたのである。その意味に於て今日行はれるべき日本研究、新しき国学も近世の国学の基礎の上に立ち、その精神を十分理解した上でなされるべきであると思ふのである。[43]

これ以降、久松の学的営為は、従来通りの実証的な国文学研究を継続しつつも、徐々に国文学から新たな国学、「新国学」[44]の創造へと軸足を移し始める。

昭和七（一九三二）年八月には、「我ガ国現下ノ思想問題ノ情勢ニ鑑ミ［……］我ガ国独自ノ国体観念、国民理想ニ関スル学理的研究ヲナシ又外来思想特ニマルキシズムノ批判的研究ヲ行ヒ併セテ其ノ成果ヲ種々ノ方法ニ依リテ広ク国民ノ間ニ徹底セシムル」[45]ことなどを目的に新設された「国民精神文化研究所」の兼任所員となり、国民教化というより実践的な地平から「国文学／新国学」の学知を「国家ノ須用」（「帝国大学令」明一九・三・二公布、第一条）に活かすべく、更なる言説研磨をはかっていく。

昭和一一（一九三六）年中には、明治期以来の「国体論」に「日本国家の名におい」て「はじめて一種の結論を与えた」というべき有名な『国体の本義』（文部省、昭一二・三）の執筆・編纂に携わったとされる[46]。

また昭和一〇（一九三五）年一月には『上代民族文学とその学史』（大明堂書店、昭九・七）が、同一二（一九三七）年六月には『万葉集に現れたる日本精神』（至文堂、昭一二・一）が「思想問題に関し穏健中正なる思想の涵養上、又は学生生徒の指導訓育上参考となるべき良書」[47]として文部省教学局の選奨（推薦・紹介・選定）を受けている。

これらの過程で、前述の「まこと」――「真の意味の道徳的精神」もまた、

たゞ写実的にものを見、表現する意味のみでなく、広い意味の道徳性を含んで居るやうに思はれる。真実といふことはたゞあるがままといふことではなく、正しいといふ意味を含んでくる。正しいといふことは結局事実そのまゝといふことであるが、それが自ら善といふことと一致してくるのである。[48]

あるいは、

> かくて真善美一致の「まこと」の精神と、敬神忠君愛国の完全なる一致、忠孝一本の精神とが更に完全に統一されて居る所に日本民族精神が存するのである。［……］さうして日本民族の芸術観は常に事実の美化、真実化であり、現実の理想化であるのであり、そこに国文学は民族の理想の表現といふことになるのである。［49］

等々と、思想的に吟味し直されていった。いわく、国文学とは畢竟、「真」「善」「美」という本来的な徳目と「敬神」「忠君」「愛国」という規範的な徳目を包摂する統合理念としての「まこと／日本精神」を以て「現実」を「事実そのまゝ」に正しく「美化、真実化」する高次の営為、すなわち「民族の理想の表現」に他ならないのだ、と［50］。

あたかも、満洲事変の勃発（昭六・九・一八）を機に次々と勢いなりゆく現実——満洲国建国（昭七・三・一）、国際連盟脱退表明（昭八・三・二七）、日中戦争／支那事変の勃発（昭一二・七・七）とその拡大長期化、対米英《アングロ・サクソン》関係の急速な悪化、等々——を事実そのままに、格調高く肯定してくれる〝語り〟を渇望していた帝国日本。表面上はかろうじて「安定と均衡」を保ちながら底流には常に「おびただしい不安の予想をひそめ」［51］ていた、そのような国家の心理的状況のなかで、迷わず、

> 日本文学研究の重要なる目的は日本精神・民族的精神を明らかにすることであると思つて居る。

［……］文学的形象に即して日本精神を理解することを私は求める。[52]

といい、

万葉集の日本精神は決して過去の事実ではなく、不断に無限に発展して行く国家の大理想を現してゐる。かくして万葉集に於ける日本精神を顧みることは、現在の日本人の何れにも存する日本精神・大和魂即ち日本人の永遠にふんでゆくべき道を反省して見ることである。[53]

と力強く断じた久松の「新国学」言説が「歴史的現実に処し、歴史的現実を指導すべき学」[54]の一つとしてどれほどに期待されたかは、想像に難くない。実質それが、丸山眞男（一九一四―一九九六）のいう既成事実への屈服――「既に現実が形成せられたということがそれを結局において是認する根拠となる」[55]――の一形態に過ぎなかったのだとしても。

四　久松潜一と三井甲之

次に三井甲之であるが、久松潜一は、中学校時代（明四一・四～大二・三）を回想した文章のなかで、芳賀矢一先生が国民性十論をまとめられたのは、博士が西欧から帰朝されてからであり、書物となつたのは明治四十年であつて、〔……〕また『アカネ』や『人生表現〔ママ〕』に於て三井氏等が日本臣道の道をとかれ、岩野泡鳴〔本名美衛、一八七三―一九二〇〕が日本主義を主張したのもこの前後に当るのである。この時代のことについてはなほよく調べて見たく思ふのであるが、日本主義や日本的自覚が力強く起つて来た時である。〔56〕

と述べており、帝大国文出身の「変り種」〔57〕といわれた三井の言動にはかなり早い時期から注目していた〔58〕と思われる。

前章でみたように、明治四〇（一九〇七）年七月に東京帝国大学文科大学文学科（国文学専修）を卒業した三井は、以降はもっぱら野に在って著述に専念し、正岡子規（本名常規、一八六七―一九〇二）の「写生」論やドイツの心理学者・ヴント（Wilhelm Wundt, 1832-1920）の「直接経験」の心理学、それに浄土真宗の宗祖・親鸞（善信、一一七三―一二六三）の「自然法爾《じねんほうに》」の教説等をミックスさせた、独特の文芸観やナショナリズムを社会一般に向けて精力的に発信し続けた。

彼の学問と思想は最終的に「しきしまのみち（ことのはのみち）」として大正後期に体系化される。その内容は、「すなほなるをさな心をいつとなく忘れはつるが惜しくもあるかな」（明三八）とうたに詠んだ明治天皇（睦仁、一八五二―一九一二）の心意を体し、一切の概念的思惟を排して眼前の事象を「すなほ」に「あるがまま」に受け容れ、現実のおのずからなる「開展」に進んで「随順」「没入」する、そのような日本人として本来在るべき人生態度への回帰を説く、まさしき「歌学」であり「国学」であった。

現実を人為的に変改せむとせぬのである、理想境、または現世と正反対の世界と生活とを現ぜしめむとするのではない、現実のまゝに随順し、歓喜と悲哀と、希望と絶望と、恩愛と憎悪とそれらに没入しつゝそれらを内に調和せしめ綜合せしめむとする信心によつて、こゝに不可思議の境に無極の生を創造せむとするのである。〔59〕

「すなほなるをさな心」の「信心」。そこに開かれて来る「不可思議の境」界こそ「われらのはかなき現実生活」をして「悠久生命につながらしめ」〔60〕る国土大地、すなわち「全体国家生命」〔61〕としての日本である。

われら日本国民にとつては『日本』は『世界』であり『人生』である。『日本』はわれらの内心にいくるところの『宇宙』であり『永久生命』であり『信順意志』である。そは祖国日本を防護せむとする実行意志であり、『日本は滅びず』と信ずる一向専念の信仰である。〔62〕

こうした文学者というよりむしろ託宣者じみた三井の言説を久松がどこまで味得していたかは不明だが、少なくとも、次のような自身の目指す学問―「新国学」の目的と方法論に三井のそれが合致することは、はっきりと認識していたに違いない。

> 国学は国家的精神を中心としてその理解と闡明とを目的とする学問であり、それは古代人によつて知られた日本、即ち古事記によつて表現されたものを、近世に於て再現しようとするものである。［……］かくて小供のやうな自然人のありのまゝの行動の中に、あるべきすがたあるべき日本の姿を見出さうとするのが、国学の理想であつたのである。［……］単なる概念や論理の遊戯をすてゝ言語や文献そのものを中心としてその中にのみ、あるがまゝのものを見ようとする精神は、また最も尊重せらるべき方法論である。［63］

さて、片や東京帝国大学文学部の専任教員として片や在野の一歌人・評論家として異なる知的環境を生きていた三井と久松、両者の思惑が具体的に交錯するのは昭和一〇年代になってからである。祖国日本の現状を「自然」に「あるがまま」に受け容れず民主《デモクラシー》・民本主義（個人意志の総和）やマルクス・共産主義（階級闘争、暴力革命）など賢しらな偏知を以て国家を「人為的に変改せむ」と企図する者たちをかねて敵視していた超保守主義者《ウルトラ・コンサバティスト》・三井は、「現日本東京の官公私立法文科大学」［64］就中それらの中枢に位地する東京帝国大学法科大学（法学部およびその分流である経済学部）こそが「学問研究の自由」を隠れ蓑にそうした諸々の外来危険思想の総卸元兼培養器になっていると確信し、大正末年から蓑田胸喜（一八九四―一九四六）ら「原理日本社」（大一四・一一創立）の同志たちと相携えて苛烈な学者批判［65］を開始していた。

彼らの言論活動は年を追うごとにエスカレートしていき、昭和一〇（一九三五）年には貴族院議員の菊池武夫（一八七五―一九五五）ら政界の一部右派勢力と協調して国体明徴運動を社会的に盛り上げ、当時憲法学の最高権威にして国家を事実上の法人とみなす「天皇機関説」の確立者でもあった東京帝大名誉教授・貴族院議員の美濃部達吉（一八七三―一九四八）を議員辞職（九・一八）に追い込むことに成功する[66]。昭和一三（一九三八）年には文部大臣（第一次近衛文麿内閣）の荒木貞夫（一八七七―一九六六）の後押しを受けて前出菊池らと「帝大粛正期成同盟」を組織（九・四）し、自治の慣行に基づいた従来の人事原則を改め総長以下全大学官吏を「天皇の任免大権」において国家権力の厳重な監督下に置かしむべく各方面に働きかけを行う。更に昭和一四（一九三九）年には、かねて実証性を欠いた国体論や国学的言説の横行に対し「説くものみづからが現代に対して要求するところを古典の上に反映せしめたもの」[67]と懐疑的な論調で知られた東京帝大法学部講師の津田左右吉（一八七三―一九六二）を、「神代上代の史実を根本的全体的に否認」する「大逆思想」の持ち主と徹底的に糾弾して司法部を動かし、津田の著作出版を請け負った岩波書店店主の岩波茂雄（一八八一―一九四六）ともども翌年の発禁処分と起訴（出版法違反）に至らしめている[68]。

三井を導師、蓑田を前衛とする原理日本社の攻撃対象は、美濃部達吉、田中耕太郎（一八九〇―一九七四）、末弘厳太郎（一八八八―一九五一）、横田喜三郎（一八九六―一九九三）、蠟山政道（一八九五―一九八〇）、河合栄治郎（一八九一―一九四四）、矢内原忠雄（一八九三―一九六一）、津田左右吉など、その多くが東京帝国大学法学部・経済学部の関係者であったが、時にその舌鋒は他の学部、学科にも容赦なく向けられた。例えば、

藤村［作］博士、久松［潜一］博士等がこんな赤化論文［近藤忠義「国文学月評」（『国文学 解釈と鑑

賞』昭一一・六）を指す」を国文学界の権威的態度を表示する、雑誌に掲載して、これを『新しい』とでも思つてをるならば大まちがひである。〔69〕

あるいは、

東京帝大文学部の国文学科は同国史学科とゝもに、日本精神、日本国体の問題が最近非常時局に際して全国民的関心を喚起しつゝあるにかゝはらず、また反国体非日本思想としてのデモクラシイ『民政』主義、マルクス共産主義が東京帝大法学経済学部に志願代理者を見出して外敵に内応し世界革命陰謀赤化の猛火に油を注ぐ侵襲に対しても、国文国史科の教授等はその尽すべき任務を尽したとは認められなかつたのである。〔70〕

といったように。久松潜一はといえば、時折自分の方に飛んで来る火の粉には辟易しつつも、一方では、同じ東京帝大国文・芳賀矢一門下である三井が、帝国大学創立（明一九・三）以来「法医工文…」として日本の学問ヒエラルヒーの頂点に君臨し続けて来た法学部（旧法科大学）の教授たちを連日正面切って論難しその勢威をおびやかしていたことに、内心大いに同調するところがあったのではないか。やり方はともかく、結果としてそれが亡き師の意思にかない、明治期以来の国家・社会一般における法科偏重の風をただし〔71〕、わが「国文学／新国学」の真価をあまねく周知させることにつながれば好都合である、と。確証はないがそのように考えたとすれば、当時アカデミズムの著名な学者たちの多くが三井らを「狂犬」[72]の一派とみなしてすべからく無視したのに対し、ひとり国文学者の久松だけは、本章冒頭でみたように三井の存在を積極的に肯定したことも頷けよう。

しかるに帝大粛正運動は、昭和一六（一九四一）年頃から終息に向かう。矢内原忠雄や河合栄治郎など良心的な自由主義《リベラル》色の強い教員が去ってのち、東京帝国大学は、総長・平賀譲（一八七八—一九四三）のもとで学内体制の刷新（一元的統制）をはかり[73]、学外世論もまた転変急を告げる時局を前に「大学問題どころではな」く徐々に「大学論議は下り坂」[74]になっていった。「左」を一掃し国内の思想統制をほぼ完了した国家権力サイドにとって原理日本社の利用価値はもはやなく、「右」の恣な言論を警戒する政府当局は逆に彼らの動向に目を光らせるようになる[75]。想定外の状況に勢いもトーンダウンしていくなか、それでも三井、蓑田らは「民間思想検察官」[76]として自分たちに課した責務、官学アカデミズム批判をあくまで完徹しようとする。既に沈黙させた東京帝大の法学部・経済学部に代えて新たな標的に定めたのは文学部、それも「最近新国学論が喧伝されて以来」というもの「稀に見る活気を呈してゐ」[77]る国文学科の、三井に好意的な教授その人であった。

昭和一七（一九四二）年に入って、原理日本社は突如として久松潜一に対する集中砲火を開始する。

> 久松潜一博士の「大君のへにこそ死なめ」〔朝日新聞社編・発行『宣戦大詔謹解』昭一七・三所収〕は同氏の文章としては情意のこもつたまた整頓したものである。けれども通俗的誤謬は踏襲せられてをる。即ち、「皇軍の赫々たる戦果はひとへに御稜威《みいつ》による所であるとともに、一億のみ民の一死報国の精神の発露をも見るのである」これである。御稜威は臣民の一死報国の精神と

行動とを不断に摂取せさせ給ふのである。御稜威と臣民の奉公と別途に分立して作用する如く思想するのは誤である。御稜威と申上ぐる時は、それは常に臣民の忠義奉公の実践行為を総摂せさせ給ふのであつて、君民一体の本義を忘れてはならぬのである。トトモニといふ通俗思想法を矯正するのが帝大国文科主任教授の任務たるべきである。また、「大東亜の永遠の平和を確立する窮極の目的を貫徹することに渾身の力を傾けねばならない。」といふのも澤瀉《おもだか》〔久孝、一八九〇—一九六八〕博士とゝもに通俗的誤謬に陥つたのである。反復していふが、大東亜永遠の平和確立といふことは臣民個体の行為目的ではなく、此の神聖目的無窮意志に奉仕するが臣民の心がけであらねばならぬ。〔78〕

三井はこのように述べ、得たりや応とばかりに久松の思想的問題点を剔抉した。「大君のへにこそ死なめ」〔79〕という、その姿勢やよし。しかしながら久松の意識の根底には、今次大戦における緒戦の勝利の要因を天皇の威光（御稜威《みいつ》）と国民一人一人の犠牲的精神（一死報国）の二つに「分立」させていることからも伺えるように、未だ「君民一体の本義」——日本は天皇《カミ》を生成の中核に頂く「国家無窮生命」であり、国民一人一人はどこまでも「部分」として「全体」の意志と活動に連なること〔80〕——に徹しきれていない近代個人主義・合理主義的な思考が残留している。「臣民の有限個体生命は承詔必謹この大御心に翼賛しまつるのみ」であって「臣民個体として永遠の平和を云為する」など実に「僭濫慢心」の沙汰〔81〕である、と。

更に、三井の意を汲んだ他の同人も、

> 近世に於ける古へ学び〔国学〕、史的研究は現実の生活に対しての指導原理とならなければならぬ。即ち現在の生活から遊離する観念論ではなく、直接に私達の情意の拠り所となるものでなければならぬ。〔……〕世俗一般に対して無気力に妥協される国学論に威力を感ずる事は出来ぬ。論述に言霊あらしむべきは論述者自らの信念でなければならぬ。而して、その信念は研究室的または文献的推論より生れず、現実の人生を究尽する所より生れるものである。〔……〕信より発する「新国学」それを今私は〔久松〕博士に望むのみである。

と述べ、久松の学問研究には畢竟自己の人生、宗教体験（回心）に立脚した確固たる「信念」―「生命の充実緊張」が欠けており、それ故に「時空を貫き流れる古典の精神と中今の現実の探究とに関しては、残念ながら無力であ」ると論断した[82]。「中今」とは、先章第三節二項でみたように昭和初期に三井によって「文武天皇即位の詔（宣命）」から抽出された思想で、今現在この一瞬一瞬を天地《あめつち》の初発《はじめ》より途切れることなき「盛りなる真中の世」[83]と絶対的に肯定する、原理日本社の基本的な時間認識である。国家の現状《いま》にとことん没入しのめり込むその本気度が足りないために、久松の「新国学」はどこかまだ他人事のようで、幕末期の国学が「維新志士の現実活動に密着するに至つた情意的要素を暗示」[84]したごとく、実質人を動かすものたり得ていないというのである。

> デモクラ・マルクス主義の侵襲にも米英唯物功利逸楽主義の流行にも、それは『専門』外の現象であるといふ風に無関心無批判で〔……〕何時になつても本居宣長の研究から一歩も出ずに

モノノアハレ論などを踏襲して、このごろやうやく御稜威《みいつ》が国体が云々といつてをりましても、それは歴代 天皇の叡慮を悩まさせ給ひし内外の国難、また祖国自立防護、国体明徴の『戦』のために戦ひたふれました人々の上をあはれませ給ひし大御心をしぬびまつらねばならぬのでありまして、今日は結構の天気で、風も無くあたゝかで、といふやうの態度では困つたものであります。〔85〕

つい数ヶ月前に「日本的学問の系譜」〔86〕に連なる先達として敬意を表した相手からの思いもよらぬ異端審問を、久松はどの程度真剣に受け止めたであろうか。明確にいえるのは、彼の「新国学」言説がこののち暗転した戦局の推移につれてますます学術的合理性・客観性を捨象していき、

皇国の今日を真によく生きることが皇国の歴史を生成発展せしめることになり、学問もこゝに生きるのである。近世の国学を今日に思ふのは、近世の国学者が学問を以て皇国の道に参じ、皇国の歴史をして真に生成せしめることに渾身の力を傾けたことにある。それは国学に於てのみならず水戸学に於ても同様であり、いはゞ日本の学問の伝統がそこにあつた。〔……〕今は明治維新にもまさる偉大なる皇国の歴史の生成発展の時である。皇国世界史建設の時である。この歴史建設に参ずることの出来る光栄を私どもはお互に心から感じて居る。〔87〕

あるいは、

今に目をそむけ、もしくは現実を回避した間から真に永遠に参ずる学問は生れない。今と真剣にとりくみ、その間から真に生れ出る国文学であつてそこに永遠性を得るであらう。［……］今日はまことに皇国の歴史にとつて重大なる時である。真に皇国の興廃の岐路に立つて居る。今日に於て真に皇国の精神に生き、「大君のへにこそ死なめ」の心を以て米英を撃滅し、大東亜戦争に勝ちぬくことによつてのみ皇国の永遠の歴史を生成せしめることが出来るのである。その事によつて学問としての国文学もその本来の生命を発揚し永遠に参ずることが出来る。国破れて国文学はない。いはんや国学は存しない。国家の永遠と生命を一にする学問こそ国学である。さうして私どもの考へる国文学も国家の歴史の永遠と一体になつて居る。［……］今を生きぬくことは永遠の歴史を生成せしめる今を真に生きぬくことである。この重大なる皇国の歴史の今を真に生きぬくことに外ならない。国文学徒の皇国の永遠の歴史に参ずる所以もまたそこにある。[88]

等々、全ての国文学徒に対して「生成発展」する「国家」との「生命」の「一体」化を促し「皇国の今日／国家の永遠」すなわち「中今」に盲目的に「参ずる」ことを説く、まさに三井らが期待した通りのものに変容していったという事実である。

五　戦後の久松潜一

昭和二〇（一九四五）年九月二日、先にポツダム宣言受諾を表明した大日本帝国は正式に降伏文書に調印する。

かねて「国破れて国文学はない。いはんや国学は存しない」[89]と公に言明していた久松潜一であったが、終戦／敗戦後は「平和の中に、文化日本を建設することは国文学徒にも課せられた責務である」と新たな名分を掲げ、「生々してやまない日本人の『まこと』の精神」とは本来的に調和を重んじる「和の精神」であると論じる[90]など、かつての「新国学」言説の枠組を解体し穏健な文脈に変換し直すことで「国文学」という種の自己保存をはかった。

戦時に於て国学が学問の限界を超えて逸脱していつた点もあることをも認めざるを得ない。〔……〕それが国学の本道であると考へられたのは余りに行過ぎの傾向であり、私どもの考へる国学とも相反するものであつた。それは今後に於て反省せらるべき点である。[91]

しかるのち、「柳田［國男、一八七五―一九六二］氏等の学問が民俗学であるとともに新国学である」と宣言して「新国学」の名跡を柳田らの民俗学にきっぱりと譲った久松[92]は、沼波瓊音と三井甲之についても文学史（短歌史、俳句史、評論史）の片隅に整理し直し、個人的には路傍の石に等しい扱いを決め込んでいく[93]。あたかも自分自身の学問と思想にとって、最初から何の関連性もなかったかのように。それはまた、戦前における諸々の国家的葛藤の「記憶を消し去」り、正負の遺産を「忘却してゆく戦後イデオロギー」[94]との明らかな相似形を為すものであった。

かかる在りようを「東に行けといへば東に行き、西に行けといへば西に行」く御用学者の「哀れさ」[95]とみるか、あるいはみずからの毀誉褒貶は顧みず学界の将来に禍根を残すまいとする「責任感」[96]のあらわれとみるかは見解の分かれるところであろうが、戦略として適切であったことは確かなようである。

> 戦後に訪れた国文学内部における虚脱や無力感、他方外部からの国文学に対するいわれなき侮蔑や軽視に対して、先生〔久松〕が国文学再建のために学界を主導され、今日の国文学の隆盛をもたらす上に果された功績に至っては到底筆舌に尽し難いものがある。国文学が戦後の混乱や分裂を克服して、一科の学としての統一を実現し、立派に立直ることができたのは、ひとえに先生の力によるところが大きいのである。[97]

じじつ、「国家ノ須用ニ応スル学術技芸」の意匠を徹底的にそぎ落とした新生国文学は、新制東京大学（昭二四・五発足）教授として斯界最高権威の座に依然とどまった久松[98]を先頭に順調な再出発を遂げる。以降は総じて、戦後社会における高等教育進学率の上昇と大学（文学部）・短期大学（文学科）の増設およびそれらに伴う国文学（日本文学）専攻者人口の増加というまさしき天恵のもと、途次大学紛争／闘争のなかから発せられた異議申し立て《コンテスタシオン》[99]にもさほど動じることなく、長らく牧歌的な日々を謳歌することになる。「研究者は学会と文学部に向けて言葉を発していればよ」〔100〕く、「いったい何の社会的な目的性や意味性があってそうした研究がおこなわれなければならないのか、よくわからない」ままに「毎年のようにミクロ化された専門的な論文が大量生産さ」〔101〕れ続けるという、内に閉じた繁栄を。

少なくとも、国家・社会の須用たらざる学問としてその存在意義が改めて外在的に問われ始めた二十一世紀の今日的状況〔102〕に至るまでは。

注

1　久松潜一「日本学問の伝統と国学」（『文芸世紀』昭一六・一二）三頁。『文芸世紀』は「日本浪曼派」の同人であった中河與一（一八九七―一九九四）の主宰した月刊誌（昭一四・八創刊）である。誌面は必ずしも文芸一辺倒でなく、文学や歴史、内外情勢に関する論説や時評など毎号多岐にわたっており、準戦時・戦時下の「思想界に特異の存在を示した」といわれる。三島由紀夫（本名平岡公威、一九二五―一九七〇）の初期の短編小説「中世」が掲載されたのは、末期の同誌（昭二〇・二、昭二一・一）であった。久松の寄稿は、もとより雑誌の「格付け」という点からも大いに歓迎されたことであろう。平野謙『昭和文学史』（筑摩書房、昭三八・一二）七八頁。笹淵友一編著『中河與一研究』（右文書院、昭四五・五）一五三～一六二、四六〇～四七九頁。なお、よほどこだわりがあったのだろうか、久松は翌年、同じ論文を別の学術誌（『二松論纂』昭一七・一一）に転載している。

2　久松潜一「国文学に於ける国学への志向――国文学の動向」（『国民精神文化』昭一三・三）二三頁。

3　久松潜一「国学・文芸学・日本学」（『理想』昭一三・九）：『国学――その成立と国文学との関係』（至文堂、昭一六・三）二六六頁。

4　久松潜一「国学の精神」（藤村作編『日本文学連講 近世上』中興館、昭三・四）二七頁。

5　久松前掲「日本学問の伝統と国学」四～七頁。

6　牟禮仁「皇学四大人から国学四大人へ」（『皇學館大学神道研究所紀要』平一五・三）一二六、一二七頁。

7　山本正秀「明治の新国学運動――落合直文を中心として」（『国語文化』昭一七・三）一五一頁。

8　芳賀矢一『国学史概論』（国語伝習所、明三三・一一）：『明治文学全集 四四／芳賀矢一他集』（筑摩書房、昭四三・一二）二二五、二二六頁。

9　垣内松三「国民言語文化の統一性」（文部省教学局編・発行『日本諸学研究報告　第三篇（国語国文学）』昭一三・三）七三頁。

10 久松前掲「国文学に於ける国学への志向」二五頁。

11 矢部貞治「昭一三・二・七付／日記」:『矢部貞治日記　銀杏の巻』（読売新聞社、昭四九・五）七九頁。

12 高木市之助『国文学五十年』（岩波書店、昭四二・一）六七頁。もとよりいかに戦前とて、久松潜一ひとりの言説を以て、ただちに国文学界全体のベクトルが決定付けられるとは筆者も考えない。昭和初期の官学アカデミズムにおいては、東京帝国大学以外にも京都帝大の文学部、東北、九州、京城各帝大の法文学部、台北帝大の文政学部に国文学の専門研究室・講座が存在し、それぞれ一定の自立性のもとに研究・教育が実施されていた。石川巧『「国語」入試の近現代史』（講談社、平二〇・一）七五～七七頁。また東北帝国大学教授の岡崎義恵（一八九二—一九八二）らの日本文芸学派や、藤村作の女婿で法政大学教授の近藤忠義（一九〇一—一九七六）ら左派系の歴史社会学派も学界にそれなりの勢威を有していたとされる。東京大学百年史編集委員会編『東京大学百年史 部局史一』（東京大学出版会、昭六一・三）文学部抜刷版三一一頁。衣笠正晃「一九三〇年代の国文学研究——いわゆる『文芸学論争』をめぐって」（『言語と文化』平一六・二）二二三、二二四頁。笹沼俊暁『「国文学」の思想——その繁栄と終焉』（学術出版会、平一八・二）一二九～一三三頁。とはいえ、あらゆる価値の度合いが「万世一系ノ天皇」（「大日本帝国憲法」明二二・二・一一公布、第一条）という「中心的実体からの距離」によって計測されることが自明であった帝国日本にあっては、東京帝大とその周縁から発信される学知が支配的影響力・拘束力をおのずからまとい付かせていたであろうことはやはり疑い得ないのである。丸山眞男「超国家主義の論理と心理」（『世界』昭二一・五）:『増補版 現代政治の思想と行動』（未来社、昭三九・五）二七頁。

13 笹沼俊暁「久松潜一と国文学研究——昭和戦前・戦中期における国学論と『鑑賞』論をめぐって」（『史境』平一四・九）、同前掲『「国文学」の思想』、衣笠正晃「国文学者・久松潜一の出発点をめぐって」（『言語と文化』平二〇・一）、同「国文学研究史と比較文学——久松潜一の場合を中心に」（『日本比較文学会東京支部研究報告』平二二・九）、高城円「『国体の本義』の思想と久松潜一——近代における『万葉集』享受の問題として」（『青山語文』平二七・三）等。

14 廣松渉『〈近代の超克〉論――昭和思想史への一視角』（講談社、平元・一一）一五八頁。因みに「感激の情せまつて言葉もないのであり、たゞ天皇陛下万歳と心のかぎり唱へ奉るのみである」とは、開戦直後の久松の所感である。久松潜一「大君のへにこそ死なめ」（朝日新聞社編・発行『宣戦大詔謹解』昭一七・三）七六、七七頁。

15 久松潜一「石村貞吉先生と私」（『年々去来 一国文学徒の思出』広済堂出版、昭四二・一〇）一五五、一五六頁。

16 大正一一（一九二二）年三月から大正一四（一九二五）年三月までは第一高等学校の教授を兼任している。久松の経歴と業績について、基本的な事項は、池田利夫編「久松潜一博士著述目録」（『国語と国文学 久松潜一博士追悼特集』昭五一・七）、福田秀一編「久松潜一博士年譜」（前同）等を参照した。

17 翌年三月には一高の教授に昇任している。

18 東大元級「東大国文科評判記」（『日本文学』昭六・一二）一二三頁。

19 新聞記事「大学教授室（二一）／東京帝国大学文学部（五）／国文学科」（『時事新報』昭六・一二・二三六面）。久松潜一「上田先生を悼みまつりて」（『恩頼抄　国文学襍記』湯川弘文社、昭一八・九）四三頁。

20 伊藤正雄「大学講師としての先生」（瑞穂会編・発行『噫 瓊音沼波武夫先生』昭三・二）二一八頁。

21 安倍能成「沼波さんの思出」（前掲『噫 瓊音沼波武夫先生』）一五八頁。

22 風巻景次郎「芳賀矢一と藤岡作太郎――黎明期の民族の発見」（『文学』昭三〇・一二）四四頁。

23 沼波武夫「大一三・六・一付／石邨貞吉宛書簡」：前掲『噫 瓊音沼波武夫先生』「序」二頁。

24 東京帝国大学『文学部学生便覧自大正十四年四月至大正十五年三月』（大一四・三）四〇、五六頁。

25 沼波瓊音「遺稿／講義ノート 国に就て」（『国語と国文学 日本精神研究 十月特別号』昭一一・一〇）一六頁。

26 朋友にして上司でもある藤村作に対しても、ともに「職を擲つ」て「国家精神の覚醒運動、新国学の樹立」

に「専心活動」しようと一時盛んに勧奨したという。藤村作「あゝ沼波君」（前掲『噫瓊音沼波武夫先生』）八八頁。

27 久松潜一『日本文学と文芸復興』（民生書院、昭二二・一〇）：『久松潜一著作集 別巻／国文学徒の思ひ出』（至文堂、昭四四・一二）一九二、一九三頁。

28 上島鬼貫『独言 上』：大野洒竹編『鬼貫全集』（春陽堂、明三一・五）一九六頁。

29 伊藤前掲「大学講師としての先生」二二五頁。

30 沼波瓊音「鬼貫の風韻」（『帝国文学』大六・一〇）五八、五九頁。各務虎雄「沼波先生を憶ふ」（前掲『噫瓊音沼波武夫先生』）二〇一頁、および生越富與「無題」（前同）二六三、二六四頁を参照。

31 久松潜一「元禄時代と文芸復興」（『国語と国文学』大一三・一〇）五五一、五五二頁。

32 例えば、「契沖の文学批評」（『国語と国文学』大一三・六）、前掲「元禄時代と文芸復興」、『万葉集の新研究』（至文堂、大一四・九）等。

33 久松潜一「国文学を流れる三の精神」（『観想』大一五・一〇）：『上代日本文学の研究』（至文堂、昭三・一二）一三、二〇〜二二、三八、三九頁。

34 和辻哲郎「『もののあはれ』について」（『思想』大一一・九）：『日本精神史研究』（岩波書店、大一五・一〇）二一七、二二七頁、ルビ引用者。

35 久松前掲「契沖の文学批評」一八八頁。和辻の前掲論文について、久松は「すぐれた研究」と評価し、その上でみずからも「もののあはれ」に関して「一言」述べている。すなわち「もののあはれ」とは「ものの中に見出したあはれであり、事象にふれておこる感動であ」って、「文学的美的な趣」「優美性」を重んじる平安期の「修辞学的標準」に即し「なまのまゝの感情」「力強い感情」すなわち「まこと」を、「抑制して調和を得た感情」として「よりよく表現」したものである、と。久松潜一「古代文学批評の完成――写実とものゝあはれと余情とに就いて」（『思想』昭四・五）三二、三三頁。なお、後に久松は和辻の『風土

――人間学的考察』（岩波書店、昭一〇・九）にも影響を受け、「風土性や歴史性は日本文学を形成せしめるものであるばかりでなく、『日本的なるもの』の一般的表現としての国民性や文化を生出す母体でもある」云々と自論に積極的に援用している。久松潜一『日本文化 第十二冊／我が風土・国民性と文学』（日本文化協会出版部、昭一三・五）三、六〇頁。長谷章久「文学風土研究」（前掲『国語と国文学 久松潜一博士追悼特集』）六一頁、および安田敏朗『国文学の時空――久松潜一と日本文化論』（三元社、平一四・四）一七六～一八一頁を参照。

36 久松前掲「元禄時代と文芸復興」五五二頁。

37 例えば、「をとこ女のなからひ何くれの物によせ心にもあらぬあだし言をいひいだせるは真《まこと》をのぶる歌の本意ならず」等。荷田春満『春葉集』「荷田信美序文」：久松前掲『国学』七三、七四、一五一頁、ルビ引用者。

38 稲岡耕二「久松先生と上代文学」（前掲『国語と国文学 久松潜一博士追悼特集』）三五、三六頁。

39 子思『中庸』「第十一章」：『大学・中庸』（金谷治訳注、岩波書店、平一五・七）二〇二頁、原漢文訓み下し。

40 この点は、篤胤の「御国ノ人ハソノ神国ナルヲ以テノ故ニ、自然ニシテ正シキ真《マコト》ノ心ヲ具ヘテ居ル、其ヲ古ヘヨリ大和心トモ大和魂トモ申シテアル」との言説もふまえていよう。平田篤胤『古道大意 上巻』：久松前掲『国学』一七六頁。

41 後に『岩波講座日本文学 第三／日本文学評論史――形態論の相互関係を中心として』（岩波書店、昭七・七）および全五巻の大著『日本文学評論史』「古代中世篇／近世最近世篇／総論歌論篇／形態論篇／詩歌論篇」（至文堂、昭一一・一〇／昭一一・一〇／昭一三・四／昭二二・四／昭二五・一〇）として順次公刊。石津純道「日本文学評論史」（前掲『国語と国文学 久松潜一博士追悼特集』）を参照。

42 平泉澄「国史学の骨髄」（『史学雑誌』昭二・八）七四六～七四九頁。日本図書館協会編・発行『良書百選 第二輯』（昭八・三）一七、一八頁、および昆野伸幸『近代日本の国体論――〈皇国史観〉再考』（ぺりかん社、平二〇・一）六九、九七、一五九頁を参照。

43 久松潜一「国家的精神の考察」（前掲『国語と国文学 日本精神研究 十月特別号』）一九八頁。

44 なお、「新国学」と併せて昭和戦前期の久松の論著に頻繁に登場するのが「日本学」という語である。「日本学」とは、久松の説明によれば、「西欧の大学に於ける日本に関する講座の如き日本学（ヤパノロギイ）」と「日本的立場に立脚し、日本精神を基調として構成される学的体系」に大別され、後者は更に「国文学、国語学、国史学、国土学等々を綜合した上」で構成される「諸学統一」の「日本学」と国文学など「一科の学」を中心として建設される「日本学」とに分類される。もとより「日本学といふのも国文学の母胎である国学精神を現代に於て新しく見直しそれを国文学の上に新しく生かさうとしたのに外ならないのである」というように、久松が自身に引き当てて「日本学」を語る場合は、最後の意味すなわち「新国学」と同義である。久松前掲「国学・文芸学・日本学」二六六、二七二、二七三頁。

45 文部省「内閣総理大臣斎藤実宛提出／国民精神文化研究所官制別紙理由書」（昭七・六）：『公文類聚 第五十六編 昭和七年 巻五／国民精神文化研究所官制ヲ定メ○高等官官等俸給令中ヲ改正ス』（国立公文書館アジア歴史資料センター、http://www.jacar.go.jp/ A14100307300）第七～一〇画像。

46 橋川文三「昭和思想」（『近代日本思想体系 三六／昭和思想集Ⅱ』筑摩書房、昭五三・一）：『昭和ナショナリズムの諸相』（名古屋大学出版会、平六・六）二四一、二四二頁。宮地正人「天皇制ファシズムとそのイデオローグたち――『国民精神文化研究所』を例にとって」（『季刊 科学と思想』平二・四）六二頁。安田前掲『国文学の時空』二〇四～二一二頁。高城前掲「『国体の本義』の思想と久松潜一」九七～一〇〇頁。

47 教学局編・発行『思想善導に関する良書選奨』（昭一三・三）「序」一頁。

48 久松潜一「『まこと』に就いて」（『帝国大学新聞』昭四・七・八 五面）。

49 久松潜一『思想問題小輯 五／国文学と民族精神』（文部省、昭九・三）六二頁。

50 因みに、「尽忠の精神こそ日本人の『まこと』である。さうして尽忠の精神こそ日本人にとつて最高の美であり、善である。他の如何なる美も、如何なる善も、尽忠の精神ほど美なるはなく、善なるはない。和気清麿［清麻呂、七三三―七九九］の精神、楠公［楠木正成、一二九四?―一三三六］の精神に最高の美と善とを見る。これ以上の文学も道徳もない」とは、戦前における久松の「まこと」論の最終形態である。久松潜一「皇国文学を貫くもの」（『国文学解釈と鑑賞』昭一九・三）一九頁。昭和一〇年代において、「まこと／マコト」は国学的な文脈と儒学的な文脈が混融され、学校、軍隊、青年団などさまざまな場で復唱されるに至っていた。変わったところで、後方勤務要員《スパイ》養成所（陸軍中野学校）の卒業生は、「教育の主体は精神面におかれていたと思う。それは〝誠の姿勢〟ということで、自分の身を捨ててひとのため、国のためにはたらくことが大切、とされていた」と回想している。雑誌記事「《特別調査》中野学校卒業生はいまどこにいる」（『臨時増刊 週刊サンケイ』昭四八・四）四一頁。山本武利『陸軍中野学校――「秘密工作員」養成機関の実像』（筑摩書房、平二九・一一）一一三、一一四頁。

51　橋川文三『日本浪曼派批判序説』（未来社、昭三五・二）：再版（講談社、平一〇・六）二一四、二一五頁。

52　久松潜一「神皇正統記より契沖へ」（『国語と国文学』昭七・八）：『上代民族文学とその学史』（大明堂書店、昭九・七）二五八頁。

53　「（紹・選）万葉集に現れたる日本精神 久松潜一著」（前掲『思想善導に関する良書選奨』）二五四頁。

54　志田延義「国学の本格的展望――久松潜一博士著『国学』」（『帝国大学新聞』昭一六・六・九五面）。

55　丸山眞男「軍国支配者の精神形態」（『潮流』昭二四・五）：前掲『増補版 現代政治の思想と行動』一〇六頁。

56　久松潜一「日本臣道と日比野先生」（前掲『恩頼抄　国文学襍記』）七五頁。

57　前掲「東大国文科評判記」一二九頁。

58　他方三井は、デビュー当初より歌人で国文学者の佐佐木信綱（一八七二―一九六三）を「歌に対してまた芸術に対してまた人生に対しての考の未熟」等々と繰り返し批判しており、それだけに、佐佐木の女婿（大一一・一一～）となった久松のことも快くは思っていなかったであろう。三井甲之「白樺同人 俳人の一派 佐佐木信綱氏」（『人生と表現』大元・九）七二頁。

59 三井甲之「親鸞の信者に」(『日本及日本人』大三・六・一):『親鸞研究』(東京堂、昭一八・二)二七二頁。

60 三井甲之「親鸞の宗教より開展すべき今日の宗教」(『日本及日本人』大一二・一・一):前掲『親鸞研究』五七頁。

61 三井甲之『しきしまのみち原論』(原理日本社、昭九・一〇)三九頁。

62 三井甲之「人生と表現社宣言」(大一二・一二脱稿):前掲『しきしまのみち原論』一三八、一三九頁。

63 久松前掲「国家的精神の考察」一九六、一九七頁、傍線引用者。

64 三井甲之「亜細亜民族の真の敵」(『日本及日本人』大一三・六・一)七四頁。

65 前章第三節の注19に示したものと同文献を参照。

66 これに先立ち昭和八(一九三三)年には、衆議院議員の宮澤裕(一八八四—一九六三)らと協調して京都帝国大学法学部教授の瀧川幸辰(一八九一—一九六二)を休職・免官(七・一二)に追い込んでいる。

67 津田左右吉「日本精神について」(『思想』昭九・五)九頁。

68 蓑田胸喜『早稲田大学教授文学博士 東京帝国大学法学部講師 津田左右吉氏の大逆思想』(自費印刷、昭一四・一二)一〇頁。因みに、戦後まもなく岩波は次のように回想している。「又三井甲之君は往年僕の同学年[第一高等学校、二年次まで]の関係から同君の懇意である蓑田胸喜君を呼んで三人で築地の錦水で話し合つたこともある。誤解に基づいて無用の論議に短き人生の尊き時間をつぶすことは御互によくないと思ひこの会談を試みたが結局その目的は達せられなかつた。近時蓑田君の自殺[昭二一・一・三〇]が伝へられるが寔《まこと》に気の毒のことである。同君とは根本的に主張を異にしてゐるが、当年軍閥に迎合し今又民主主義を謳歌してゐる徒輩に比べれば、蓑田君は自己の主張に殉ずる忠実さを持つてゐた点は感心である」。岩波茂雄「回顧三十年(5)重なる受難 津田博士の事件など」(『日本読書新聞』昭二一・五・一一 二面)、ルビ引用者。

69 三井甲之「東京帝大国文学科の現状一瞥」(『原理日本』昭一一・七)六七頁。

70　三井甲之「東京帝大国文学科の現状に就いて」（『原理日本』昭一二・五）九七頁。

71　芳賀矢一が「法科万能主義を排す」（『帝国文学』大六・一〇）、『法科万能主義を排す』に就いて」（『東亜之光』大六・一二）、「文科大学論」（『東亜之光』大七・六）等の諸論文において国文学をはじめとする人文系学問の国家的有用性を力説し、学界・文壇・論壇に大きな反響を巻き起こしたのは、おりしも久松の帝大在学中のことであった。与謝野晶子「芳賀博士の議論を読みて」（大六・一〇）：『若き友へ』（白水社、大七・五）一五二頁。中野実『東京大学物語――まだ君が若かったころ』（吉川弘文館、平一一・七）一八四、一八五頁。同時期三井甲之も芳賀の問題提起に刺激を受け、「芳賀博士の法科万能排斥論に対して有力なる答弁をなさゞる、又はなし得ぬ法科の教授の如きは、現今の法科的研究の浅薄のものであることを証明する一例である。［……］国家が国民教化の源泉たるべき文科大学の重大任務を軽視して、その施設に改良と拡張とを加へて、そこに自由討究、自由競争の気運を発生せしめようともせず、又一般に［文科の］学者、教授に対する物的待遇を菲薄にしたからして、自然競争もなくなり、［……］」云々と論じている。三井「国際及国内思想戦」（『雄弁』大七・一一）：三井甲之遺稿刊行会編・発行『三井甲之存稿――大正期諸雑誌よりの集録』昭四四・四）一八五頁。

72　西田幾多郎「昭一三・七・四付／務台理作宛書簡」：『西田幾多郎全集 第二十二巻』（岩波書店、平一九・六）一五〇頁。

73　宮崎ふみ子「東京帝国大学『新体制』に関する一考察――全学会を中心として」（『東京大学史紀要』東京大学百年史編集室、昭五三・二）、占部賢志「東京帝国大学における学生思想問題と学内管理に関する研究――学生団体『精神科学研究会』を中心に」（『飛梅論集』平一六・三）等を参照。

74　丸山眞男「南原先生を師として」（『国家学会雑誌』昭五〇・七）：『丸山眞男集 第十巻』（岩波書店、平八・六）一八一頁。

75　竹内洋はその皮肉な状況を「狡兎死して走狗烹らる」（司馬遷『史記 越王勾践世家』）の故事を以て譬えて

いる。竹内「帝大粛正運動の誕生・猛攻・蹉跌」(同、佐藤卓己編『日本主義的教養の時代――大学批判の古層』柏書房、平一八・二)四〇、四一頁。

76 三十尾茂『国家主義者・蓑田胸喜――民間思想検察官』(泰文館、平一四・六)副題より。

77 都築康二「久松潜一氏への質疑――新国学論を中心として」(『原理日本』昭一七・七)一四頁。

78 三井甲之「大東亜戦争下の国文学界の現状――当局者の緊急考慮を求む(その二)」(『原理日本』昭一七・五)三頁、ルビ引用者。

79 原出典は、大伴家持「賀陸奥国出金詔書歌」(『万葉集 巻十八』)より。

80 三井前掲『しきしまのみち原論』九〇頁。三井甲之『山縣大弐研究』(原理日本社、昭一〇・九)「序」五頁。同「臣道」(『原理日本』昭一三・一):『日本の歓喜』(原理日本社、昭一六・二)一九六、一九七頁。

81 三井前掲「大東亜戦争下の国文学界の現状」二、三頁。

82 都築前掲「久松潜一氏への質疑」一六、二〇、二一頁。

83 本居宣長『続紀歴朝詔詞解』:三井前掲『しきしまのみち原論』三四頁。

84 斎藤隆而「国学者の現実感覚」(『原理日本』昭一七・七)二二頁。

85 三井甲之「消息」(『原理日本』昭一七・五)六二頁、ルビ引用者。文中の「本居宣長の研究から一歩も出ずにモノノアハレ論などを踏襲して」云々は、久松の論文「本居宣長(一)(二)」(『文芸世紀』昭一五・六、平一五・七)等を念頭に置いたものであろうか。

86 久松前掲「日本学問の伝統と国学」四頁。

87 久松潜一「出陣学徒を送る」(『国語と国文学』昭一八・一二)九九一、九九二頁。

88 久松潜一「学問に於ける永遠と今」(『文学』昭一九・九)三二、三三頁。

89 久松前掲「学問に於ける永遠と今」三三頁。

90 久松潜一「国文学に対する反省と自覚」(『国語と国文学』昭二一・三)七〇、七一頁。

91　久松前掲「国文学に対する反省と自覚」七二頁、傍線引用者。

92　久松潜一『日本文学研究史』（山田書院、昭三二・八）三一二頁。これについて、折口信夫（一八八七―一九五三）は、「国学は今正に、新国学を名のつて、鮮やかに出直す時が来た。新国学と言ふ名にも歴史があり動機を別にし三次の運動があつた。今のは三度目で、柳田國男先生の為事に対して久松潜一さんが与へた名称かと思ふ」と述べている。折口「新国学としての民俗学」（『國學院大学新聞』昭二二・九）：『折口信夫全集第十六巻』（中央公論社、昭三一・七）五〇七頁。もっとも、当の柳田にしてみれば、いささかありがた迷惑な話ではあったろう。「柳田がみずからの戦後の学問的スタートを『新国学』の名称のもとに行なうにあたっては、何か及び腰でふっきれない雰囲気がつきまとっている」との指摘は正鵠を射たものである。中村生雄「『新国学』の戦前と戦後――柳田民俗学と国家との関係」（『日本思想史学』平六・九）三頁。

93　久松潜一編『日本文学史 近代』（至文堂、昭三二・六）三二四、三三五、五一六頁。一方で芳賀矢一と垣内松三については、「明治の国文学は小中村清矩［一八二一―一八九五］氏等を先駆とし出発点として、芳賀博士によつて第一の成立を見たのである。［……］方法論的自覚を明確にして芳賀博士の学問を継承し、これを展開せしめたのは垣内先生であつたと言はなければならない」と述べるなど、学師として戦後も変わらぬ敬愛の念を示している。久松潜一「垣内先生のことなど」（『国語と国文学』昭二七・一一）五二頁。

94　波潟剛『越境のアヴァンギャルド』（NTT出版、平一七・七）一八九頁。

95　西郷信綱『国学の批判――封建イデオローグの世界』（青山書院、昭二三・三）一九二、一九三頁。三谷邦明「汚穢されている私――安田敏朗著『国文学の時空――久松潜一と日本文化論』を読む」（『日本文学』平一五・四）八八頁。

96　塩田良平「戦時中の久松博士」（『久松潜一著作集　月報6』至文堂、昭四三・一二）二頁。

97　大久保正「国学研究」（前掲『国語と国文学 久松潜一博士追悼特集』）四四頁。

98　昭和二三（一九四八）年九月には東京大学国語国文学会の会長に、昭和三一（一九五六）年一月には全国大学国語国文学会の代表理事に就任している。また東大（昭三〇・三 退官）の他にも、東洋大学、学習院大学、慶應義塾大学、鶴見女子大学等で教鞭を執っている。

99　以下の文献を参照。人文系大学院国語・国文学科大学院生有志『研究苦から何を——東大闘争と研究の立場とに対する私たちの考え』（討論資料・パンフレット、昭四三・九）、国語国文大学院自治会編『擬制の地平が亀裂する——東大闘争が学問の首の切口を覗くとき』（東京大学文学部内国語国文解放地区委員会、昭四四・六）、藤井貞和「バリケードの中の源氏物語——学問論への接近の試み」（『展望』昭四四・七）、東大闘争討論資料集刊行会編『日本の大学革命４／大学解体の論理』（日本評論社、昭四四・八）等。とりわけ『擬制の地平が亀裂する』（左）は、「日影ささない腐植土地帯」と自嘲する国文専攻院生としての立ち位置から一連の全共闘運動の経過と意義を総括し、その上で「戦時中における国文学者の戦争加担」と本質的には何も変わっていない戦後国文学の欺瞞的在り方——「研究主体の無化」を摘示した、きわめて問題的な資料である。

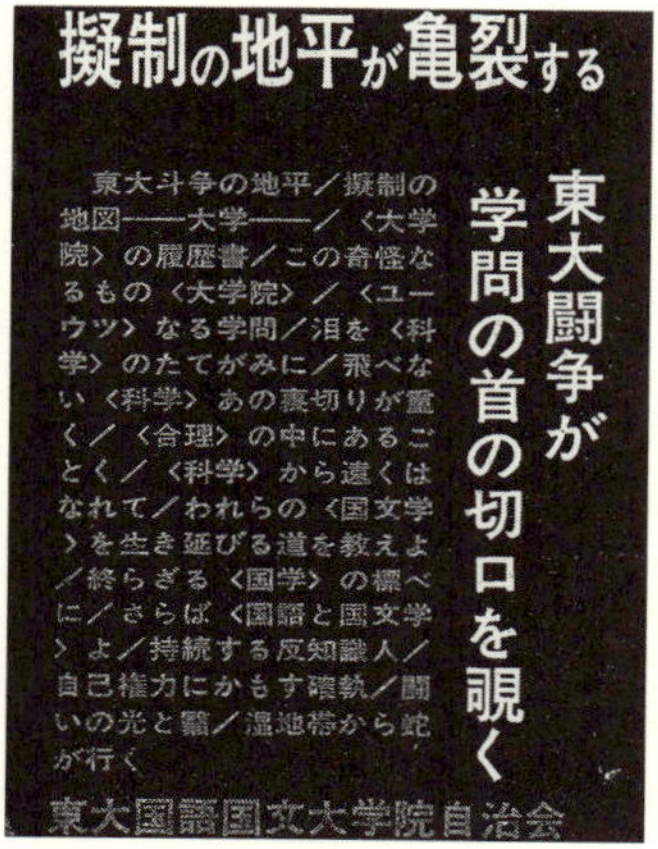
擬制の地平が亀裂する

東大闘争が学問の首の切口を覗く

東大斗争の地平／擬制の地図——大学——／〈大学院〉の履歴書／この奇怪なるもの〈大学院〉／〈ユーウツ〉なる学問／泪を〈科学〉のたてがみに／飛べない〈科学〉あの裏切りが置く／〈合理〉の中にあるごとく／〈科学〉から遠くはなれて／われらの〈国文学〉を生き延びる道を教えよ／終らざる〈国学〉の標べに／さらば〈国語と国文学〉よ／持続する反知識人／自己権力にかもす確執／闘いの光と翳／湿地帯から蛇が行く

東大国語国文大学院自治会

表紙

100　石原千秋『漱石はどう読まれてきたか』（新潮社、平二二・五）三六一頁。

101　笹沼前掲『「国文学」の思想』二九六頁。

102　吉見俊哉「『人文社会系は役に立たない』は本当か？——『通知』批判から考える」（『現代思想／特集 大学の終焉——人文学の消滅』平二七・一二）、室井尚『文系学部解体』（角川書店、平二七・一二）、吉見俊哉『「文系学部廃止」の衝撃』（集英社、平二八・二）、古田尚行「文学雑誌の休刊——国語科教員が研究を考えるということ」（『リポート笠間』平二八・五）等を参照。

総論

一　まとめ

以上、本書では、沼波瓊音（本名武夫、一八七七―一九二七）、三井甲之（本名甲之助、一八八三―一九五三）、そして久松潜一（一八九四―一九七六）と、「国文（Ntional Literature）学」をベースとする政治的文学者たちの学問と思想およびそこから導き出された行動の特質を考察した。

彼らはいずれも東京帝国大学在学中に芳賀矢一（一八六七―一九二七）の直接指導を受けており、同人の学問と人格を通して、「国家ノ須用ニ応スル学術技芸」（「帝国大学令」明一九・三・二公布、第一条）たるべき「官学」としての「国文学」固有のミッションを意識的ないし無意識的に服膺していたとみられる。本書は、そのような三人をまとめて取り上げることで、近代学問としての国文学と近代思想としてのナショナリズムが接近・融合する様態を通時的に明らかにした。維新・王政復古の潜在的原動力となった近世国学の嫡出子を以て任じる東京帝国大学の国文学が、官学アカデミズムの内外で複雑な化学反応を起こし、そこからおのずとかつての光輝を取り戻さんとするかのように原点回帰を強く志向していく、その論理と心理のプロセスをである。

すなわち、沼波瓊音と三井甲之[1]は、帝大卒業後、明治中・後期から大正・昭和初期にかけて、その時々の文学・宗教・政治・社会思潮に敏感に反応しながらそれぞれの特性に則った在野の言論活動をたゆまず展開した。過剰なまでの自意識に源を発する煩悶と内向的思索を重ねて、彼らは半ば必然的に我／個人よりも国家我／全体の絶対的上位を確信するに至るのだが、それらの過程に共通して「自己本位」の個人主義を説いた夏目漱石（本名金之助、一八六七―一九一六）の存在がみえ隠れするのは興味深い事実である。はからずも漱石の死（大五・一二・九）から第一次世界大戦の終結（大七・一一・一一）に至る期間を潮目として彼らの言動はにわかに政治性を増し、内外の諸情勢を望見しつつ「帝国の危機」をさまざまに観念していくなかで日本国家を精神的に防護するという明確な目的意識に達し、マルクス・共産主義をはじめとする諸種の外来思想（非日本的思考形式）に対して過剰なまでの攻撃姿勢を示すようになる。そうして二人は意識せず互いに先を争って、自分たちの学知の基幹となる「国文学」を、国家／全体が必要とする行動理念、ものの見方・考え方を先験的に提示する新たな「国学」――これを沼波は「新国学」、三井は「しきしまのみち（ことのはのみち）」と称した――へと変容させていった。沼波の「日本精神」に関する講究や三井の「中今／永遠の今」論などは、その時々の営みから生まれた端的な成果といえる。

沼波と三井の学問・思想は、やがて彼らの揺籃の地である東京帝国大学の国文学研究室に還流し、芳賀門下の後輩であり文字通りの選良《エリート》として国文学界の将来を担う位地に在った久松潜一に直接・間接に影響を及ぼしたと考えられる（とりわけ前者）。学生時代から芳賀矢一（一八六七―一九二七）や上田萬年（一八六七―一九三七）の方法論に忠実にしたがい資料蒐集と文献考証を積み重ね、実証的な研究を進めて来た久松の学問は、大正一四、五年頃、すなわち沼波によって持ち込まれた国文学的ナショナリズムの種子が帝大国文のなかで芽吹き始めたまさにその時期に、明らかな変化をみせ始める。国文学研究に関して厳密な時代区分とテクストクリティークにこだわったそれまでの知見とは趣の異なる、総合的・直感的な洞察を全面に押し出していくようになる。はたせるかな、彼の意識は、昭和期に入ってますます「国文学に於ける国学への志向」[2]を強めていった。東京帝大教授（勅任官待遇）としておのずから上意下達の構造的権威性［3］をまとった彼の「新国学」言説は、とりわけ一〇年代、準戦時・戦時体制下の国民教化シーンにおいて有効に機能し得るものであった。

「新国学」、つまるところそれは「日本民族の芸術観は常に事実の美化、真実化であり、現実の理想化である」［4］とのトートロジーを以て国家（大日本帝国）の現実・現状を『万葉集』等の古典にあらわされた文学的形象に即して追認識・追構成する高次の政治的営為であり、「国家ノ須用ニ応スル学術技芸」としての近代官製国文学の戦前におけるある意味必然的な帰結に他ならなかった。

二　今後の課題

本書において、筆者は、近代日本の政治的文学者と国文学的ナショナリズムの諸相を鳥瞰的に論じたが、掘り下げが不十分と思われる点も少なくない。以下に整理して今後の課題としたい。

第一に、東京帝国大学の国文学の土壌から生まれ、最終的に久松潜一の手で確立されるに至った「新国学」、これが同時代の他の「国学」論にどこまで支配的たり得たのかという横軸の問題である。例えば、東京帝国大学文学部美学美術史学科を卒業（昭九・三）しその独特の美意識から日本浪曼派の驍将となり存在感を発揮した保田與重郎（一九一〇―一九八一）は、久松―官学中央が主導する「新国学」の潮流をあえて無視するかのように、明治の日本学は「国学とは何ぞや」の芳賀〔矢一〕博士の講演〔明三六・一二、於國學院同窓会〕によつて示されてゐる。それは平行線のまゝに決して日本学は完成されなかつた。〔……〕「国学とは何ぞや」の中で、宣長の後の国文学者の堕落を叫んでゐる博士の言はけふにして心すべきものであらう。日本の国学者は芳賀博士の日本学の建設を継承する代りに、日本文化から落伍したのである。〔5〕

と述べ、その上で「明治維新の中途で挫折した精神を復活させ」る営みすなわち「日本的世界観としての国学の再建」〔6〕を訴えている。同じく日本浪曼派に属した詩人・評論家の浅野晃（一九〇一―一九九〇）も、

わたしがこの書〔久松潜一『国学――その成立と国文学との関係』至文堂、昭一六・三〕の文章によつて学び得たことは、国学史上の若干の知識を外にすれば、今日の「国文学」といふものが国学と無縁のものであるといふ新しい知識だけであつた。〔……〕この書をひもといて殊に不審に感じたことは、今日の国文学に於ける国学への志向の発生が云々されてゐながら、しかもそのどこにも従来の国文学そのものに対する反省が見られないことである。〔……〕わたしなどにとつては、今日の日に国学の復興を言ふ時には、漢意儒意を去るといふことがすでに一つの生涯の苦行と観じられるのである。だから、自己反省のない国文学界といふやうなものに、国学を云々する資格や、理由や、根拠があるとは、到底考へられないのである。〔7〕

と述べ、久松の説く国文学の今日的展開としての「新国学」は真の意味での「国学」とは「無縁」とまで論断している。本居宣長（一七三〇―一八〇一）に倣ってどこまでも純粋に漢意《からごころ》を排し西洋的なものを日本化する発想を「文明開化文化」として徹底的に否定した保田ら〔8〕と、「日本的立場に立った上で、改めて西欧的なるものを吟味し、よきものを摂取し、これを同化すべきである。さうして日本的立場を中心とし根幹として世界性を得べきである」と考えていた久松〔9〕。求心と遠心、両者の説く国学の象徴的な異質性は、昭和一〇年代のいわゆる「文芸復興／古典復興」期〔10〕における「日本的なるもの」に関する多様な言説〔11〕と併せて検討しなければならない。

第二に、国文学（日本文学）研究の現在的状況に接続する議論の不足である。「国家ノ須用ニ応スル学術技芸」という戦前の桎梏から解き放たれた戦後の国文学は、内に閉じたひと時の隆昌を経て、今再びその存在意義を外側に向けて闡明化する必要性に迫られている。国文学を含め多くの人文学研究者がリアルに感じている「社会ノ須用ニ応スル学術技芸」という新たな桎梏に対する〝あせり〟とその裏返しになる〝使命感〟〔12〕は、かつて芳賀矢一とその弟子筋に連なる沼波、三井、久松らが抱いていたそれと本質的に通じていると考える。

第三に、比較文学・比較思想的な議論の不足である。例えば三井甲之は自国の古典研究を基幹としそこから当時欧米最先端の「精神科学」と謳われたヴント心理学などさまざまな分野の学知を取捨選択して独自の体系を完成させたわけだが、そうした営為は欧米でも、古典学《ヘブライ》と生理学・脳神経学を併せて学修し十九世紀末フランスにおける屈指の医科学者として反セム・反ユダヤ主義を前面に掲げたきわめて偏狭なナショナリズムを主唱したスーリー（Jules Soury, 1842-1915）などに特徴的な類似性を認めることが出来る[13]。本書の意義を、単に日本の一時代の特殊な事象研究として埋没させないためにも、近代学問全体の病理という共時的な視座に立った検討――カー（Edward Hallett Carr, 1892-1982）いうところの「一般化」[14]――はすべからく必要であろう。

第四に、本書で得られた知見が、二十一世紀の今日にあって日本・アジア・欧米各国に潜在ないし顕在化している急進的ナショナリズムの諸潮流（人種主義、排外主義、一国中心主義、地域覇権主義等）を検討していく上でいかに参照され得るか、その点に即した現代政治学的な議論の不足である。仮にナショナリズムが人類という巨大な有機生命体の体内各部に近代以降発症するようになった腫瘍であったとして、その悪性化（癌細胞化）を妨げる治療法の開発に積極的に活かさずしては過去の症例と組織サンプルの精密な検査・分析データも宝の持ち腐れ同然となろう。

注

1　ところで両者の接点であるが、沼波の論著のなかに三井に関する格別の言及は見当たらない。一方で、三井は、第一高等学校在学中（明三四・九〜明三七・七）から内藤鳴雪（本名素行、一八四七—一九二六）、高浜虚子（本名清、一八七四—一九五九）、河東碧梧桐（本名秉五郎、一八七三—一九三七）ら「子規門下の人々の出席した俳句会」に参加するなど俳諧にも造詣が深く、その研究者で帝大国文の先輩でもあった沼波の存在にはそれなりに注意を払っていた——例：「近頃沼波瓊音氏の徒然草の講義『徒然草講話』東亜堂書房、大三・一」が出て、それに序が沢山あるが」云々——と思われる。三井甲之「流行と信仰」（『日本及日本人』大三・五・一五）一一〇頁。同「一高に於ける『しきしまのみち』伝統」（『一高同窓会会報』昭三・六）二頁。同『親鸞研究』（東京堂、昭一八・二）「はしがき」一頁。

2　久松潜一「国文学に於ける国学への志向——国文学の動向」（『国民精神文化』昭一三・三）二三頁。

3　ここでいう「構造的権威性」について政治社会学的に詳しく分析するいとまはないが、例えば「今、売られている魚は安全です　東京都」とか「東大は賞を出すほうで、もらう方じゃねえ！」といった言説には、そういったものの具体的な作用の一端を垣間みることが出来よう。なだいなだ『権威と権力——いうことをきかせる原理・きく原理』（岩波書店、昭和四九・三）一〇九頁。養老孟司「バカと天才の壁」（『バカ田大学講義録なのだ』文藝春秋、平二八・七）二〇一頁。

4　久松潜一『思想問題小輯五／国文学と民族精神』（文部省、昭九・三）六二頁。

5　保田與重郎「明治の精神——勝利の悲哀」（『文芸』昭一二・四）：『保田與重郎文庫三／戴冠詩人の御一人者』（新学社、平一二・四）二六三頁。

6　保田與重郎「日本的世界観としての国学の再建」（『近代の終焉』小学館、昭一六・一二）：『保田與重郎文庫九／近代の終焉』（新学社、平一四・一）二〇八頁。

7　浅野晃「みくにの文章——久松博士『国学』を読む」（『文芸文化』昭一七・一）五一、五三頁。

8 保田與重郎「古典復興の真義（別題 嗚咽の哀歌）」（『公論』昭一六・九）：『保田與重郎文庫 一二／万葉集の精神——その成立と大伴家持』（新学社、平一四・一）八三頁。同「国学と古典論の展開」（『古典論』講談社、昭一七・四）六六、六七、八六、九五、一一九頁。橋川文三『日本浪曼派批判序説』（未来社、昭三五・二）：再版（講談社、平一〇・六）四九頁を参照。

9 久松潜一「国学・文芸学・日本学」（『理想』昭一三・九）：『国学——その成立と国文学との関係』（至文堂、昭一六・三）二七二、二七三頁。

10 周知の通り、日本の文学界・文壇において「文芸復興」なる語が膾炙したのは昭和一〇（一九三五）年前後の数年間であるが、既に久松は、大正後期にイギリスの文学者・ペイター（Walter Pater, 1839-1894）の *The Renaissance : Studies in Art and Poetry*, 1877. に刺激を受けて中・近世の西欧文学における「文芸復興」の運動に着目し、日本ではおおむね元禄期に発する「国学」運動がこれに相当すると論定していた。久松潜一「元禄時代と文芸復興」（『国語と国文学』大一三・一〇）五五二、五五三、五五六頁。河田和子『戦時下の文学と〈日本的なもの〉——横光利一と保田與重郎』（九州大学博士論文、平二〇・二）一二七頁を参照。

11 久松自身も「一般の傾向は日本文化に対する反省を高め、［……］昨年［昭一一］頃から日本的なるものといふ詞自身文壇の方でも用ゐられるやうになつた」と述べているように、「日本精神」や「日本的なるもの」に関する言論の動向には絶えず関心を払っており、時には「我々が古典を研究するのは純粋日本的なるものの内容を明らかにすることが一つの目的であるが、同時に日本的なるものの創造されてゆく民族的方法態度、言はゞ古典精神を明らかにすることがより重要であるのではないか」と釘を刺すなどしている。久松潜一「国文学と日本的なるもの——主として表現態度の上から」（『中央公論』昭一二・六）一七八頁。同「源氏物語に見える日本的なるもの」（『文学』昭一二・一〇）四〇三頁。

12 室井尚「国立大学改革と人文系の（明るくない）未来」（『現代思想／特集 大学の終焉——人文学の消滅』

平二七・一一)、西山雄二「人文学の後退戦——文科省通知のショック効果に抗って」(前同)等を参照。

13 菅野賢治『ドレフュス事件のなかの科学』(青土社、平一四・一一)一九〇～二四五頁。

14 E・H・カー『歴史とは何か(*What is History?*, 1961.)』(清水幾太郎訳、岩波書店、昭三七・三)八九～九五頁。

あとがき

本書は、筆者が九州大学大学院地球社会統合科学府に提出した平成二八年度博士論文『近代日本の政治的文学者と国文学的ナショナリズムの諸相——沼波瓊音、三井甲之、久松潜一の学問と思想』を全面的に改稿したものである。

博士論文の査読を担当して下さったのは、九州大学の松本常彦先生、同じく清水靖久先生、波潟剛先生、西野常夫先生、熊本大学の坂元昌樹先生の碩学五人衆である。審査の結果、筆者は、九州大学より博士（学術、地球社会博甲第一号）の学位を授与された。主査の松本先生をはじめ方々にはまず以て満腔の謝念を捧げたい。学恩に報いるべく、今後なお一層勉学と研究に励む所存である。

想えば、五年間務めた福岡刑務所・福岡拘置所（法務省福岡矯正管区）の教誨師を退任し本格的に研究者の道を志して、かれこれ一〇年の月日が経つ。この間、件の五師はいわずもがな、さまざまな分野のすぐれた先学から直接あるいは論著・書簡・SNS等を通じて間接に尊い導きを受けた。故福永光司先生、日本大学の石川晃司先生、東海大学の福島政裕先生、帝京大学の戸部良一先生、京都大学の佐藤卓己先生、九州大学の小山内康人先生、同じく中野等先生、東英寿先生、松井康浩先生、施光恒先生、アンドリュー・ホール先生、元福岡教育大学の古賀元章先生、西日本短期大学の牛嶋徳太朗先生、九州産業大学の中島秀憲先生、同じく和田勉先生、東京大学新聞社の清水篤理事、政治経済史学会の彦由三枝子会長、世に隠れし知の巨人・猫の泉さん、そして右も左も分からなかった当初の筆者に欧米思想史家の研究技法を一から懇切に教授して下さったクリストファー・スピルマン歴史学博士。……かように御名前（順不同）を挙げれば限りがない。諸賢には伏して感謝申し上げるばかりである。

さて、本書では、沼波瓊音、三井甲之、久松潜一、存在感きわ立つ三人の政治的文学者たちを論じたが、筆者としては、彼らがその学問と思想において体現した国文学的ナショナリズムを肯定も否定もしたおぼえはない。あくまで実証的・論理的に、冷静な叙述をこころがけたつもりである。三者とも超多作な文学者とあって、次から次と無尽蔵に出て来る未見資料に筆者の処理能力が追い付かず、部分的には概論の域にとどまってしまった憾みはあるけれども、本書が従来の近代日本文学史・政治思想史の陰翳部分に幾分なりと光を照射することが出来たとすればさいわいである。何となれば、この国の学界・ジャーナリズムには「あったことをなかったことにするような記憶や記録のしかたが多すぎる」（清水靖久「銀杏並木の向こうのジャングル」『現代思想 8月臨時増刊号』平二六・七、二〇〇頁）から。

ところで、筆者の父方の祖父・工藤昌文もまた東京帝国大学文学部国文学科出身の国文学者であった。明治四四（一九一一）年二月二八日、東北は山形市に生まれ、山形中学校、山形高等学校文科甲類と進んで、昭和七（一九三二）年四月に東京帝大に入学した祖父は、藤村作、久松潜一（当時助教授）の指導のもと、近世俳諧を主たる研究テーマとして国文学を専修した。もとより、沼波瓊音の俳論や三井甲之の歌論も多々手に取ったことであろう（特に前者）。昭和一〇（一九三五）年三月に卒業して文学士となった後は、沼波や久松の出身校でもある愛知県第一中学校（愛知一中、現県立旭丘高校）に国語漢文科教諭として奉職したが、骨肉腫のため昭和一七（一九四二）年八月二八日、おりしも南太平洋ソロモン群島周辺海域で日米両軍が死闘を繰り広げているさなか、満三十一歳で早世した。主な論文に、「芭蕉の性格」（『近世文学』昭一二・一〇）、『俳諧破邪顕正』にあらはれたる檀林俳諧の諸性質」（『国語国文学研究 論考と資料』昭一七・五〜六）等がある。彼もまさか、没後七十数年を経て、西の辺境の旧帝国大学に入学した孫が、自分とゆかりのある人たちを研究対象として博士論文を書き上げるとは夢想だにしなかったろう。いつかあの世で――そういうものがあればだが――じっくりと講評を乞いたいものである。

本書の出版に関しては、三元社のお世話になった。

編集に当たって忌憚なくご助言下さった石田俊二社長をはじめ社員の皆様には深甚の謝意を表した

い。

「三元」とは、著者—編集者—読者と、書物における鼎の三脚をあらわした社号と聞く。よき媒《なかだち》を得て研究成果を公刊する機会を恵まれた、そのよろこびを今、かみしめている。

平成三〇（二〇一八）年三月一〇日

木下宏一

初出一覧

序論
「近代日本における国文エリートの系譜学序説——沼波瓊音、三井甲之、そして久松潜一」（『政治経済史学』第五九〇号、政治経済史学会、平二八・二）
第一章第一節
「交錯する惑星——前期沼波瓊音と漱石」（『九大日文』第二八号、九州大学日本語文学会、平二八・一〇）
第一章第二節
「国文学者は国家革新の夢を見たか——晩期沼波瓊音の思想と行動」（『比較文化研究』第一一八号、日本比較文化学会、平二七・一〇）
第二章第一節
「三井甲之の初期思想形成に関する考察（Ⅰ）——反漱石とヴント心理学の受容」（『近代文学論集』第四〇号、日本近代文学会九州支部、平二七・二）
第二章第二節および第三節の一部
「近代日本と親鸞思想——三井甲之の場合」（『政治経済史学』第五四五号、政治経済史学会、平二四・三）

「三井甲之の初期思想形成に関する考察（II）――親鸞思想の日本主義的受容」（『近代文学論集』第四一号、日本近代文学会九州支部、平二八・二）

第三章

「近代官製国文学『幻の系譜』考――久松潜一と新国学の四大人」（日本近代文学会二〇一六年度秋季大会発表原稿、平二八・一〇・一六）

「久松潜一論――その『新国学』形成における沼波瓊音、三井甲之の影響を中心に」（『近代文学論集』第四二号、日本近代文学会九州支部、平二九・二）

著者紹介

木下宏一（きのした・こういち）

1974年3月、埼玉県上尾市生まれ。
九州大学大学院地球社会統合科学府博士後期課程修了等。
博士（学術)。博士（文学)。

現在、九州大学大学院比較社会文化研究院特別研究者等。
専攻：近代日本政治思想史・文学史。
著書：『近代日本の国家主義エリート——綾川武治の思想と行動』（論創社、2014年11月)。

国文学とナショナリズム　沼波瓊音、三井甲之、久松潜一、政治的文学者たちの学問と思想

発行日　二〇一八年四月一〇日　初版第一刷発行

著　者　木下宏一

発行所　株式会社 三元社
〒一一三-〇〇三三　東京都文京区本郷一-二八-三六鳳明ビル
電話／〇三-五八〇三-四一五五　ＦＡＸ／〇三-五八〇三-四一五六
郵便振替／00180-2-119840

印刷＋製本　モリモト印刷 株式会社

コード　ISBN978-4-88303-456-7